目次

『後宮妃の管理人』登場人物紹介

絵：Izumi

珀皓月

大貴族の次代当主にして右丞相。皇帝の命で優蘭の夫となる。後宮で働くため、女装することに。

珀優蘭

大手商会の娘。根っからの商売人。詔令により皓月との結婚と、健美省での妃嬪の管理を命じられる。

> **健美省**
> 皇帝の勅命により設立された、後宮妃嬪の健康管理及び美容維持を目的とする部署。

皇帝

劉亮

黎暉大国皇帝。愛する寵姫のため、健美省に日々無茶振りをする。

四夫人

姚紫薔

貴妃。若くして貴妃に上り詰めた、皇后の最有力候補。

郭静華

徳妃。気位が高い保守派筆頭。実家は武官として皇族に仕える。

綜鈴春

淑妃。控えめな性格の美少女。実家は革新派のトップ。

史明貴

賢妃。皇帝の留学時代の学友。教養の高い中立派。

金の髪が、嫌いだ。

藍《あお》い瞳が、大嫌いだ。

だって他でもない、大嫌いな両親から受け継いだ色だから。

特に藍い目は、母が「無理やり手籠めにした男のことを思い出すから」と、汚物のように嫌っていたものだった。それもあり少女が人らしい名前で呼ばれたのは、母が旅芸人一座に逃げるように入ってから。名をもらえたのも、座長が少女の見目の良さに目をつけて芸を仕込もうとしたからだった。

それでも初めは、母に愛されようと頑張った。媚《こ》びてもみたし、すがってもみたし、なんでもしようとした。けれどだめだった。

『わたしに愛されたいの？　だったら今直《す》ぐ死んで！』

母が言うに、少女は生まれたことそのものが罪なのだそうだ。

なら、産まなければよかったのに。そう思ったが、口にはしなかった。

代わりに、自分のことはどんどん嫌いになっていった。いつも、早く自分の世界が終わることを願っていた。

死ぬ勇気はなかった。痛いのも苦しいのもつらいのも嫌いだ。

それでも、旅芸人一座で自分ではない自分を演じているときは息がしやすかった。だから少女はどんどん演技の世界にのめり込んでいった。まるで、溺れそうになりながらも必死にもがく鳥のように。

——そんな日々が劇的に変わったのは、自分と瓜二つ《うりふた》の経歴を持つ赤い髪に藍い目をした〝彼女〟が目の前に現れてからだった。

運命だと思った。

〝彼女〟しかいないと思った。

否、〝彼女〟しかいらないと、そう強く想《おも》ったのだ。愛や恋が何かは知らなかったが、これがそうでないのなら何が恋愛なのだろう、と少女は思う。

何より〝彼女〟は、少女が嫌う金の髪と藍い瞳を美しいと言ってくれた。下心のない言葉は、少女の心を何よりも救ってくれた。

そんな〝彼女〟と交わした『わたしたちの世界を終わらせる約束』を果たすために、少女は世界を壊すためにありとあらゆることをしようと決意した。

だからどうか、とただ願う。

赤と、藍の、貴女《あなた》。

どうか貴女の手で——このくだらない世界を終わらせて。

序章　寵臣夫婦、別離

吐き出した息すら凍《い》てつくような、うんと冷えた冬の昼時。

空は淀《よど》んだ雲に覆われ、雪がただただ降る。新年だからか、雪が降っているからなのか、外にはほとんど人が出歩いておらず、恐ろしいほどに静かだった。

――そんな、しんしんと雪が降り積もる街道を馬車が駆け抜ける。

時間すら置いてきぼりにした雪景色の中で走る馬車は、雪道にしては凄《すさ》まじい速度を出していた。まるで滑ることなどお構いなしと言わんばかりの速さから、乗り手が相当急いでいることが窺《うかが》える。

その馬車に乗っているのは、後宮妃の管理人であり健美省《けんびしょう》長官である、珀優蘭《はくゆうらん》その人だ。

沈痛な面持ちをした彼女は、肘を太ももにつき、両手を組んだ状態――祈りを捧《ささ》げるような所作――で思う。

まさか、屋敷《やしき》から宮廷までの道のりをこんなにも長いと感じる日が来るなんて……。

時間が引き延ばされていくような感覚に、眩暈《めまい》がする。気持ちばかりが先走って、体が置き去りにされていると錯覚した。

その理由は、つい先ほど宮廷から受けた報告にある。

『奥様……大変です。旦那様が……旦那様方が、王公女《おうこうじょ》毒殺疑惑をかけられ、杏津帝国《あんつていこく》に軟禁されているそうです』

外交使節団団長として、元敵対国であり現在進行形で関係改善を行《おこ》なっている国へ赴いた夫が、暗殺疑惑をかけられて軟禁されている。

それは、黎暉大国《れいきたいこく》側が最も恐れていた流れだった。

それもあり、珀《はく》家侍女頭である湘雲《しょううん》の口からそれを聞いたとき、優蘭は動揺のあまり飲んでいた梅の蜜煮が入った緑茶の杯を落としてしまった。高価な茶杯を落とすなんていうことは、普段の優蘭であれば絶対に犯さない過ちだった。

同時に緊急召集があり、優蘭は今こうして休暇を返上し馬車に乗っているのだった。

今はきちんとした衣を身にまとっているが、報告を受けた直ぐは大変だった。なんせ、普段着のまま行こうとしてしまったのだ。今こうしてちゃんとした健美省長官としての衣装を身にまとっていられているのは、ひとえに湘雲のおかげだった。

こんなに動揺するのなんて、いつ以来かしら……。

自身が後宮で仕事をし始めた頃に死にかけたときだって、こんなにも動揺したことはなかった。それは今まで、色々な経験を重ねてきたからだ。異国への行商は、時と場合によっては命を脅かされることもあるのだから。

しかし自身の夫であり、黎暉大国右丞相《うじょうしょう》――珀皓月《こうげつ》があり得ない嫌疑をかけられて軟禁されていることを聞けば、さすがに落ち着いてなどいられなかった。

それだけ、優蘭の中で皓月という存在が大きくなっていたことを痛感し、彼女は唇を噛《か》み締める。

そして、結婚指輪に触れた。

「落ち着きなさい、優蘭……まず必要なのは、状況の把握よ。最悪の事態を考えるのはそれからでも遅くないわ……」

誰に聞かせるでもなく、むしろ自分に言い聞かせるために、優蘭はぽつりぽつりと自身の考えを口にしていく。

「軟禁と言っているからには、今のところ皓月の身に何か起こっているわけではないはず……それに、私が呼ばれたからには私にもできることがあるはず……」

指先で指輪をさすりながら、一つ一つ事実を確認する。その手が寒さ以外のもので震えていたことに関しては、目を逸《そ》らした。

「大丈夫……大丈夫、だから……だから、泣くな。私……っ」

そして無限にせり上がってくる不安を、必死になって嚥下《えんか》した。

今日という日ほど、化粧をしていてよかったと思ったことはない。でないと今頃、らしくもなく泣き崩れてしまっていただろうから。

そうやって自分自身をどうにかして奮い立たせていると、ようやく馬車が停《と》まる。

従者に手伝ってもらいながら、優蘭は普段よりも慎重すぎるくらい慎重に、地面に降り立ったのだった。


皇帝の執務室にて。

「珀優蘭、皇帝陛下の仰せの通りに、ただ今まかり越しました」

強張《こわば》った声でそう告げ入室許可を得てから、優蘭は宦官《かんがん》に扉を開けてもらい中へ入る。

そこには既に、今回の杏津帝国行きの裏事情を知る面々――皇帝、左丞相《さじょうしょう》、吏部侍郎《りぶじろう》が待機していた。

「来たか。あとは郭《かく》家だけだから、しばし待て、珀優蘭」

「はい、陛下」

その間、部屋は恐ろしいくらい静まり返っていて、呼吸をする際に出るわずかな音ですら耳につくほどだった。

誰もが息を殺しているという事態に、現状がいかに悪いのかを実感させられる。

優蘭も息を殺しながらその場でじいっと身を潜めていると、それからしばらくして、禁《きん》軍将軍《ぐんしょうぐん》が自身の妻と共にやってきた。

そこでようやく、この場を取り仕切る左丞相——杜陽明《とようめい》が重たい口を開く。

「先んじて報《しら》せは送ったと思うけれど……杏津帝国に送り出した外交使節団に、暗殺疑惑がかけられた。正直言ってこれは、非常にまずい状態だ」

そう話を切り出し、陽明は内部状況を説明してくれる。

「事件が起きたのは外交七日目、最終日の夜。晩餐《ばんさん》会でのことだ。どうやら、何者かが王公女の食事に毒を盛ったらしい。致死性の高い毒だったみたいだから、公女は治療をする間もなく亡くなったそうだ」

この時点で既に、事態が予想しうる限りの最悪の方向へ向かっていることを悟り、優蘭はぎゅっと手を握り締めた。

陽明は全体を見回しつつ言葉を続ける。

「もちろん、その場には杏津帝国側の要人たちもいたし、使用人を含めたら誰が犯人かと断言はできない。けれど、場が悪すぎた。確たる証拠がない限り、黎暉大国の外交使節団が帰国できるかどうかは分からなくなったわけだね」

そう言い、陽明は顔をしかめる。普段であれば温厚な彼がここまで険しい顔をしていることからも、現状の厳しさが窺えた。

そんな場の空気を少しでも和らげるためか、陽明は少しだけ声を落ち着かせて言う。

「その中でも幸いと言うべきなのは、杏津帝国皇帝が便宜を図ってくれているところかな」

「……杏津帝国皇帝が、ですか？」

「うん」

すると、陽明は禁軍将軍である郭慶木《けいぼく》を見る。

「今回、この情報がすんなり手に入ったのは、かの皇帝が皓月くんと空泉《くうせん》くんが書いた文を秘密裏に国境沿いに持って行かせて、慶木くんに渡したからなんだ」

そう言い、陽明は二通の文を掲げる。どうやらそれらが、皓月と礼部尚書《れいぶしょうしょ》・江《こう》空泉がしたためたもののようだ。優蘭にとっても馴染《なじ》みのある字が宛名に記されていたので、間違いないだろう。

その一方で慶木は、陽明の言葉を受け一つ頷《うなず》いた。

「わたしは陛下からの命で、国境沿いに待機して状況を窺っていたのだが、秘密裏に現れた使者の一人が渡してくれたのだ。これがなかったら今頃、杏津帝国内の状況を知ることはできなかっただろう」

「ついでに、杏津帝国皇帝直々に、帝国内の情勢に関して記した文をもらった。この辺りは、不幸中の幸いであろうな。……まあ、最悪の事態という点には変わりないが」

慶木の言葉を引き継いだ皇帝が、そう真剣な眼差《まなざ》しで告げる。

陽明は渋い顔を隠すことなく、頷いた。

「皓月くんも空泉くんも、向こうでの任務をきっちりこなしていたんだ。そのまま何事もなく終われば、全て丸く収まったのだけど」

「……ですがそもそも……という感じでは？」

吏部侍郎・呉水景《ごすいけい》が、青白い顔をしかめながら言う。

どういうことか分からない優蘭が首を傾《かし》げる一方で、全てを把握している陽明はため息をこぼした。

「水景くんの言うとおりだ。今回の件はそもそも、黎暉大国の外交使節団を杏津帝国に入国させることが目的だったはず」

「はい。そして大変申し訳ないのですが……王公女を毒殺すること自体は、難しいことではありません。そしてそこが、今回の大きな落とし穴だったのでしょう」

「うん。だから僕たちからしてみたら、ほぼ逃れられない流れだったのだろうね」

あ……そうか……！

そのやりとりを聞いてようやく、優蘭は陽明と水景が言った言葉の意味を把握した。

今回の黒幕の目的は、黎暉大国の外交使節団を杏津帝国に入国させた段階で達成されてたんだわ。

何故《なぜ》かというと、黎暉大国は今まで、杏津帝国行きに関しては非常に慎重な姿勢で対応していた。お互いの間に存在する歪《ひず》みが、それくらい大きかったからだ。

　それでも礼部尚書が使節団を出すことを選んだのは、これ以上引き延ばしたとしても関係性が良くなることはなく、むしろ悪化すると考えたからだろう。

　事実、杏津帝国から外交使節団を先に出して交流を図ろうという姿勢を見せている以上、黎暉大国から外交使節団を出さないという選択はなかった。

　つまり、黎暉大国側は最初から黒幕の手のひらの上だったのだ。

　どうしようもない現状に、優蘭はぎゅっと手を握り締める。しかし最初から相手の思惑通りだったならば、起こってしまったこと自体は仕方のないことなのだ。それよりも重要なのは、いかにしてこの状況を挽回《ばんかい》し皓月たちを救い出すか、という点である。

「現状、打開策……もしくはそれに足るだけの何かはあるのでしょうか」

　優蘭がそう聞くと、陽明は口を引き結びながらも頷いた。

「あるとしたら……僕はやっぱり、邱充媛《きゅうじゅうえん》の存在だと思っている」

　充媛・邱藍珠《らんじゅ》。

　それは皇帝の寵妃《ちょうひ》の一人であり、今回の黒幕の一人と思われる人物、胡神美《こじんび》との関わりが最も深い女性のことだった。

　しかし陽明がわざわざここでその名前を出したということは、それだけが理由ではない。

「……もしかして珀右丞相は、杏津帝国皇帝から言質を取ったのですか？」

　声が上擦らないよう、最大限注意しつつ口を開けば、陽明が深く頷く。

「うん。そして彼は未《いま》だに、亡くなった邱充媛の母君に思い入れがあるようだね。これは杏津帝国で起きた状況を覆すのに、一番有効な手段だと思う」

「そう、ですね……味方が少ない中、唯一状況をひっくり返せるだけの力があるのは、杏津帝国皇帝ですから……」

「そして皮肉ではあるけど、黒幕であろう胡神美が執着しているのも彼女だ。慎重かつ狡《こう》猾《かつ》なあの女性の隙を作るのであれば……邱充媛自身が杏津帝国に行かなければ意味がない」

水景も同意したが、二人とも言うほど表情が晴れない。希望は抱いているようだが、楽観視できるほどではないということだろうか。

いや……状況が悪すぎる上に、やらなければならないことが多すぎて手が足りていないんだわ。

陽明は非常に優秀な、黎暉大国の宰相の一人だ。ある程度のことならば彼一人でも回せるだろう。

しかし今回は状況が悪いという点だけでなく、皓月と空泉という黎暉大国の高官たちの中でも主力であった二人が動きを封じられてしまっている。これはかなりの痛手だ。

かといって、二人に杏津帝国で動いてもらうのも難しい。それは距離という物理的な問題だけでなく、疑われている状況下で動くことの危険性というのもあった。

これは、私が一番よく知っている……。

賢妃《けんひ》暗殺疑惑をかけられた際の優蘭も、下手に動けば事態がさらに悪化する可能性を考え、待つことを選んだ。そして頭の回転が速い皓月や空泉であれば、今が動く時機ではないことなど分かるだろう。

そしてその推測は的中していたらしく、陽明と水景があぁでもないこうでもないと話し合っている。

その一方で皇帝は、はあ、とため息をこぼした。

「陽明。現状で、余の茉莉花《まつりか》を外に出すことは許さん」

「……陛下」

「当然であろう？　成功の目が見えない状態で藍珠を動かすのは、愚の骨頂だ。もちろん私情も多少なりとも含まれるが……この国の皇帝として、唯一の鍵である彼女を無駄死にさせるわけにはいかぬ」

「っ……！」

それは、どうしようもない事実だった。皇帝が認めないと言うのも当然だ。

しかしそれは同時に、成功する可能性があるのであれば許すということでもある。

説明が回りくどくて分かりにくいところが本当に腹が立つけれど……きちんと場を整えてから説得しろってことね。

皇帝との関係性が浅い優蘭ですらそこに気づけたのだから、ずっと横に居続けた陽明が気づかないはずもない。その証拠に、彼は悔しそうな顔をしながらも皇帝に意見したりはしなかった。

そんな陽明の様子を見ながら、皇帝は口を開く。

「一番の問題は、人員不足であろう？　それならば、風祥《ふうしょう》を呼び出せ」

風祥。

その名を聞き、優蘭は目を見開いた。

それって……お義父様《とうさま》のことよね……？

珀風祥。

先代の左丞相にして、現珀家当主である。皓月の父であり、優蘭にとっては義理の父親であった。

確かに彼ならば、この事態を臨機応変に対処することが可能だろう。現状における最適解と言える。

しかし。

「ですが陛下。珀当主を召集するとなりますと、時間が……」

そう。優蘭も珠麻王国《じゅまおうこく》へ向かったときに実感したが、珀家がある柊雪州《しゅうせつしゅう》までは時間がかかる。その上、今は冬。道が悪い。往復することを考えると、半月以上を無駄にしてしまう。それは、この場において痛手だ。

そして陽明も同じことを考えていたらしい。渋い顔をして唸《うな》る。

「風祥さんを呼ぶこと自体には賛成ですが……いささか時間がかかりすぎるかと……」

「しかしそれしか手はなかろう。そしてそのことに対して躊躇《ためら》っている時間は、余たちにはあるまい」

「……はい。仰《おっしゃ》る通りです、陛下。すぐ手配いたします」

そう言い頭を下げた陽明が、宦官《かんがん》に指示を出すために外へ出ようとした。

――そんなときだった。

『……失礼致します、陛下。今、よろしいでしょうか……？』

控えめに、扉の外から宦官の声がしたのは。

皇帝と陽明が顔を見合わせる。

「わたしが対応いたします」

瞬時にそう告げた陽明が、一度外に出た。それから彼が戻ってくるまでの間、室内に妙な空気が漂っている。

優蘭も首を傾《かし》げた。

こんなときに宦官が声をかけてくるなんて、滅多にないのに……。

それこそ、本当に緊急の事案が浮上したときくらいだ。彼らも主人たちの事情はきちんと把握しているのだから。

それなのに声をかけたということは、つまり今、そのよっぽどのことが起きているということで。

これ以上、状況が悪くなって欲しくはない。

そんな思いから、そわそわしつつ扉を見つめていると、陽明がちょうど戻ってくる。

そして優蘭を一度見てから、皇帝に視線を移した。

「その、陛下。とある方が、緊急の用向きでお会いしたいとのことです」

「誰だ？」

「……名は、玉暁霞《ぎょくぎょうか》。珀長官の、お母君です」

「……………………お母様が!?」

あまりにも突拍子もない話に、優蘭は思わず素っ頓狂な声を上げてしまう。

しかし続く言葉に、言葉を失った。

「……珀風祥の使いで、参ったそうです」

……………お母様が、お義父様の使いで？

あまりにも予想外の人物の登場と、あまりにも謀ったような時機に出た渦中の人物の名
前に、一同はただただ顔を見合わせる。

しかしその話が本当なのであれば、断る理由などない。

そして少し話し合った結果、この場へ通すようにと皇帝は命じたのだった——

「お初にお目にかかります、皇帝陛下。この度は貴重なお時間を割いていただき、誠にありがとうございます」

開口一番、堂々とした態度で定例の言葉を口にして起拝の礼を取ったのは、間違いなく優蘭の母親だった。

玉暁霞。

玉商会を取り仕切る女主人であり、優蘭が最も尊敬している人だ。

焦茶の髪を緩く結えた姿は優蘭と比べると全体的に華があり、尚且《なおか》つ穏やかで柔らかい雰囲気をしている。

皓月の母である璃美《りび》の、思わず視線が吸い込まれていくような美しさはないが、焦茶の垂れ目と全体的におっとりとした雰囲気からか、思わず気を許してしまいたくなるような愛嬌《あいきょう》が感じられる女性だった。一見すれば商人には見えない。

しかしその実、玉商会がここまで大きな商会として成長を遂げられたのは間違いなく彼女の手腕によるものだった。

そして、皇帝だけでなくこの国の中核を担う面々を目の前にしても臆することなくいつも通りに振る舞う姿に、優蘭は若干の恐れと同時に妙な安心感を覚える。

　暁霞は挨拶もほどほどに、懐から一通の文を取り出すとそれを恭しく差し出した。

「前口上もなく本題に入りますのは、個人的な主義に反してはいるのですが……なにぶん緊急事態ですので、こちらをまずお渡しさせていただきます」

「これは、珀風祥からの文か？」

「はい。どうぞお読みください」

　暁霞の手から陽明に渡った文は、彼がまず目を通し、それから皇帝へと渡る。そのとき、陽明が「これは……」と驚いた顔をしていたのが印象的だった。

　それから少しして、最後まで目を通した皇帝が視線を暁霞に向ける。

「……今回の一件で、珀家だけでなく玉商会が協力をする？　一体どういうことだ」

「はい。その辺りについて、詳しくはわたしの口から説明させてください。ただ一度、ここにいらっしゃる皆様にご共有させていただくために、文の内容を再度お伝えしても？」

「……許す」

「ありがとうございます」

　そう言うと、暁霞は周囲を見回した。

「陛下からもありました通り、今回杏津帝国で起きた一件を珀家と玉商会で秘密裏に支援させていただけないかと思い、こうして参りました」

「支援って……つまり、もうある程度のことを把握されているということですか……？」

優蘭が思わず問い掛ければ、暁霞は深く頷《うなず》く。

「事態を把握されていたのは珀家の当主様です。どうやら、先日ご子息が起こした行動と今回の杏津帝国行きを見て、何か起きるのではないかと察知されたようですね。大方の調べとともに、我が商会に協力を仰がれたのです」

ご子息が起こした行動というのは、優蘭と共に珠麻王国へ赴いたときのことだろう。

あんな少しのことだったのに、今後の展開を察知して事前に下調べをし、玉商会にまで協力を仰ぎ、さらには支援までしてくれるっていうの……？

一体、わずかな情報からどれくらいの先読みをしたというのだろう。優蘭であれば絶対にできないことをさらりとやってのけたのは、さすが戦争を未然に防いだ元宰相の手腕というわけか。

驚きの事実に、優蘭は口をあんぐりと開けかけなんとかこらえる。母の態度が娘に向けたものではなく、女官に向けられたものだと悟ったからだ。

公私はしっかりと分ける。

そのことを教えてくれた人の前で、気の抜けた姿は見せられない。

優蘭が改めて心を落ち着かせている間にも、暁霞の話は続く。

「その上で、初めに一点ご報告があります。黎暉大国北部を中心に、我が国の外交使節団が杏津帝国に捕らえられたとする時報紙が撒《ま》かれました」

「それ、は……」

さらに事態を悪くする情報に、頭が痛くなってくる。それは、この場にいた面々の顔色を見れば明らかだった。

「こちらは、敵の策の一つでしょうね。紙面には、『杏津帝国との仲に亀裂が走ったのか？』『杏津帝国が黎暉大国をはめたのか？』とする話題が記されておりました。北部ということで珀家の当主様がご対応なさっているようですが、国中に広まるのも時間の問題かと思います」

そう言い、暁霞はその時報紙を取り出して見せる。

それを受け取り素早く目を通した陽明は、眉をひそめた。

「……どの紙面も、殊更杏津帝国を悪とするものばかりですね」

「はい。民心を操作し、杏津帝国との開戦に踏み切らせようとしていると推測できます」

暁霞の発言を聞き、しかし、と水景が首を傾げた。

「何故《なぜ》、北部でそこまでの時報紙が撒かれたのでしょう……」

それはこの場の全員が思ったことだった。情報がここまで拡散されたということは、事前に準備を済ませていたということに他ならない。しかしその経路はどこなのかと言われると、疑問が残る。

そしてこの疑問は、無視していい類いのものではない。再度同じようなことが起きる可能性が残ってしまうからだ。

何事も、先手必勝。最初に事を進めた者が優位に立てる。そして後手に回ってばかりではいつか対応しきれなくなるのは当然だった。

それ故に、水景の言葉は重たく部屋に響き渡る。

しかし、優蘭だけは違った。

……何か、引っかかるものがあるわ。

こういう感覚を、優蘭は知っている。既に手元に答えがあると知っているときに起きる感覚だ。それはつまり、記憶をひっくり返せば答えを導き出せるということだった。

考えろ考えろ。思考を止めるな。

何に引っかかった？　藍珠の両親について？　否、別。珠麻王国で得た情報――

瞬間、頭の中で勢いよく全てのものが繋《つな》がっていく。

「…………旅芸人一座」

そこでぽつりと、優蘭は呟《つぶや》いた。

全員の視線が優蘭に向いている中、彼女は顔を上げて静かに告げた。

「今回の黒幕と思《おぼ》しき胡神美は、杏津帝国へ向かう以前は旅芸人一座にいました。そして最近、珠麻王国を中心に活動をしている一座の間で、沙亜留《シャール》教という金髪碧眼《へきがん》の美女が教祖だという新興宗教が広まっているようです。この教祖が胡神美だと推測をすると……新興宗教に入信した旅芸人一座が広めた可能性が高いのではないかと思います」

「……確かにそれが事実なのであれば、北部を中心に広まったこと、またここまでの速度で広まったことに説明がつくね」

聡明《そうめい》な陽明が瞬時に状況を把握してくれたことに安堵《あんど》しつつ、優蘭は頷いた。

それに、時報紙を撒く時期を合わせること自体はそう難しくない。なんせ、黎暉大国と杏津帝国の外交日程は決まっているのだから。この情報は神美も易々《やすやす》と手に入る立場であるはずなので、あとは外交日程が終わる日から少しずらして広めればいいだけ。

神美が旅芸人一座の掌握をしていたのは、こういうことだったのね……。

各処の情報を集めることだけでなく、広めることにも利用する。それは、情報の大切さを知っている人間だからこその策略だ。だがここまで手を広げるには、相当な時間と労力がかかったはず。

しかし神美はそうまでして、目的を果たすために労力を惜しまなかった。その執念は本物だ。それを感じ、優蘭は胡神美が『狡猾《こうかつ》でありながら用意周到な人間』なのだと改めて実感した。こういう人間は、敵に回すと実に厄介だ。

「ただこの件を鎮めても、黎暉大国中に話が広まるのは時間の問題だろう。それに、民心に後押しされて開戦するとしても、冬が明けてからなのは変わらない。厄介ではあるけれど、珀当主が動いてくれているなら僕たちが動く必要はないかな」

陽明の言葉に、全員が頷いた。

続けて彼は言う。

「だから僕たちが今やらなければならないのは、事態をなるべく早く収束に向かわせることだ。そして人員不足が解消された以上、やることは大きく分けて二つ。一つ目は、邱充媛を連れて秘密裏に杏津帝国に向かうこと。そして二つ目が、杏津帝国に向かった組に黒幕の視線が向かないよう、陽動すること」

指を立てながら話す陽明の言葉に、暁霞は目を見開いた。

「……驚きました。杜左丞相様は、珀家のご当主様と同じことを仰《おっしゃ》るのですね」

「はは、僕もあの人とは付き合いが長いですから。何を考えてどんな作戦を立てて、玉夫人を経由してどういう意図でこの話を僕たちに持ってきたのかくらいは分かりますよ」

そう言うと、陽明は笑みを浮かべた。それは今日彼が初めて見せた笑みであり、あまり切羽詰まった様子を見せたことがなかった人が優蘭の前で見せた、安堵の笑みだった。

しかしそれも一瞬。彼はすぐ表情を引き締めると、優蘭を見てから、紅儷《こうれい》に視線を移した。

「先ほども言った通り、今回の要となるのは邱充媛だ。そして秘密裏に動く以上、最低限の人数でありながら、柔軟に対応できる同行者をつけたいと思ってる。その役を、僕は珀長官と郭夫人にお願いしたい」

「……珀夫人はともかく、わたしもですか？」

そう声を上げたのは、今まで同席をしていても滅多なことがない限り発言しなかった紅儷だった。

それはそうだろう。優蘭もまさか、ここで紅儷が名指しされるとは思ってもいなかった。

しかし陽明の目に迷いはない。

「もちろんです。郭夫人はある程度、杏津帝国語を理解されていると郭将軍から伺いました。またいくら少数精鋭とはいえ、邱充媛と珀長官だけでは身を守る術がありません。その点、郭夫人は適任なのです」

「……なるほど。さすがに国を揺るがしかねない状況で、夫が陛下のおそばを離れるわけにはいきませんからね」

「はい。また郭将軍のことは、杏津帝国側も周知のはず。そんな彼が陛下のおそばにいなければ、裏で動いていると勘付く者が出てくるでしょう。今回の作戦において、それだけは絶対に避けなければならないのです」

完全なる隠密《おんみつ》作戦。

それを改めて強調され、優蘭はちらりと紅儷を見た。

私は……皓月が関係している以上、何があっても動く覚悟ができているけれど。

紅儷は、藍珠の一件があったことでこの一員に組み込まれることになった人だ。宮廷に勤めている人間ではない。つまり、責務ではないのだ。強制はできない。そしてだからこそ、陽明はこのようにお願いしているのだろう。

独特の緊張が部屋に満ちる中、紅儷は考えるように一度目を伏せてから、慶木を見た。

慶木は、いつも以上に恐ろしい顔をしている。怒っているようにも見える顔だが、優蘭には「できれば頷かないでほしい」と懇願しているように見えた。

そんな慶木に臆することなく笑いかけ、紅儷は言う。

「……慶木」

「なんだ、紅儷」

「あなたの言う『必要になるとき』が来たと。そうは思わないか」

瞬間、慶木が目を見開き、くしゃりと顔を歪《ゆが》めた。

ああ……あのとき、紅儷が言っていたことだわ。

きっとこの場で、この台詞《せりふ》の意味を知っているのは優蘭しかいないだろう。しかし知っている優蘭からしてみたら、それは何よりも大切な言葉だった。

『いつか必ず、お前のことが必要になるときが来る。だからその日まで、信じて待っていて欲しい』

紅儷は慶木から言われたその言葉と志を信じて、大切に胸にしまっていた。

そしてそれを、慶木自身が知らないはずもないだろう。

「……少しだけ、あの日の己の発言を後悔している」

「……慶木」

「しかし、同時に誇らしくもある。お前がお前らしく羽ばたけること。そして……他ならぬ沈家《ちんけ》のお前が、柳邱《りゅうきゅう》という故郷を救う手助けをすること。嬉《うれ》しくないわけが、ないだろう」

不満そうに、だけれどどこか嬉しそうに顔を歪めて告げる夫の言葉に、紅儷は目を丸くした。そしてすぐに破顔する。

その笑顔がまるで少女のように華やかで、可愛《かわい》らしくて。優蘭は思わず少しの間、見惚《みと》れてしまった。

それからお互いに目を合わせただけで、郭夫婦が何か言葉を交わすことはなかった。

しかしそのやりとりだけで、この二人には十分だったのだろう。覚悟を決めた紅儷の目が、全てを物語っていた。

「……承りました、杜左丞相殿。そのお話、郭紅儷、謹んでお受けいたします」

「……ありがとう。珀長官と邱充媛のことを、よろしくお願いします」

それを聞き、優蘭は詰めていた息を吐き出した。二重の意味で安堵したからだ。

杜左丞相の仰る通り、私一人で充媛様をお守りすることは難しかった……。

優蘭は、長年商人をしていた経験から護身の術こそ学んでいるが、非力な女性である。

大抵の人間であれば言葉でいなせる自信はあったが、道中の安全を確保した状態で、藍珠を連れて乗り切れる自信はなかった。

しかし紅儷がいるならば、話は別だ。彼女の実力は優蘭もよく知っている。それがあれば、これから想定されるであろう厳しい旅路がだいぶマシになるだろう。

何より、一人だけで気負わなくていいという事実が、優蘭に安心感を与えていた。

すると、陽明が皇帝を見る。

「そして、邱充媛の説得ですが……陛下にお願いしても構いませんか？」

「…………ああ。むしろこの件に関しては特に、余の口から伝えるべきであろう」

苦々しい顔をしながら、しかし国の頂点に立つ権力者として藍珠を使うと決めたらしい皇帝は、自身の口から藍珠に協力を願うらしい。

普段であれば優蘭に任せたであろうことを自分でやるという部分に、彼が妃嬪《ひひん》たちを大切にしたいという思いが透けて見え、優蘭は口を引き結んだ。

ひとまず場がまとまったところで、陽明が全員を見回す。

「詳しい作戦内容に関しては、僕のほうで急ぎまとめます。珀長官と郭夫人はなるべく早く動いてもらいたいので、旅の準備と身辺整理をして欲しい。いいかな？」

『分かりました』

「そして……玉夫人は後で、僕の執務室で作戦内容のすり合わせと調整をしましょうか」

「承りました」

この場にいる全員に指示を出し終えた陽明は、そこでようやく口を閉じた。そして静かに皇帝のことを見つめる。

それに倣い、優蘭も皇帝を見た。全員の視線がこの国の君主たる劉亮《りゅうりょう》に集まる。

独特の緊張感が走る中、皇帝が口を開いた。

「この国の平和を。また、大切な者たちを守るために。そなたらの活躍を期待している」

――こうして、一人一人がそれぞれの思いを抱えた状態で、秘密裏の作戦が幕を開けたのだ。

第一章　妻、旅立ち

杏津帝国《あんっていこく》・シュネー城にて。

その日のシュネー城周辺は、猛吹雪に見舞われていた。びゅうびゅうと大きな音を立てて吹きすさぶ雪と風により、窓がガタガタと悲鳴を上げている。

今日だけでなく連日降り続く雪により、すさまじい量の雪が積もっていた。毎日整備をしているためかろうじて道はあるが、積み上げられた雪は大の大人の身長をはるかに超える高さとなっていた。

そのため、ひとたび外に出れば冷たい風が肌に突き刺さり、凍《い》てつく空気が呼吸すら困難にさせる。とてもではないが外に出られる状況ではない。そんな真冬の厳しさを感じられる天気だった。

——そしてそれ以上に、シュネー城内は凍てついていた。

それもそのはず。本来であれば円満に終わるはずだった黎暉大国《れいきたいこく》と杏津帝国の外交交流は、参加していた公女の死によって大きく様変わりしてしまったからだ。

公女の死から早一週間ほど経《た》つが、日を重ねるごとにギスギスとした空気が強くなっている。過ごしやすいとはとてもではないが言えない。

また外交使節団員たちは、立場的に貴賓ということもあり、行動を極端に制限されてはいないが、それぞれの部屋に監視がつけられている。

その上、雪のせいで孤立無援となっているということもあり、「この中に殺人犯がいる可能性が極めて高い」という状況は城内にいる全ての人間に緊張をもたらしていた。

特にもともと仲があまり芳しくなかった両国の面々は、同じ場にいるだけでひりつくような空気を醸し出しているのだった。

そんな、今にも砕け落ちそうな脆《もろ》い薄氷の上にある雰囲気の城内にて。

黎暉大国の右丞相《うじょうしょう》である珀皓月《はくこうげつ》は、礼部尚書《れいぶしょうしょ》・江空泉《こうくうせん》と共に真夜中、とある人物と向き合っていた。

杏津帝国皇帝・エルベアト。

少し癖のある栗色《くりいろ》の髪に藍色の瞳を持った無表情の美丈夫は、いつも以上に冷たい空気をまとっていた。そのため、暖炉を終始焚《た》いていて暖かいはずの室内は、異様な空気に包まれている。

状況を打開するべく秘密裏に話し合いの場を設けたのだが、エルベアトが公女の毒殺事件によって苛立《いらだ》ち、明らかに疲弊していることに、皓月はどうしたものかと思案した。

精神状態が良くない状態での話し合いは、あまり建設的ではないのですが……。

人は感情的になると、思考がまとまらなくなる。エルベアトの状況自体は同情の余地があるものだが、かといってそのせいで対応が遅れてしまうのでは元も子もないのだ。

そしてここ数日のやりとりから、エルベアトがそれを分からないほど愚かではないことを、皓月は知っている。故に、どう話を切り出そうか考えあぐねていた。

そんな中でも、空泉は相変わらず楽しげな笑みを浮かべている。そしてエルベアトの様子になど構わず口を開いた。

『この度はお忙しい中お時間を作っていただき、ありがとうございます。先日お渡しした手紙は、黎暉大国側に届けていただけましたでしょうか？』

『……もちろんだ。それとも、わたしのことが信じられないとでも言うのか？』

『まさか、そのようなことは』

笑みを浮かべ首を横に振る空泉に、皓月はちらりと視線を向けた。

この方、わざと煽《あお》っていますね……。

しかも楽しいからという個人的な理由でなく、どちらかと言えばこれは皓月に対してのものと同じ——まるでこちらを揺さぶって、一皮剝《む》けるようにと期待して挑発するような。

そんな独特の嫌らしさが感じられる。

それもあり、窘《たしな》めることもなく状況を傍観していると、まるで悪びれた風のない空泉が話を切り替えていた。

『陛下。その後、進展はございましたでしょうか？』

『……毒物が入っていたと思われる小瓶が、晩餐《ばんさん》会会場として使った食堂の卓《テーブル》の下に落ちていた。それ以外の物証はなかったようだ』

『つまり……故意に行《おこ》なわれたものなのか、はたまた公女自身が毒をあおったのかはまったく分からないということですね』

『ああ。また怪しい者を調べてみたものの、そもそも魅音《フリーデ》の味方はあの場にはいなかった』

　それはつまり、容疑者はあの日食堂にいた全ての人間、ということになる。――そんな情報では、事態は何一つとして好転しない。なんせ結局のところ、皓月たちが容疑者から外れていないのだから。

　そのことに少なからず罪悪感があるのか、エルベアトは苦々しい顔をしてさらに自分たち側の状況も話してくれる。

『これは杏津帝国側の問題でもあるが……こちらの過激派が、ここぞとばかりに二つの意見を出しているらしい』

　一つ目は、「やはり黎暉大国との交流を深めるのではなかった」という意見。

　そして二つ目は、「穏健派が過激派への見せしめのために、今回の一件を起こしたのではないか」という意見だという。

特に一つ目の意見を言う貴族たちは、今シュネー城で軟禁生活を送らされている黎暉大国の外交使節団員を全員、見せしめに殺すべきだとまで言っているそうだ。

もし本当にそうなれば、黎暉大国と杏津帝国の間にある歪《ひず》みは取り返しのつかないものになってしまうだろう。現状、想像しうる限りの最悪の展開と言える。

『過激派と言いますと……陛下の弟君であらせられる、虞淵《ハルトヴィン》様のことでしょうか？』

『……恥ずかしながら、その通りだ』

『なるほど。公女の死は黎暉大国との外交問題に大きなひびを入れただけでなく、穏健派を陥れる材料にもなってしまっているのですね』

皓月がそう言うと、エルベアトは苦々しい顔をしながら深く頷《うなず》いた。

『まさか、ここまで見事にしてやられるとは……こればかりは、こちらの不徳の致すところだ。本当に申し訳ない』

謝罪と共に、エルベアトが頭を下げる。一国の主が、非公式の場とはいえ深々と頭を下げたことに、皓月は少なからず驚いた。普通ならばそんなことはないからだ。

その上で、エルベアトは言葉を続ける。

『もちろん、君たちに危害を加える気はない。君たちが何事もなく帰還できるようにありとあらゆる策を講じ、力を尽くすつもりだ。だからもうしばらく、待っていて欲しい』

エルベアトからの言葉を受けた皓月は、空泉に視線を向けた。

その空泉はというと、人の好《よ》さそうな笑みを浮かべたまま手を組んでいる。

これからとんでもないことを言うのだろうな、と皓月はそっとため息《いき》をこぼした。

『陛下のご配慮、大変嬉《うれ》しく思います。ですが』

そしてその予想に違《たが》わず。空泉は笑みをたたえたままとんでもないことを告げる。

『失礼を承知で申し上げます。——このような状況に陥っているのは、陛下の対応に問題があるからではありませんか？』

丁寧だが、しかしはっきりと「お前が無能なせいでこんなことが起きているのだぞ」と言ってのけた空泉に、皓月は逆に感心してしまった。

肝心のエルベアトは、まさかそんなことを言われるとは思ってもみなかったらしく、目を丸くして放心している。

それをいいことに、空泉はなおも続けた。

『そもそもこのような状況に陥ったのは、陛下が自国の貴族たちを上手《うま》くまとめられていないためかと』

『な……』

『わたしの祖国の話を引き合いに出す形にはなりますが……我が主君は第五皇子であらせ

られました。そのため、代替わりはかなり突発的なもので周囲からの反対の声も多く、最初のうちは貴族たちも大きな顔をしていたのです』

それを聞き、皓月は当時のことを思い出した。確かに、劉亮《りゅうりょう》は第五皇子だった上に好き勝手した挙句留学をした放蕩《ほうとう》息子といった認識を周囲に与えていたため、貴族たちも「この皇帝ならば、傀儡《かいらい》にできるのでは？」と思っていた。

まああの奔放さを知っている皓月としては、そんなこと万が一にも起こるはずがなかったのだが。

『ですが彼の方が一筋縄ではいかなかったこと、また後宮におられた妃嬪《ひひん》に関して手を出されたことで内部粛正が起こり、一度大きな人員替えが行なわれました。そのことで不満もありましたが、あれは結果としてよかったとわたし自身は思っております。……陛下に足りないのはそういった、ご自身がいかに悪く言われようが、国をよくするために他人を切り捨てられる決断力のなさかと』

本当にこの男《ひと》、よくやりますね……。

わざわざ劉亮の話を持ち出してきたのは、もちろん分かりやすかったのもあるが、純粋に自分たちの優位性をエルベアトに見せつけるためだろう。

実際、黎暉大国は杏津帝国とは違い、国内の問題が一段落ついた状況だった。それと比べると、杏津帝国の状況というのは真逆だと言える。

　また劉亮が『第五皇子』だということを伝えたのも、わざとだろう。

　空泉はエルベアトにこう言っているのだ。──「お前は皇太子という、国を背負うことが幼い頃から決まっていた立場の人間だったのに、第五皇子だった劉亮の敷く統治にすら遠く及ばないのか」と。

　他国の、しかも元々仲があまり良くなかった外交使節団員が言うにしては、あまりにも踏み込みすぎた内容。それは当たり前だが、エルベアトの逆鱗《げきりん》に触れた。

『貴様に、何が分かる!!』

　目を見開き大声でそう叫んだエルベアトは、しかし今が深夜だということを思い出してすぐに、ぐっとこらえる表情を見せた。

　されど空泉に向ける視線は、まるでこれから狩りをしようとしている猟犬のように鋭い。

『我が国のことに、これ以上口出しをしないでいただきたい。君たちには関係のない話だ』

『関係ないとするには、いささか状況が悪すぎますが……』

　にこり。エルベアトの視線にまるで動じず、空泉は最後の一撃を食らわせる。

『それを、我が国におられるご息女にも言えますか？──自身の行ないは間違っていなかったと、胸を張って告げられますか？』

　渾身《こんしん》の一手とも言うべき言葉に、エルベアトは絶句した。そしてしばし口をつぐみ、ぎりっと歯を食いしばる。彼の手がきつく握り締められていたのを、皓月はほんの少しだけ同情しながらも黙って見ていた。

それからしばらくして、エルベアトが絞り出すような声で言う。

『……今日はこれで失礼する』

逃げるように行ってしまったエルベアトの背が扉の向こうに吸い込まれていくのを見届けてから、皓月は詰めていた息を吐き出した。

「よくもまあ、あそこまで堂々と他国の君主を非難できますね……」

呆《あき》れ交じりにそう黎暉大国語で告げれば、空泉は肩をすくめながら皓月を見る。

「そう言う割に、珀右丞相は口を挟みませんでしたね？」

「…………」

「わたしが間違っていると感じたのであれば、あなたはきっと間に割って入ったと思うのですが」

暗に「同意見だったのでしょう？」と言われると若干腹が立つが、その通りではあったので頷いた。

「事実、彼の皇帝の行動は、いささか煮え切らないものばかりですから」

皓月たちとて、杏津帝国に関する情報を何も持たないまま来たわけではない。杏津帝国に直接入国して情報を得る、という形は難しかったが、珠麻王国《じゅまおうこく》や和宮皇国《かずのみやこうこく》などを経由して少なからず情報は持っていた。

その情報を見る限り、杏津帝国がここまで大きく穏健派と過激派に分かれてしまったのは、エルベアトの対応が消極的だったからだ。

とにかく周囲との衝突をできる限り避け、波風を立たせないようにしている感じだ。それが悪いと同じような対応を得意としている皓月からは言いたくないが、使いどころが悪いと感じる。正しいことはするが悪いことはしたがらない、典型的な優等生といったところだろうか。

そんなエルベアトが行なった中で唯一不可解だったのが、黎暉大国との関係改善だった。なんせ今までの彼らしくない行動だからだ。きっと今まで通りであれば協定など結ばず、膠着《こうちゃく》状態を保っていたことだろう。

しかしあそこまで藍珠《らんじゅ》の母を愛していたと知った今となっては、その理由にも納得がいく。それほどまでに大切だったからこそ、彼は黎暉大国へ赴く方法をなんとかして模索したのだ。それが外交問題に手を付けるきっかけとなったのだろう。

……皇太子時代にも行動を起こせたであろうことを考えるともう何十年もかかっていますから、まあ全く有能とは言えませんが。

君主には、きっちりと手綱を握るときは握り、自由にさせるときは自由にさせる柔軟性が必要だ。飴《あめ》と鞭《むち》である。

それなのにエルベアトは、鞭を決して使おうとしない。それにより、周囲の貴族たちは「この主君であれば何をしてもこちらにとっての最悪を起こしたりはしない」と判断したのだ。

だからこそ、杏津帝国の貴族たちはここまで好き勝手にしているのだろうと、皓月は推測している。

「彼《か》の皇帝は、殊更他人を傷つけることを嫌っているように思います。もしかしたらその理由に、相手が異母弟だからというのはあるのかもしれませんが……過激派を増長させているのは間違いなく、その性格のせいでしょう」

「同感ですね。また周囲にいる穏健派貴族たちがそれを咎《とが》めることができないでいることも、状況が悪化している原因の一つかと」

「そうでしょうね」

実際、エルベアトが周囲の貴族たちを頼りにしている感じはしない。

様々な要因が重なったからこその現状なのだろうが、それに巻き込まれた皓月たちとしてはたまったものではなかった。

そう思いつつも、皓月はため息をこぼす。

「だからと言って、江尚書のやり方で彼の皇帝の考えを変えられるわけがないでしょう」

「おや、やってみないと分かりませんよ」

「冗談を仰《おっしゃ》らないでください。分かっていて発言をしたはずです」

「根拠はなんでしょう？」

「江尚書だからです」

そう言い切れば、空泉は目を丸くした。

「まさか、珀右丞相にそこまで評価していただけているとは思いませんでした」

「……あなたが突拍子もないことをするときは、大抵理由があります。今回のことも、皇帝の考えを変えるためというよりかは、邱充媛《きゅうじゅうえん》のことを持ち出して揺さぶりをかけるためでしょう」

そう言えば、空泉は嬉しそうに笑う。

「その通りです。さすがは珀右丞相ですね」

空泉の考えなど理解したところで、全く嬉しくないのが悲しいところだ。しかし一緒に仕事をする上では役に立つため、悲しみはそっと胸の内側にしまうことにする。

皓月のそんな葛藤など見向きもせず、空泉は声を弾ませながら告げる。

「それにしても、まさか邱充媛の存在がここまで効果的だとは思いませんでした。今後も揺さぶりをかけるのであれば、この方面からが一番効果的でしょうね」

「楽しそうですね……」

「それはもちろん。交渉を有利に運べる材料が手に入ったのです。喜ばないというほうが無理でしょう！」

「左様ですか……」

それで現状を打開できるわけではないのですが……。

皓月が呆れていると、空泉が言葉を繋《つな》げた。

「効果的とはいえ、わたしたちの言葉では彼の皇帝の考えを曲げることはできません。恐ろしく頑固なご様子でしたから」

「それはそうでしょうね。ですからわたしたちにできることはせいぜい、現状維持です。人質は人質らしく、助けが来るまで大人しくしていましょう」

「……人質の立場で、場を盛大に引っかき回した後に言うことではありませんね……」

思わず呆れた皓月を見て、空泉が試すような目を向けた。

「おや。それとも珀右丞相は、ご自身の奥方を信じていらっしゃらないのですか？　我々の状況を打開してくださる邱充媛のそばにいて奇策を講じてくださるのは間違いなく、あの方だと思いますが」

それを聞き、皓月は空泉に視線を向ける。

馬鹿馬鹿しい、本当に馬鹿馬鹿しい挑発だった。

だって。

「信じていないわけ、ないではありませんか。わたしの妻ですよ」

藍珠が来る以上、優蘭《ゆうらん》が動かないわけがない。彼女はどんなに足がすくんだとしても、その場に自分が必要なのであれば絶対に動ける人なのだから。

そのことを誇らしく思うのと同じくらい、こんな場所に優蘭を来させてしまうことを申し訳なく思うけれど。

それでも、共に生きると決めたのだから。だからその程度の揺さぶりで、皓月が揺らぐことはないのだ。

そのため躊躇《ためら》うことなく告げると、空泉が楽しげに目を細める。

「やはり素晴らしいですね、珀夫人は。珀右丞相をここまで変えてしまうとは……」

優蘭への興味をより強めた、と言わんばかりの発言に、皓月の背筋に悪寒が走る。

「大きなお世話です。……時間も時間ですから、私たちもそろそろ寝ましょう」

反撃の一手に備えて。

そう言えば、空泉は同意するように喉を鳴らして笑う。

それにため息《いき》をこぼしながら。

皓月はそっと指輪に手を伸ばし、遠き祖国にいるであろう妻に思いを馳《は》せたのだった。

＊

場所は戻り、黎暉大国の後宮・水晶殿《すいしょうでん》の執務室にて。

皇帝から重大任務を与えられた珀優蘭は、翌日に迫る杏津帝国行きのための準備を整えるより先に、健美省《けんびしょう》の中でも初期から活躍してくれている面々——蕭麗月《しょうれいげつ》、李梅香《りばいこう》、五彩宦官《かんがん》——を呼び出した。

一刻を争う状況の中、わざわざ時間を取ってまで彼らを呼び出した理由は一つ。

——健美省の仕事を、彼らに託すためである。

これだけは、優蘭が絶対に投げ出してはいけないことだった。

「忙しいときに集まってもらってありがとう。それで、なんだけれど」

そこまで告げてから、優蘭はどう言ったらいいものかと言葉を詰まらせた。

なんといっても、今回の一件は黎暉大国を揺るがす大事件だ。北部では大騒ぎになっているし、官吏たちの間ではもう話が出回っているので、彼らも事情を知っている可能性が高い。なので優蘭が今大変な状態にあることくらいは、分かっているかもしれない。

しかしその件で優蘭が後宮を離れるのは、また別だ。

一介の女官が、国を揺るがすような事件を解決するために動くというのは本来であればあり得ない。彼女とて、藍珠が関係していなければここまでしなかっただろう。

しかし今回の事件において鍵となっているのは藍珠、後宮の妃嬪《ひひん》の一人であり、皇帝の寵妃《ちょうひ》だ。自分自身もここまで調査などに付き合ってきた手前、投げ出すわけにはいかない。

そうは思うのだが、それをどう伝えればいいものか。

ある程度の事情を話していたときはあったけど、今回の件の実情を知っているのは、この中だと麗月だけだわ。

そして優蘭も、麗月以外に詳しい事情を話すつもりはない。皇帝からの命令をおいそれと話せないということもあるが、話し過ぎればその分だけ巻き込んでしまうことを知っているからだ。世の中には、知らないままでいるほうが幸せなこともあるのだから。

何より、ここまで管理してきた後宮を彼らに全て任せることに関して、若干の躊躇いがある。いつか自分の手を離れる可能性を考えて教育をしてきたが、まさかここまで早いとは思っていなかったからだ。

優蘭にしかできないことをしなければならないという使命感と、今まで築き上げてきたものを丸投げにしていくことへの抵抗感。

それらの相反する思いによる葛藤もあり思わず口をつぐんでいると、誰かのため息が聞こえてくる。

顔を上げて見れば、その相手は梅香だった。

「長官」

「え、ええ。何？」

「仰らなくとも結構です」

「え」

「だって、行かれるのですよね？　夫君のために」

梅香の言葉に思わず目を見開けば、五彩宦官——朱睿《しゅえい》、黄明《こうめい》、悠青《ゆうせい》、緑規《りょくき》、黒呂《こくりょ》も頷《うなず》く。そして口々に言った。

「何をしに行くかまでは分かりませんけど、長官が動くってことくらいは分かります」

「もう一年以上、一緒に仕事してますからね」

「俺たちが知らないところで動き回ってることくらい知ってますし」

「長官がいろんなことに関わっていることは知ってます」

「むしろそれが分からないとか、節穴すぎますし」

「あなたたち……」

優蘭が目を見張ると、今まで真剣な顔つきをしていた五彩宦官が肩をすくめて、少しおどけた態度を取った。

「というか、ここで動かなきゃ長官じゃないですよ」

「ほんとほんと」

「むしろそれでこそ、俺たちの長官って感じ」

「旦那さんの件で参って休職する人でもないしさ」

「それな。……だから」

にかり。口の端を持ち上げながら、五彩宦官は言う。

『行ってきてください。そして、お帰りをお待ちしてます』

それを聞き、優蘭は口をわななかせた。胸に、言葉にならない感情が渦巻いていく。

皓月のことが心配だったこともあってか思わず涙がこぼれそうになり、優蘭はぐっと歯を食いしばって耐えた。

深呼吸。

それから、厳しい顔を作って言う。

「……帰ってこられない可能性が高いのよ。だからこれからの健美省を支えていくのは、あなたたちになるかもしれない。私がいなくてもやっていく覚悟、ある？」

これは、純然たる事実だ。なんせ、優蘭がこれから向かうのは杏津帝国、再度敵国になりうる可能性が高い場所である。もし見つかって捕まるようなことがあれば、無事では済まされないだろう。だから気軽に、戻るなどとは言えない。

何より、優蘭たちが失敗するということは開戦を意味する。そんな状態の黎暉大国で後宮をまとめるのは彼らだ。上官として、下手に期待をさせることを言ってはいけない。

しかしそんな優蘭の言葉に対して、彼らの反応は実に淡白なものだった。

「何を仰っているのですか、長官。長官が春から、ご自身がいなくとも健美省が回るように手を加えていたではありませんか」

　あっけらかんと、梅香が言う。

　うんうんと、五彩宦官も頷いた。

「それに、帰ってこられない可能性が高いからって、俺たちが長官のことを待たない理由にはならないはずでしょう？」

「そうですよ。あなたが職を辞するまで、俺たちの長官はあなたなんですから」

　その言葉からは、決して現状を軽視している様子もなければ、状況を悲観的に捉えている様子もない。事実をしっかりと受け止めた上で軽口を叩《たた》いている。そんなふうに見えた。

　部下たちの様子に優蘭が呆気《あっけ》に取られていると、それを見守っていた麗月がくすくすと笑う。

「優蘭様。皆、長官が今までどのようなことをしてこられたのか、ちゃんと覚えているのですよ。そしてあなたの背中を見てきちんと、学んできたのです」

「そうですよ、長官」

　梅香は腕を組みながら、胸を張って言った。

「ですからわたしたちの心配などせず、どうぞご自身のやるべきことをしてください。そして、どうか無事に帰ってきてください。あなたが守ってきた場所は、わたしたちがきちんと引き継ぎますので」

「梅香さんの仰《おっしゃ》る通りです。その上で、ご帰還を心よりお待ちしております。信頼というのは、そういうものですよね？」

そこまで言われて、優蘭はようやく気づいた。この場にいる全員が全員、既に覚悟を決めているということを。

そしてその上で、優蘭の帰りを待っていると言ってくれていることを。

信頼、信用、絆《きずな》。

そういったものが目に見える形で表れたことに、驚きを隠せない。同時に、妙な気持ちがこみ上げてきた。

泣きたいような、けれど嬉《うれ》しくて笑みが浮かぶような。それでいて自分の手を離れて寂しいような、こそばゆいような。

……今まで積み上げてきたものが、まさかこんなふうに形になっていたとは。

そして何より、彼らの成長を心の底から嬉しく思う。

後宮を任せることに関して若干の不安が残っていた優蘭だったが、これならば杏津帝国との一件に集中できそうでほっとした。自分でも知らないうちに、重荷になっていたようだ。

思わず涙ぐみそうになっていると、「それに」と麗月が懐から文を三通取り出す。

「ただ優蘭様にご挨拶なさりたいのは、我々だけではありませんからね」

「え」

「こちらは、後宮の妃嬪方《ひひんがた》から届きました連名でのご挨拶状です」

「連名」

「はい。全員が文をしたためましたら大変なことになるからと、それぞれの派閥の妃嬪が本文を書き、そこに全員が名を書き連ねた形です」

どちらにせよ、優蘭が行くと決まる前にそこまでの行動を起こしたというのは、一体どういうことなのだろうか。こぼれかけていた涙が思わず引っ込むくらいには驚き、優蘭は思わずまじまじと文を見つめてしまう。

恐る恐る一通ずつ開封して中を確認してみると、優蘭の予想に反して、本文は至極短いものだった。

『行ってらっしゃい。お土産話を聞かせてちょうだいね。

行ってらっしゃいませ、珀夫人。またお会いできる日を楽しみにしています。』

『陛下の寵臣《ちょうしん》として全力を出しなさい！　手を抜いたらただじゃすまさないわ。』

『行ってらっしゃいませ。陛下のことはお任せください。』

一通目には、貴妃《きひ》・姚紫薔《ようししょう》と淑妃《しゅくひ》・綜鈴春《そうりんしゅん》からの言葉と、革新派妃《きさき》たちの名が。

二通目には、徳妃《とくひ》・郭静華《かくじょうか》からの言葉と、保守派妃たちの名が。

そして三通目には、賢妃《けんひ》・史明貴《しめいき》からの言葉と、中立派妃たちの名が、ずらりと並んでいる。後宮にはかなりの数の妃嬪たちがいることを踏まえると、これを一日二日で書くことを決め、全員を集めて用意したということになる。

何より驚くのは、記載されている名前の書体がそれぞれ違っていて、明らかに妃嬪たちが記したものだと分かる点だった。

それぞれの言葉から伝わってくる彼女たちらしさや、その裏に潜む気遣いや激励を感じ、優蘭はぐっと唇を噛《か》み締めた。

色々な感情が胸の内側に渦巻く中、優蘭はそれらを全て呑み込んで、文を丁寧に一通ずつたたむ。そして、顔を上げた。

「……ありがとう、皆《みんな》。行ってくるわ」

必ず帰る、という無責任なことは言えない。でも、彼らの配慮と決意に対して、「ただいま」で答えられるように言葉を返すことはできる。

そして何より、帰る場所があるということが、優蘭の力になるから。

だからそれに対する精一杯のお礼として、優蘭は「行ってきます」と言った。それに、部下たちは笑みを浮かべて頭を下げる。

最高の餞別《せんべつ》をもらった優蘭は、妃嬪たちからもらった文を旅行鞄《かばん》の中に大切にしまい、杏津帝国へと向かうための決意を改めて固めたのだった。

――そして、出立の朝。

優蘭が珀家を出る少し前に、来訪者があった。

こんな朝早くに、一体誰かしら？

そう思っていたが、湘雲《しょううん》から名前を聞いて優蘭は足早に玄関へ向かう。

するとそこには、自身が一番尊敬する女性《ひと》が柔らかな笑みをたたえて待ち受けていた。

「おはようございます、優蘭さん」

「おはようございます、お母様」

玉暁霞《ぎょくぎょうか》。優蘭の実母である。

どんなに近しい相手でも敬語と尊称をつけて話すため関係が悪いと思われることもあるが、暁霞が身内であっても敬語を崩さないのは彼女のそばにいる人ならば十二分に理解していた。何よりこのおっとりした雰囲気もあって、暁霞の敬語はどことなく柔らかく感じられる。

まあ優蘭もまさか、そんな母の態度がこの国の最高権力者でもある皇帝の前でも変わらないとは思わなかったが。

湘雲さんが客間に案内したんだからそこで待っていたらいいのに、直《す》ぐに終わる話だからって玄関で待っている辺り、本当にお母様らしいわ。

昔から、効率というものを重視する人だった。かといって無駄が嫌いなのではなく、その場その場において最適な美しい流れを整えるのが好きなんだとか。そんな母の性格を、優蘭自身よく受け継いでいるように思う。

そしてそれと同じくらい、相手のことを気遣える人でもある。優蘭がゆっくりと話をしている状況じゃないことを知っているからこその対応なのだろう。そのことを感じ、なんだか懐かしさを覚えた。

そんな優蘭を見て、暁霞はふっと表情をほころばせる。

「……宮廷でお会いしたときよりも、ずっと良《い》い顔をしておりますね、優蘭さん」

「……そんなにも変な顔をしていましたか？」

優蘭は思わず、自身の顔に触れた。すると暁霞は朗らかに笑う。

「ええ、とても強張《こわば》った顔をしていました。なので念のために来てみたのですけれど……杞憂《きゆう》だったようですね」

それを聞き、優蘭は微笑《ほほえ》む。

「はい。ですが、私だけの力で立ち直ったわけではありません」

「あら」

「後宮でご縁を結んだ様々な方々に、叱咤《しった》激励を受けたのです。それを聞いて気持ちの整理がつき、吹っ切れました」

もう二度と、帰ってこられないかもしれない。この世で最も大切で愛おしい夫を、喪《うしな》うかもしれない。そして最悪の場合、死んでしまうかもしれない。その失態によって祖国が戦火に見舞われるかもしれない。そのことはきちんと胸にとどめておくべきだろう。

しかし、その恐怖によって優蘭が足を止めるわけにはいかないのだ。

何より。

私にできることは、昔からずっと変わらない。

その場その場で相手と向き合って、最善だと思う判断をすること。それが優蘭の仕事だ。

それさえ忘れなければ大丈夫だと、後宮で出会った皆が思い出させてくれた。

「ですから、お母様。私、行って参ります。どうかお母様も、ご無事で」

そう暁霞の目を真っ直ぐ見て告げれば。

彼女は嬉しそうに目を細めて、頷《うなず》いた。

「ええ、もちろんです。優蘭さん。それでこそ、玉家の娘ですね。……帰ってきましたら、夫君と共にわたしに顔を見せにいらしてください」

「はい」

「……そしてどうか、ご自分が繋《つな》いだ縁というものを忘れないようにしてください。人と結んだ絆は、何よりの宝ですから」

「はい！」

この世で最も尊敬する存在に背中を押され。

優蘭は屋敷《やしき》を出たのだった。

＊

そうして今回の同行者である藍珠と紅儷《こうれい》と無事に合流した優蘭は、暁霞と義父・風祥《ふうしょう》による全面的な支援の下、半月かけて柊雪州《しゅうせつしゅう》の珀家別邸へやってきていた。

道中、特に何事もなく……そう、ある意味では何事もなく辿《たど》り着いたと言えよう。まあ、それが問題でもあるのだが。

そう思いながらも。優蘭はこぢんまりとした大きさの屋敷を見上げた。

柊雪州・白丹《びゃくたん》の中心部から少し離れた場所にあるこの屋敷は、普段は滅多なことがない限り使われない珀家の隠れ家らしい。

しかし丹塗《に》りの木造建築はきちんと管理がされているのか、雪の中でもその美しい赤色の外観を保っていた。

無事、最初の目的地に到着できたことにほっと息をつくと、玄関から一人の女性が歩いて来るのが見える。

「いらっしゃい、優蘭ちゃん。そしてお連れの方々、よくぞいらっしゃいました」

「お義母様《かあさま》」

皓月の母であり、優蘭の義母である珀璃美《りび》である。

寒空の下でも整った顔立ちが崩れない彼女の美しさと、優美でありながらも堂々とした佇《たたず》まいに優蘭は少なからずほっとする。

そんな優蘭の心情を察したのか、璃美はうっとりするような笑みを浮かべた。

「長旅お疲れ様、優蘭ちゃん。ここでのことは全てあたくしがなんとかするから、どうぞくつろいでね」

「ありがとうございます、お義母様《かあさま》。あの、お義父様《とうさま》は……？」

「あの人なら、明日ここに到着する予定よ。ごめんなさいね、ばたばたしていて」

「いいえ、北部が大変なことになっているのは知っていますし、多大なるご支援をいただいていますから……」

それに風祥がいないならば、優蘭もしっかりと準備をして彼に状況説明をすることができる。事前に使者を送って情報の共有はしているらしいが、顔を合わせての話し合いとすり合わせは重要だ。特にこういった、互いの連携が重要になってくることであればなおさらである。

そこまで話してから、優蘭は玄関前で話しすぎたと我に返り、さらに後ろにいる紅儷のことを思い出してぎくりとした。

そうだわ……珀家と郭《かく》家の確執問題……！

　この二家系の確執に関しては、優蘭が後宮内にいてひしひしと感じている問題だ。なんせその郭家の妃嬪《ひひん》である静華に目の敵にされたこともあるし、郭家当主である連傑《れんけつ》に強く当たられたこともある。そう考えると、紅儷にとってこの屋敷は、必要であったとはいえ落ち着ける場所ではないのかもしれない。

　そう思い、馬車から降りて璃美の元へと歩いてくる紅儷の様子をちらちらと見ていると、彼女はなんてことはない顔をして璃美に頭を下げる。

「お初にお目にかかります、珀家ご当主夫人。郭家次期当主の妻、郭紅儷と申します。この度はお世話になります」

「あら、ご丁寧にありがとう。珀璃美よ。優蘭ちゃんもいるし紛らわしいから、気軽に璃美と呼んで頂戴」

「ありがとうございます、璃美様」

　想像よりもずっと穏やかなやりとりに、優蘭は思わず拍子抜けする。

　すると、紅儷がくすくすと笑った。

「優蘭。そんなに心配せずとも大丈夫だ」

「え」

「郭家と珀家の確執は確かにあるが、いつだって始まりは郭家だからな。郭家から喧嘩《けんか》を売らない限り、問題は起こらない」

「そ、そうなの？」

「ああ」

優蘭が目を瞬《まばた》かせていると、璃美が口元に手を当てて優雅に微笑んだ。

「その通りよ。いつだって喧嘩を売ってきた挙句、ものすごい勢いで敵意を剝《む》き出しにしてくるのは向こうなんだから」

「言われてみたら確かに……」

静華と連傑の態度に皓月が大変困っていたことを思い出し、優蘭は納得する。

そして、紅儷は郭家の人間ではあるが、皓月と密《ひそ》かに仲良くしている慶木《けいぼく》の妻であり、郭家の外から来た人間だ。なおのこと、珀家に対しての敵対心はないだろう。

すると、それを受けた璃美が深く頷く。

「そうよ～優蘭ちゃん。珀家自体は、郭家に対して特に思うところはないわ。むしろ風祥さんは、古くから皇族に仕えている家系だからという理由で、尊敬すらしているでしょうし」

「それは皓月からも感じますね……」

「ええ、そうなのよ」

しかしそこで、璃美はにっこり。

「でもあたくしは売られた喧嘩は買う主義なので、郭家のほうから敵対してきたのであれば喜んで乗って差し上げるようにしているわ！」

「え」

「ああ、道理で、義母がいつも璃美様に怒っているわけですね」

紅麗が納得したように頷くのを見て、優蘭は呆気《あっけ》に取られるのと同時に気が抜け、少し笑ってしまう。

想像できてしまったわ。本当に、お義母様はいつだってお義母様らしい……。

しかしそんな中、ひっそりと佇んでいる藍珠の姿が視界に入り、優蘭は動きを止めた。

「……藍珠さん。お体は大丈夫ですか？」

「はい、珀長官。あ、いえ、ここでは優蘭さん、でしたね」

道中で直そうと決めた呼び名――でないと咄嗟《とっさ》に役職名で呼んでしまい優蘭の立場がバレてしまう可能性が高いため――を呼んでから、藍珠は緩く笑みを浮かべる。

「心配はご無用です。わたしも、優蘭さんのお義母君にご挨拶してきますね」

「あ、はい……」

そう言い、楚々《そそ》とした態度で璃美の元へ向かう藍珠を見送りつつ、優蘭はこっそりため息をこぼす。

無事に到着したのだし、藍珠さんのことをどうにかしないと……。

そう。優蘭が白丹までの道中で気にしていたのは、藍珠のことだった。

——藍珠を説得し作戦内容を伝えたのは、優蘭ではなく皇帝だ。

そのため、その際の詳しい状況までは把握できていないが、皇帝に軽く話を聞いた感じでは、割とすんなりと了承してくれたという。

だけれど……。

優蘭が言うのもなんだが、今回の一件にはそれ相応の覚悟が必要になる。

和宮皇国から桜綾《おうりょう》が嫁いできたときから今までで国というものを意識し続けた優蘭や、故郷で杏津帝国との確執を目の当たりにし続け、武人としての自身の役割を求めていた紅儷はともかく、藍珠は違う。

彼女は、激動の人生でこそあれ、国を救うとかそういうことを考えないまま生きてきた、元平民だ。妃嬪になってよい生活をしているからといって、民のためだとかそんなことを考えられるようになるはずもない。

神美《じんび》の件を告白した際に責任を取る、とは言っていたが、あれは命を懸けてもいいという覚悟であって、それを踏まえて行動するというのはわけが違うのだ。

その上、藍珠はごくごく最近になって、自身の父親が杏津帝国の皇帝であることを知ったのだ。その時点で既に少なからず混乱していただろうに、今回いきなり国を救うために力を貸して欲しい、なんて言われてしまった。優蘭には想像できないくらいの重圧が、今の藍珠にはかかっていることだろう。

それなのに藍珠は、そういったそぶりを欠片《かけら》も見せないまま、ここまで来ている。道中でもそれとなく聞いてみたが、特にこれといった反応はなかった。そのことが、優蘭は不安だったのだ。

以前、杏津帝国外交使節団を招いた際に、鈴春《りんしゅん》と静華の不調を事前に察知できなかった件もある。もし事前に気になることがあるのであれば、おそらく最後となる安全地帯でその芽を摘んでおきたい。珠麻王国へ行ってからでは、こうして他人の目を気にせず話ができる機会は、ない可能性が高いのだから。

何より……藍珠さんがどう思っているのかだけは、確認しておかなきゃ。

弱音でもなんでもいい、彼女の胸の内が知りたかった。お互いに命を預けるということは、そういうことだ。

そう思った優蘭は、義父がやってくる前に話をしようと、藍珠に与えられた部屋にやってきていた。

「藍珠さん、優蘭です。今少しお時間よろしいですか？」

そう声をかければ、扉が開いて中から藍珠が顔を出す。

「優蘭さん？　どうかしましたか？」

「その、折り入って話したいことがありまして……」

「……分かりました。お入りください」

込み入った話だということを、優蘭の表情から察したらしい。藍珠はすぐ部屋の中へ招き入れてくれた。

優蘭に与えられた部屋同様、中には寝台と少しの家具があるだけだった。

持ち物も最低限のみで来たということもあり、藍珠の荷解《にほど》きもさほど時間がかからず終わったらしい。ただ備え付けの卓の上に載った杏津帝国語の書物と何かの資料のようなものが目に入り、優蘭は目を瞬かせた。

すると、藍珠が慌ててそれらを隠す。

「も、申し訳ありません、部屋が散らかっていて……」

「いいえ、お気になさらずに。……座ってお話ししても？」

「はい」

優蘭は椅子に、藍珠は寝台に腰掛けたところで、優蘭は話を切り出す。

「改めまして……今回は杏津帝国へ向かうことをご了承してくださり、ありがとうございます」

「い、いえそんな……わたしも関係していること、ですから……」

「……私が今回お伺いしたかったのは、そこなのです」

「え？」

「藍珠さん。今回の杏津帝国行きは、かなり厳しいものになると思います。もしかしたら向こうで捕まり、殺されるかもしれません。……その覚悟が、あなたにはありますか？」

藍珠は、その藍い瞳を瞬かせた。優蘭の質問の意図を測りかねているようだ。

そう思った優蘭は、さらに言葉を重ねる。

「こう言ってはなんですが……藍珠さんからしてみたら、今回起きた一連の話は寝耳に水、青天《せいてん》の霹靂《へきれき》かと思います。ご自身が杏津帝国皇帝の隠し子であること……そして胡《こ》神美の件。これだけでも相当なご負担だったと私は感じているのです」

「……そう、ですね……」

「その上、今回は陛下から直々に、国を救うために動いてほしいとまで言われています。重圧は相当なはずです。……ですから私は、藍珠さんご自身がどう思われているのかを伺いたくて、こうして話をしに来ました」

そう言えば、藍珠は目を見開いた。それから、納得したように数回頷《うなず》いて、口を開く。

「そ、の。本当に申し訳ないのですが……わたしが杏津帝国へ向かうことを了承したのは、そんな大義のためではないのです」

「と、言いますと」

「理由は……二つあります。一つ目は、自分の父親が治める国を、実際に見てみたかったからです」

そう言うと、藍珠は視線を書物や書類が載った卓に向けた。

「……実を言いますと、優蘭さんから『私の父親が杏津帝国皇帝である可能性が高い』というお話をいただいた際に、陛下にわがままを言って杏津帝国のことを色々と教えていただいたんです」

そう言われ、優蘭はちらりと卓上に視線を向けた。

見れば確かに、書類には杏津帝国に関しての情報が記載されている。

そして書物のほうは、杏津帝国語の教本だった。

これを使って勉強をしていたのね。

この時点で、藍珠が杏津帝国……正しくは父親に対して、相当な興味を抱いていることが窺《うかが》える。

「興味を持たれるのは当然のことだと思います。だってご自身の父親ですから。しかも、杏津帝国の皇帝ですし」

「そう言っていただけると、救われます……」

気恥ずかしそうにしながら、藍珠は俯《うつむ》いた。

「その……そうやって色々と調べていくうちに、父の評判があまり良くないことを知って」

「そうですね……」

「ですが、実際に見てみないと、本当のことは分かりません。だから一度、ちゃんと会ってみたいと思ったんです」

時報紙に載った情報が必ずしも正しくないということは、優蘭も知っている。だから、藍珠の気持ちは痛いほどよく分かった。

「それに、杏津帝国に行けば人々の様子を知ることができます。為政者が良い統治をしているのかどうかは、国を見れば知ることができますよね？」

「仰《おっしゃ》るとおりです」

「はい。ですから……お二人ほどちゃんとした理由ではないんです」

そう言い、俯く藍珠に、優蘭は首を横に振る。

「そんなことはありません、立派な理由ですよ」

何より優蘭としては、いきなり正義感のようなものに目覚めたと言われるよりかは納得できるし、安心する。

善行をするにあたって正義感は必要だが、行きすぎた正義感は仲間をも傷つける羽目になるからだ。

それを考えると、藍珠の思考は個人的なものなので分かりやすいし、気持ちも理解しやすい。また彼女らしいとも思った。

そして、普段から自分の意見を主張しない藍珠が父親を通して少しずつだが殻を破ろうとしていることが窺えたのが、優蘭としては嬉《うれ》しかった。

しかし藍珠が杏津帝国へ向かうことを了承した理由は、もう一つあるという。

「それでは、もう一つの理由というのは？」

「……えっと……」

優蘭が問い掛けると、藍珠は上がり始めていた顔を再度下げ、先ほどよりもより言いにくそうな顔をした。

されど言おうとしてくれている気配を察知し、急《せ》かすことなく待っていると、藍珠が意を決したように告げる。

「二つ目の、理由は。……父に。一言、文句を言ってやりたい。それだけなんです」

文句。

全く予想していなかった言葉を聞き、優蘭は瞠目《どうもく》する。

すると、藍珠はバツの悪そうな顔をしながら俯いた。

「本当に申し訳ありません……こんな理由で来てしまい」

「い、いえ……話を最初に聞きにきたのは私ですし。ただ、文句というのはどういうことでしょう？」

「……初めのうちは、父親がいること、生きていること、そして父親について知れることが嬉しかったのです。陛下からも、父がいまだに母のことを想《おも》っていることを伺いました。

もう母はいませんが、わたしはこれを聞いて少なからず救われました。……だって母は最期まで、父に恨み言を言って亡くなりましたから……」

　そのときの様子を思い出してか、少し涙ぐみながら藍珠は微笑《ほほえ》んだ。

　しかしすぐに顔をしかめる。そしてぎゅっと、きつく手を握り締め、顔を上げた。

「ただ……同時に、どうして？　とも思うようになりました。――どうして父は、これほどの立場にありながら、直《す》ぐわたしたちの元へ来てはくれなかったのでしょう？」

　あ……。

　それを聞いて、優蘭は唇を噛《か》み締めた。

　二十数年。

　言葉にすれば軽いが、実際の年月はかなりのものだ。

　皇太子であった頃であればいざ知らず、皇帝になってからであれば、尚更《なおさら》。

　たとえどんなに黎暉大国と杏津帝国間の確執があろうと、もっとちゃんと取り組んでいたのであれば、母が生きている間に会えたのではないか。

　そして自分自身も、こんなふうな生活を送ることはなかったのではないか。

　藍珠の胸の内側にはそういった、父親の行動に対しての疑問が湧き上がっていた。

　そしてそれは、正当なものだと優蘭は思う。

　同時に、それこそが父親の心を切り開く鍵になるであろう、とも。

「……藍珠さん」

「……はい」

「その疑問は、真っ当なものです。そしておそらく、杏津帝国やお父君の情報を知れば知るほど、その疑問は膨らんでいくでしょう。ですからどうか、ご自身のお気持ちを大切になさってください」

「……こんな理由で、いいんですか？　本当に？」

ものすごく不安そうに俯く藍珠に、優蘭は笑いかけた。

「もちろん。それに元々、藍珠さんの役割は杏津帝国皇帝を説得することと、胡神美を止めるきっかけを作ることとです。それ以外の障害は私たちで取り除きますから……どうか。ご自身の気持ちと向き合ってみてください。おそらくそれは、藍珠さんにとって一番の壁だとは思いますから」

はっきりとそう伝えれば、藍珠は驚きながらも「ありがとうございます」と告げて気恥ずかしそうにはにかむ。

その笑みが少し幼く見えて、優蘭は目を細めた。

他人に身を委ねて生きてきた人間が、自分の意思を持って行動すること。それがいかに難しく大変なことなのかは、優蘭も少なからず知っている。

だからこそ、彼女の変化を心の底から応援したいと思った。

……そしてこれが、私が、後宮妃の管理人が、藍珠さんに……邱充媛という後宮の妃嬪《ひひん》に対してできる、最大限の支援だわ。

藍珠の目的が決まったことで、優蘭自身の支援内容も決まった。これは、今回の目的とはまた違った意味で大切なものだ。優蘭にとって相手の支え方を決めるということは、方向性が定まってやる気にも繋《つな》がるし、熱意に変わるのだから。

改めて、藍珠に話を聞きにきて良かったなと思いながら。

優蘭は藍珠との談笑を楽しんだのだった。

＊

翌日の昼。

義父が到着したことを使用人から聞いた優蘭は、慌てて玄関に向かった。

するとそこにはすでに、璃美の姿がある。

「あら、優蘭ちゃん。優蘭ちゃんもお出迎え？」

「はい」

「あらあら、嬉しいわ！　娘たちもそんなことしてくれたことないから、あの人きっとすごく喜ぶんじゃないかしら！」

そう声を弾ませる璃美に笑みを浮かべていると、馬車から一人の男性が降りてくる。

すらりとした長身に、漆黒の髪、切長な黒い瞳。

五十を超えても美しさを感じさせる顔は冷ややかで、雪景色に映えて見える。

神経質そうにも見えるが、そこも含めてその男性はとても厳かでありながら、理知的な雰囲気を醸し出していた。

珀家当主、珀風祥。

優蘭が彼に会うのは、これで三度目だろうか。一度目は見合いの席、二度目は婚姻の席だ。滅多なことがない限りは領地から出てこないということもあり、今となっては璃美よりも面識がない形になっている。

お義母様《かあさま》の話を聞くに、お義母様にベタ惚《ぼ》れといった感じなのだけれど……未《いま》だにどんな方なのかしっかり把握できていない、というのが本音よね。

そう思っていると、横にいた璃美がぱぁっと表情を輝かせて彼の方に向かって行く。

「風祥さん！」

「……璃美」

瞬間、風祥のまなじりが柔らかく垂れ下がった。

ものすごく表情が動いたというわけではないが、どことなく優しい雰囲気をまとわせている姿に、璃美のことを本当に愛しているのだなとなんだかほっこりする。

こうして珀家当主夫婦が並んでいるのを見ると、皓月は全体的には風祥に似たが、瞳や雰囲気などは璃美に似たのだなと実感できる。

ただ、お義母様に対しての態度というか雰囲気は、皓月と似てるかも……。

そう思っていると、風祥の視線が優蘭のほうに向いた。

それを見た彼女は、ぺこりと頭を下げる。

「お久しぶりです、お義父様《とう》」

「……ああ、久方ぶりだな、優蘭さん」

「この度は、お忙しい中来てくださりありがとうございます」

「君は珀家次期当主の妻だ。それに対して、わたしが手助けをするのは当然と言える。君がそのようなことを気にする必要はない」

どことなく突き放したような、冷めた物言い。

表情が動かないこともあり、より冷たい印象を受けたのだが、横にいた璃美が瞬時にじっとりした視線を風祥に向ける。

「風祥さん？　いくら優蘭ちゃんが出迎えてくれたのが嬉しいからって、素っ気ない言い方をしすぎではなぁい？」

あ、これ、照れ隠しだったのね……。

優蘭がそう思って納得する横で、満面の笑みと共に璃美から指摘を受けた風祥は、目を逸《そ》らしつつも言う。

「これは失礼した。話をするのであれば、このような場所ではなく居間でだ」

ゴッ。璃美の肘打ちが風祥の脇腹に直撃する。

言い方に気をつけなさい？　と言わんばかりの圧が、璃美の笑みには込められていた。

それを受けた風祥は、たじろぎながらも咳払《せきばら》いをする。

「……ここは冷える。皓月の大切な人に風邪など引いてもらいたくない。だから、暖かい場所で話そう」

照れ隠し故に素っ気なくなりそうだった自分の心情をだいぶ噛み砕いてくれたであろう言葉に、優蘭は思わず笑いそうになる。

しかしそこをグッと堪《こら》えて、彼女は微笑んだ。

「はい、お義父様」

風祥が到着してから直ぐに、優蘭、紅麗、藍珠、璃美は全員居間に集まって話をすることになった。

使用人が淹《い》れてくれた蜜漬け梅入りの緑茶で喉を潤してから、優蘭は口を開く。

「それで、お義父様。今回の作戦についてのすり合わせを、まずできたらと思うのですが」

「もちろんだ」

同意してくれた風祥に安心しつつ、優蘭は把握している作戦の説明を改めてする。

「今回の作戦は、三班に分かれて行《おこ》なわれます」

一つ目は、優蘭たち珠麻王国から杏津帝国へ潜入する班、通称本命班だ。これが今回の作戦における要であり、絶対に成功させなければならない班になる。

そして二つ目は、杏津帝国と交渉する班、通称交渉班。三つ目は、和宮皇国から杏津帝国に潜入しようとする班、通称陽動班である。後者二つの班は敢《あ》えて表立って動くことで、優蘭たち本命班に向かう視線を逸らすことが目的だ。

「私たちが珠麻王国へ向かうのは、陽動班が動き出してからです。そしてこれはあらかじめ決めてあります。今から一週間後です。ですので私たちが動き出すのは、今日より十日後ということになります。そこから、珠麻王国に入国して、私の母が用意してくれた協力者のところへ向かい、珠麻王国民に紛れて杏津帝国へ入国する手筈《てはず》です」

「その通りだ。ただ一つ、珠麻王国へ入国する前に関門ができた」

「関門、ですか？」

「ああ。どうやら、検問が強化されたらしい。今までの情報から推測するに、珠麻王国の王族があらかじめ指示しておいたのだろう。用意周到なことだ」

「……そういえば、珠麻王国の王族と胡神美は、裏で繫がっていましたね。黎暉大国が何かしてこないか、警戒してのことですか……」

「であろうな。しかし黎暉大国と杏津帝国間の雲行きが怪しいとなれば、措置としては当たり前ではある。わたしもある程度予想はしていた」

そこで対策を立ててきたのだ、と言い、風祥は優蘭たち本命班の三人を見た。

「事前調査をしたところ、旅芸人一座に紛れるのが一番安全そうであった。そのための準備はしてある。しかしその際、どれだけの腕前を持っているのか確かめるそうだ」

「なるほど……」

「そこで君たちにはこれから、一芸を習得した上で、熟達してもらう」

三人は、互いに顔を見合わせた。

風祥はさらに言葉を重ねる。

「と言っても、元から見込みがないものを習熟させるのは難しい。そのため、得意なものを事前に聞かせてもらいたい。優蘭さんは、何かできるものはあるか？」

「そうですね……楽器は一通り弾けますが、一番上手《うま》くできるのは琴でしょうか」

優蘭は母である暁霞の教育もあり、ある程度の芸事は一通り習得しているのだ。それを敢えてつまびらかにしないのは、自分よりもそれに秀でている人ばかりが周りにいたからである。……まぁ、お茶淹れだけはどうにもならなかったが。

そして優蘭の話を聞き、藍珠と紅儷もそれぞれ口を開く。

「わたしは……やはり舞でしょうか。元々、旅芸人一座の踊り子をやっていましたから……」

「芸事ですか……わたしは剣術ばかりやってきた身ですので、そちらに関しては少々不得手ですね」

それを受けた風祥は、改めてそれぞれから話を深く聞き出した。そして数回頷《うなず》き、それぞれの割り振りを決める。

「ならば、優蘭さんは琴、藍珠さんは舞、紅儷さんは剣舞としよう。わたしと璃美がそれぞれ厳しく指導するので、そのつもりでいるように」

――こうして、優蘭たち本命班は、珠麻王国へ入国するまでに一芸に熟達することになったのだった。

*

その一方で。

陽動班は、宮廷を出て既に白桜州《はくおうしゅう》の港へ向かっていた。

その内の一人である郭慶木は、荷馬車に申し訳程度に設置された椅子に座りながら周囲を見回していた。そこには、今回の同行者たちがいる。彼らは腕を組み周りの様子を窺《うかが》っている慶木とは違い、和やかな会話を繰り広げていた。

「連日、悪路続きですので揺れがひどいかと思うのですが……皆様、お加減はいかがでしょうか？」

一人目は玉暁霞。優蘭の実母であり、この荷馬車を所有している玉商会の女主人だ。

慶木が暁霞と初めて顔を合わせたのは数日前だが、劉亮を前にしても全く物怖《ものお》じした様子がないところや手際の良さから見ても、彼女が優秀な人物であることはすぐ分かった。さすがは、珀優蘭の母親と言うべきだろう。

「いいえ、これよりも悪路を駆け抜けたこともありますから……お気になさらずに」

「本当でしょうか？」

「もちろんです。それに、こうしてご協力いただけているということだけでも、大変ありがたいことですから」

そして二人目は、呉水景《ごすいけい》。黎暉大国の吏部侍郎《りぶじろう》だ。

この男に関しては醜毒《しゅうどく》の乱の際に相棒として共に行動してから、何かと秘密裏に動く際に一組にされることが多い。慶木自身も水景の性格や癖、そして補佐能力に関しての有能さを把握していた。それもあり大変癪《しゃく》ではあるが、こういうときに行動を共にすると頼りになる人物と言えよう。

しかしここで問題となるのが、三人目の存在であった。

「呉侍郎の仰《おっしゃ》る通りです、玉夫人は我々を気遣った上で、大変よくしてくださっています！　誠にありがとうございます……！」

——吏部尚書・公晳李明《こうせきりめい》。

鳶色《とびいろ》の瞳と胡桃色《くるみいろ》の髪を持った、三十代ほどの男性だ。顔立ちは整っており、潑剌《はつらつ》とした様子で満面の笑みを浮かべている。

李明は吏部の最高権力者であり、水景にとっては歳下《としした》の上官に当たる男だ。

二年ほど前に、前吏部尚書のせいで大規模な人事異動があった後、尚書に任命された人物だが、それから問題を起こすことなく堅実かつ実直に吏部をまとめ上げている。慶木の目から見ても、その手腕と人当たりの良さ、そして歳上《としうえ》には可愛《かわ》いがられ、歳下からは慕われる性格は吏部の尚書に相応《ふさわ》しい。当時、彼を尚書に選び出した劉亮と皓月の人を見る目は正しかったというわけだ。

しかし慶木は、李明に対して苦手意識を抱いていた。

というのも。

「郭将軍も、同じようなお考えですよね！」

「……ああ、もちろんだ」

この、犬のように人懐っこいのみならず、快活な好青年ぶりを見せられると、どうしても背筋がぞわぞわしてしまうからだ。良くも悪くも、李明は慶木と真逆なのである。

何より、皓月のようにからかうと面白い反応を見せる性格ではない。むしろそれを真に受けて納得し、勉強になったと言ってしまう度を越した真面目人間なのだ。そしてそれが余計に、慶木の中にある苦手意識を刺激していた。

同じ保守派側の人間ということもあり交流の場は多々あったが、性格の相性から慶木は李明とほどほどの距離を保っていた。

しかし今回、李明はこうして陽動班に選ばれてしまった。それは、慶木にとって青天《せいてん》の霹靂《へきれき》と言ってもいい展開だった。

何故《なぜ》そのようなことをするのかと陽明《ようめい》に聞いたが、彼は満面の笑みを浮かべ、

『君たち二人だけだと、陽動にならないからだよ。むしろすんなり和宮皇国に渡ってしまうでしょ？』

と言われてしまえば、黙る他ない。

そう。慶木たちの今回の仕事は、陽動。つまり、適度にこそこそしつつ、適度に目立つことである。でないと、こちらに杏津帝国の意識を引けない。

そして陽明の言う通り、慶木と水景はどちらも隠密《おんみつ》行動に長《た》けている。それは醜毒の乱で証明されていた。

だが今回、それでは困る。

そこで選ばれたのが、李明だったのだ。

確かに公皙尚書は、見てくれほか何から何まで、いいところのお坊ちゃんというのが一目で分かるからな……。

何よりこの顔である。周りに整った顔立ちの人間が多いためピンとこないが、李明は人目を引く見目をしているのだ。こうなれば、いくら隠れようと大なり小なり人の関心を引いてしまう。それが、今回の作戦には必要なのだ。

しかしそれらを含めた陽動の役割を、李明には伝えていない。ただ、秘密裏に和宮皇国に渡って、杏津帝国との交渉を有利に運ばせる材料を得てきて欲しいと皇帝から命令されただけだった。

『本来であれば礼部侍郎を向かわせたいところだが、それらは杏津帝国との交渉のために尽力しておる。よって代理の人間が必要なのだ。そして李明、そなたには吏部で養われた人を見る目がある。……あとは何が言いたいのか、分かるな？』

そんな劉亮の言葉でほいほいと了承をし、こうして張り切っているというのだから、なんと言うべきか。

いや、こういう人間も組織に必要なことは十二分に分かっているのだが……。

それでも、居心地が悪いことこの上ない。

それもあり、彼は元から口達者ではないことを言い訳にして、基本的に話を聞くだけにとどめていた。

とどめていたのだが。

「郭将軍は、和宮皇国に行かれたことがありますか！」

「……まあ、数回は」

「いいところですよね！　わたしもよく家族旅行で行きましたが、職人たちの工芸品が本当に見事で……！」

「……ああ、そうだな」

「今回は仕事ですし、観光する暇がなさそうなのがとても残念です。妻と子どもに何か買ってあげたら、喜ぶと思ったのですが……」

「……そうだな……」

こんな調子で、李明が何かと話しかけてくるのである。

つっけんどんとした態度で生返事をしているはずなのだが、それに気づいているのかいないのか。

いや、いくら快活で人に好かれやすい人物とはいえ、吏部尚書。慶木から発せられている距離を置こうとしている雰囲気は察せられるはず。はず、なのだが……。

「郭将軍！　そろそろ白桜州の港町に到着しそうですね！　久々に暖かい寝床につけそうで嬉《うれ》しいです！」

「……そうだな」

何故、慶木に対して話しかけてくるのか。

何より気に入らないのは、あの水景だけでなく、暁霞までもが何やら生温かい目で慶木と李明のやりとりを見ているところである。

そんな目をして見ているくらいなら、この聞き分けのない犬を止めろ、止めてくれ！

内心そう叫びながら。

慶木はこれからも続くであろう李明からの突撃を思い、遠い目をしたのだった。

＊

優蘭たちが珀家の隠れ家で、旅芸人一座に溶け込むための指南を受けつつ過ごしてから九日経《た》った。

外はいまだに雪が降り積もり、一面が白一色に染まっている。隠れ家なので人がほとんど来ないということもあり、この屋敷《やしき》の周りは終始静かだった。

しかし屋敷の中も同じかというと、そういうわけでもない。

それは、珀家当主夫婦による連日に亘《わた》る厳しい指導が行《おこ》なわれていたからだった。

習った曲はどれも弾いたことがあるものだったのでみくびっていたが、想像以上に事細かに指摘され、姿勢から弾き方までガッツリと指導を受けることになってしまった。

久々に、夢にお母様が出てくるくらい怖かった……。

しかも夢だったので、暁霞だけでなく風祥と璃美まで勢揃《せいぞろ》いするという地獄絵図だった。

穏やかな態度だが悪いところは何度も指摘し、できるまでやらせる暁霞。

満面の笑みだが姿勢を含めビシバシ直し、ときには褒め、飴《あめ》と鞭《むち》を使い分ける璃美。

弾き終わるまでは何も言わないが、弾き終わった後に怒涛《どとう》の如《ご》き勢いで悪いところを指摘してくる風祥。

全員、上手《うま》くできれば褒めてくれるところはいいのだが、三者三様の厳しさである。

しかしその指導のおかげか、ここ数日は優蘭も、皓月のことを気にせず……正しくは気にしていられないくらいには忙しく、そして夜は気絶するようにぱったりと眠れた。

隠れ家に来るまではうなされたり、ふとした瞬間に皓月の身に何か起きていないかと考え、その度に気を散らしていたのだが、そういったことはなくなったように思う。

そしてそれは間違いなく珀当主夫婦の配慮のおかげであることを、優蘭も分かっていた。

お二人だって、皓月のことを相当心配なさっているでしょうに……本当にありがたいわ。

いくら、何が起きてもおかしくない立場にいるからといって、息子のことを心配しないような冷たい人たちではない。

ただ、優蘭が知るような一般家庭とは心配の仕方が違うのだろうなとは思った。

だからこそ、彼らは皓月の身に問題が起きた際に直《す》ぐに動き始め、今回優蘭たちに手を貸してくれたのである。

何より、普段通りでこそあれ、皓月のことに関して励ましたり、心配しすぎたりしてこないところも、今の優蘭にとってはありがたかった。そういった彼らなりの配慮に、心の底から感謝する。

——そうして最終日となる本日、風祥が見ている中最後の試験を受けていた優蘭は、課題となっていた全ての曲を弾き終え、ごくりと唾を呑み込む。

暁霞や璃美とは違い、風祥がまとう空気は静けさと緩やかな鋭さを併せたものだった。かと言って氷のように鋭すぎるわけではない。一種の静謐《せいひつ》さを感じさせる雰囲気だ。そう。まるで雪が深々と降り積もる中、わずかな灯りを頼りに書物を紐解《ひもと》いているときのような。そんな独特な緊張感である。

そして優蘭は、その空気が嫌いではなかった。

それでも、試験には緊張はするが。

かく言う風祥は、感情の読み取りにくい表情をしたまま優蘭を見る。

「……優蘭さん」

「……はい」

「これならば問題なく、検問を通過できるであろう」

そう言ってから、言い方が遠回しになってしまったのかと思ったのか、風祥は咳払《せきばら》いをして言う。

「……失礼、合格だ。初めから筋は悪くなかったが、ここ数日でめきめき腕を上げたようだ。これも、優蘭さんが真剣にわたしたちの指導を受けてくれたおかげだろう」

「あ、ありがとうございます……」

一緒に過ごしたのは少しの間だったが、緊張しているのか優蘭に対してのみそっけない言い方をしやすいことを知っていた彼女は、風祥の口からはっきりとした褒め言葉が出たことに少なからず驚く。しかしそれ以上に、嬉しさが込み上げてきた。

うん、この指導を乗り越えたんだから、関所の検問なんて余裕よ！

そう、内心意気込んでいると。

「……優蘭さん」

ふと。風祥が優蘭に向き直る。

その瞳が真剣な色を帯びていることに気づいた優蘭は、琴を傍《そば》にずらしてから改めて、彼と向き直った。

「……どうかなさいましたか？　お義父様《とうさま》」

「今更では、あるのだが。………本当に、杏津帝国へ向かうのか？」

予想外の言葉に、優蘭は目を丸くする。まさか、当の風祥からそんな言葉が出るとは思ってもみなかったからだ。

それもあり、風祥の言葉の真意を測りかねていると、彼はさらに言葉を重ねてくる。

「君にとって皓月は夫ではあるが、あくまで他人だ。血の繋《つな》がりはない。だから本当ならば、君がそこまで体を張る必要はないはずだ」

「……それは、そうですね」

「ああ。そして君は大義のために動く人ではない。個人のために動く人だ」

見抜かれている。たった数日過ごしただけなのに、優蘭の性格は風祥に筒抜けだった。

そのことを悟り、優蘭は改めて目の前にいる男性が元宰相で、未《いま》だに珀家当主であることを実感する。

「だから、改めて問いたいのだ。――君はなんのために、杏津帝国へ向かう？」

優蘭は、いつもより深く息を吸い込んだ。

なんのため。

それは優蘭自身が、この日までずっと考え続けてきたことだ。

そしてこうして風祥に問われ、自分の中にあったものがゆっくりと形作られていくのを感じる。

優蘭は背筋を正し、真っ直ぐと風祥の涼やかな瞳を受け止めた。

「……健美省長官……後宮妃の管理人としての答えは『邱充媛が、杏津帝国皇帝と面と向かって話すことを望まれたから』です」

「……なるほど」

「ですが同時に、珀家次期当主夫人としての答えもあります。それは……『皓月さんを救うのは、私でいたいから』です」

胸に手を当ててそう言い切れば、風祥は鳩《はと》が豆鉄砲を食ったような顔をする。どうやら、予想外だったらしい。

だが直ぐに持ち直すと、少し考えるそぶりを見せてから口を開いた。

「それは……恩返しという意味を含んだものか？」

ここで言う『恩返し』というのは、優蘭が明貴暗殺疑惑をかけられて、拘束されたときのことを指しているのだろう。

確かに私、あのときに皓月に助けられたものね。

そして優蘭も、皓月を信じてただ待った。待つことこそが必要だと、そう思ったからだ。そして、無罪の証拠を見つけ出してくれたとき、心の底から救われたと、そう思ったのだ。

それ以外でも、普段から皓月には助けてもらってばかりで。だから、皓月に対して感謝の気持ちがないわけではない。

しかしそれは、今回告げた理由とは違う。なので優蘭は首を横に振った。

「恩を感じていないわけではありません。それくらい、皓月さんには尽くしてもらっていますから。ですが今回述べた理由とは、また違います」

「……それでは、何故《なぜ》」

不思議そうな風祥に、優蘭は満面の笑みを向けた。

「だって、皓月さんは私の夫ですよ？　そして、その夫を救うためには私が必要だと言われてしまったら、それはもう行く以外の選択肢がないではありませんか」

夫だからとか、好きだからとか、理由は色々あるが、結局のところこれは独占欲の一つだ。彼の危機を救うのは自分でありたい、ただそれだけである。

それに優蘭は元々、ただ待っているだけだなんて性に合わない。

だから。

「『皓月さんを救うなら、私がいい』。私個人の動機は、これ以外にありません」

そうきっぱりと言い切れば、風祥が無言のまま見つめてきた。

もしかして、疑われているかしら？

そう思い口を開こうとすると、ふう、と風祥が息を吐くのが見える。

「……さすが、皓月が選んだ女性《ひと》だな」

「……え……」

「強《したた》かでありながら芯が通っていて、決して折れない柔軟さを感じる。……君が皓月の妻になってくれて、改めて良かったと思っているよ」

そう言う風祥の表情は、心なしか緩んでいて。そこには、皓月に対しての愛情が滲《にじ》み出ているように見えた。

しかも風祥は、あろうことか深々と頭を下げてくる。突然のことに、優蘭は慌てた。

「え、お、お義父様!?」

「優蘭さん」

「は、はい……」

「わたしたちの大切な息子を……どうぞよろしくお願いします」

ぴたりと、優蘭は動きを止めた。

そして気づく。

……やっぱりお義父様は、皓月のことを大切に思っているんだわ。

だから、優蘭に対してここまで礼を尽くしている。自身が頭を下げることの重大性を知っているからこそ、ここまでしてくれているのだ。

そのことを悟り、優蘭は思わず涙ぐみそうになってしまった。

しかしそれをグッとこらえ、頷《うなず》く。

「お任せください」

その言葉を聞き安心したのか、風祥は頭を上げた。

そして、真顔で言う。

「……そして、夫婦揃《そろ》って帰ってくるように」

予想だにしない言葉を受けたことで、今度は優蘭のほうが鳩が豆鉄砲を食ったような顔をしてしまう。

だがそれが風祥なりの優蘭の受け入れ方なのだと気づき、彼女は破顔した。

「もちろんです、お義父様」

そうやって、珀家の優しさに触れながら。

優蘭は珠麻王国へ入国するための準備を整えたのだった。

＊

翌日の昼。

珀家当主夫婦に見送られた優蘭たちは、白丹にて待機していた旅芸人一座と合流を果たした。

彼らはどうやら珀家と懇意にしているようで、今回金銭と引き換えに優蘭たちを引き受けてくれたらしい。しかし優蘭としては、きっと珀家に少なからず恩があるのだろうな、と思った。

だってじゃないと、ここまで丁寧な対応は取らないでしょうから。

特に優蘭は、珀家の嫁だからだろうか。丁寧な態度を取ろうとしているのが肌感覚でなんとなく分かった。

どちらにせよ、こうして話を引き受けてくれた時点で感謝しかない。そのため、彼らの輪に混ざりつつ、優蘭たちは関所を訪れた。

——風祥からの事前情報通り、関所の検問はいつも以上に厳重だった。

というのも、役人たちが芸人たちの芸を一人一人別個で見て確認をするらしいのだ。

しかも、この寒空の下で、である。踊り子に関してはそれ相応の広さがなければ無理なので、より時間がかかり対応が大変そうだった。

裏方の雑用係に関しては、事前に申請を出さなければ入国できないらしい。

またこんな対応なので時間がかかるということもあり、何日も待たされている旅芸人一座も多いようだった。うんざりした顔をしている者たちが多くいる。

とは言え、今の優蘭にそれを気にかけているような余裕はない。

琴を持ったまま呼ばれるのを待っていると、前の奏者が出てくる。そして幕の内側から声がかけられた。

「次」

「はい」

幕の中に入れば、いかにもやる気のなさそうな役人が優蘭を見た。

「あとが詰まってるんだ、さっさとこれを弾いてくれ」

「……はい」

その対応にカチンときながらも、優蘭は琴を敷布の上に置き、出題された曲を脳裏に思い浮かべる。

問題ないわ。だってこれ、お義父様とお義母《かあ》様の指導で何回も弾かされたものだもの。

何より、この役人の態度には腹が立つが、圧があるわけではなかった。風祥の鋭さを見習ったほうが良《い》いのでは？　と思う。

そう思いながら、優蘭は七本ある弦を爪弾いていく。

琴の軽快な音が鳴り響き、幕の中にゆっくりと広がる。

最初は緩やかに、しかしだんだんと激しく。

曲想に合わせて最後まで弾き切った優蘭が役人に対して笑みを浮かべると、彼は数回頷いてからくいっと顎をしゃくった。

「合格」

「はい、失礼します」

そのままそそくさと外に出て、優蘭はふう、と息を吐く。

とりあえず、第一関門は突破できたかしら。

正直な気持ちを言うと、普段から他人に任せてばかりだったので、いざ自分がこういった芸をしなければならないと言われたときは、相当緊張したのだ。まああの分だと、それも杞憂《きゆう》だったようだが。

そして本命班の中で一番不安要素が多かったのは優蘭だったので、あとはどうとでもなるだろう。

それにしても……アーヒル様たちや他の商人たちとは違って、役人はあんまり有能そうじゃないのね。

商人たちが、王族を眼中に入れていなかった理由がよく分かる怠慢っぷりだった。

そんなことをつらつら思いつつ、優蘭は頭の中でこれからの予定を組む。

まず無事に検問を通過できたら、途中で旅芸人一座と別れる。それから適当な宿屋で一泊し、翌日に暁霞が手配してくれた協力者の元へ向かうのだ。

その協力者が誰なのかは、行けば分かるからと言って教えてくれなかったけれど……まあ珍しい話でもないし。

おそらく、こんな状況下で協力してくれるのだから、相当な訳ありなのだろう。そうであるならば、協力者の情報を漏らさないのは向こうの希望だ。そして商売において信用が第一である以上、暁霞がそれを守るのは道理である。

何より、暁霞が行けば分かると言うからには、優蘭も知っている人物なのだろう。なので言うほど不安視はしていなかった。

そうこうしているうちに、紅麗と藍珠も戻ってくる。

よかった。このまま、何事もなく関所は抜けられそう。

そう思ったのも束《つか》の間。

「……おい、そこのお前」

「…………はい？」

そう、声をかけられた。

見れば、声をかけてきたのは、先ほど優蘭のことを監査した役人だった。

やばい。もしかして、旅芸人一座の人間じゃないってばれた？

内心そう思ったが、それをおくびにも出さず、優蘭はにこりと微笑《ほほえ》む。

「私のことでしょうか？」

「ああ。個別で話したいことがある、ちょっと来い」

そう言われ、優蘭は改めて現状を整理した。

これはおそらく、私だけばれてしまった可能性が高い。でなければ、優蘭だけが呼ばれる理由が分からなかった。覚悟はしておいたほうがいいかもしれない。

藍珠が軽く優蘭の衣の裾を引いてきたが、優蘭はそれに笑みを浮かべた。

「少し行ってきます」

もし何かあったら、私を抜きにして目的地に向かって。

そう、目で合図を出せば、二人はにこやかな笑みを浮かべながらも瞬きを一つして応えてくれる。

関所を抜ける前から決めていた。もし何かあったときは、決して庇《かば》わないと。

まあまさか、こんな序盤で私が脱落することになるなんて思わなかったけれど……。

そう思いながらも。優蘭は役人に連れられて、少し離れた場所に用意されていた天幕に足を踏み入れる。

しかし、最悪を想定していた優蘭を待っていたのは。

『…………え』

浅黒くも健康的な肌に、金色の髪、切長の茶色の瞳。

ぱっと見、冷たい印象を受けるが、スラリとした長身に整った顔立ちは、見る者を魅了する。

何より、そんな冷たい印象を吹き飛ばすほどの、子犬のように人懐っこく明るい笑みを浮かべる姿を、優蘭は知っている。

アーヒル・ラティフィ。

『お久しぶり！ ユーラン！』

つい先日出会った夫の旧友であり研究者であり大商人の息子でもある男は、満面の笑みを浮かべながら優蘭を歓迎した。

第二章　寵臣夫婦、縁故

場所は変わり、珠麻王国《じゅまおうこく》・世紗《せしゃ》内のとある屋敷《やしき》の客間にて。

紅麗《こうれい》、藍珠《らんじゅ》と合流を果たした優蘭《ゆうらん》は、座り心地の良い長椅子《ソファ》と柔らかい羽根蒲団《クッション》に身を沈めながら、とある人物と向き合っていた。

アーヒル・ラティフィ。

関所でまさかの再会を果たした後、優蘭たちはそのまま彼に連れられてここまで来たのだった。

優蘭たちが今いるのも、ラティフィ家が所有している屋敷の一つだとか。彼が言うには小さいほうらしいが、それでも四人がゆったりとくつろいでいられるだけの空間が客間にはあった。

これで小さいほうだと言うのだから、さすが大商人ラティフィ家である。

どちらにしても、まさかあんな場所で会うとは思わなかったけれど……。

どうやらアーヒルは、金で役人を買収し、優蘭が来るのを待っていたらしい。その根拠はどこなのだろうか、とも思ったが、「ユーランならば来ると思っていた」と言われてしまえば、口をつぐむ他なかった。

何より、関所を何事もなく抜けられたのも、わざわざ宿屋を探さずに済んだのも、アーヒルのおかげだ。冬場に泊まる場所がないというのは、一番の死活問題である。

でもそうなると、私たちの協力者は別にいるってことになるのよね……。

そもそも、協力者とは明日、とある場所で待ち合わせをして会う予定だった。なので役人を買収してまで行動したところを見ても、彼が協力者ではないことは明白だ。

そして優蘭としても、アーヒル……ひいてはラティフィ家が協力者だったとしたら、色々な意味で戸惑っていただろう。

ならば、協力者というのは一体誰なのだろうか、と優蘭は考えつつ、出された紅茶を一口飲む。

本来であれば雑談を挟んでからということになるのだが、今回は商談ではない。そのためか、アーヒルは早速話を切り出してきた。

『改めて。ユーラン、また会えて嬉《うれ》しいよ』

『ありがとうございます、アーヒル様』

『そして早速で悪いんだけど……コーゲツの話、聞いたよ。大変だったね』

それを聞き、優蘭は居心地が悪くなった。

そもそも、アーヒル様が前回協力してくれた理由は、『黎暉《れいき》大国《たいこく》と杏津《あんつ》帝国《ていこく》間の戦争が起きないよう、尽力してほしいから』だったのよね……。
その点を踏まえると、皓月《こうげつ》たちが外交時に失態を犯したのは、契約違反ということにな
る。商人だった頃の感覚がある優蘭としては、現状が大変気まずい。何より、アーヒルに
対して言い訳をするだけの余裕がない。
それもあり、どう答えたものかと考えあぐねていると、彼は笑みをたたえたまま言う。
『これから何をするつもりなのかは分からないけれど、コーゲツたちのところへ向かうつ
もりなんだろう？　なら僕が、目的地まであなたたちを送り届けるよ』
『……え？』
予想外の申し出に、優蘭の頭は一瞬真っ白になった。
紅儷も藍珠も珠麻王国語を理解していることもあり、二人とも目を見開いている。
それを見て、優蘭は少しだけ冷静になった。
落ち着け、私……アーヒル様の言葉の真意を確認するのよ。
少なくとも、この三人の中で言葉における駆け引きに秀でているのは優蘭だ。判断は優
蘭が下すのが筋というものだ。
そして今の状況では、腹の探り合いをするより正直に胸の内を打ち明けるほうがいいだ
ろう。そう思い、優蘭は失礼を承知で言葉を紡いだ。
『……申し出、大変ありがたいです。ですがアーヒル様。私たちは、あなた方の尽力に対

してそれに見合うだけのお返しができていない状態です。それなのに、ご協力いただけるのですか……？』

『あなたの懸念はもっともだ』

優蘭の言葉に、アーヒルはあっさりと頷《うなず》いた。駆け引きや裏など全くない様子に、優蘭はどう反応していいのか困惑する。

そんな彼女の心情を悟ったのか、アーヒルは苦笑しながら言った。

『それにそもそものきっかけは、杏津帝国が黎暉大国に外交使節団を送ったことだ。そして友好関係を続けるために、黎暉大国が杏津帝国に外交使節団を送ると決めたのは当然だろう。それを考えると、この展開は避けようもないものだったはずだ。だからいくら僕でも、今回の失態を黎暉大国側の不始末だと責める気にはならないよ』

『お耳が早いですね』

『まあ情報は大事だから。あとは精査して組み上げれば、自《おの》ずと答えは出てくるさ。……そしてそれならば、僕たちがあなたたちを責めるのはお門違いだ。それに』

そう言い、アーヒルは一口紅茶を口にする。そして言葉を紡いだ。

『もし杏津帝国側の不意を打つ形で杏津帝国に忍び込むのであれば、珠麻王国を経由しての国境越えが一番だ。そして、あなたたちは珠麻王国へ来た。その時点で僕たちとしては、あなたたちがまだ杏津帝国との戦争を防ごうとしているのだと判断できる。ならば、契約に則《のっと》って協力するのは筋だろう？』

『……それは確かにそうですが……』

それでも引っ掛かりを覚えてしまうのは、優蘭の考えすぎだろうか。

いや、考えすぎじゃないわ。

何故《なぜ》ならば、アーヒルは「目的地まであなたたちを送り届ける」と言った。つまり、「杏津帝国内までついてくる」ということだ。それはいささか、優蘭たちの事情に足を踏み入れすぎている。

優蘭たちとしては、国境越えを手助けしてもらうだけでも十分だ。

正直、そこから杏津帝国皇帝のいる場所まで安全に辿《たど》り着けるかと言われると、これから会う協力者次第といった形にはなるが、放り投げてもこちらから文句は言えないし、優蘭は言わない。

だって、アーヒルは商人だ。商人には危機管理能力が必須である。でなければ食い物にされるか、最悪死に至る。それを知らないほど、このアーヒル・ラティフィという大商人の息子は無知ではなかったはず。

かと言って、アーヒルからの申し出は願ってもみないことだ。協力者の反応次第ではあるが、支援を得られれば杏津帝国までの道のりは格段に楽になるだろう。

それでも、わずかに残る違和感を拭えず、素直に申し出を受け入れられずにいると、アーヒルが苦笑する。

『さすがユーランだね。とっても慎重だ』

『……それはもちろんです。大事な局面ですから』

『そうだよね。……まあなら、僕の本音を打ち明けるべきかな』

アーヒルはそう言うと、困ったように眉を八の字にする。

『……友人だから』

『……え？』

『コーゲツは、僕にとって大切な友人だからだよ』

照れくさそうに目を逸《そ》らしながら、アーヒルは続けた。

『僕はラティフィ家の息子ということもあって、純粋な友人が少なくてね。そんな中、リューリョーやコーゲツは僕の立場を気にせず会話をしてくれた、数少ない友人たちなんだ』

『……それは……』

『こういった貴重な人たちとの縁を、僕は切りたくない。……これじゃあ、理由にはならないかな？』

そう言われ、優蘭はゆっくりと首を横に振った。

『いいえ。人との縁は、何物にも代え難い宝ですから』

母である暁霞《ぎょうか》も、ここへ来る前に優蘭に言った。縁は大事にしろと。

事実、人との縁はとても貴重なものだ。その関係に金銭を介さないのであれば尚更《なおさら》。

そしてアーヒルはおそらく今までの経験から、そういった金銭取引のない関係というのをとても大切にしているのだろう。

そっか。それならば納得だわ。

そして嬉しさと同時に、涙が込み上げてくる。

ねえ、皓月。こんなところにも、あなたが積み上げ、生み出したものがあるんですよ。

何物にも代え難い、かけがえのない宝物だ。

そのことを改めて実感した優蘭は、こぼれそうになる涙を堪《こら》えつつ頭を下げる。

『ありがとうございます、アーヒル様』

そう言えば、アーヒルは嬉しそうに笑みを浮かべたのだった。


それはさておき、協力者の件である。

アーヒルにそのことを話し、申し出を受けるのかどうかをひとまず保留とさせてもらった優蘭は、翌日指定された宿屋へ紅儷とともにやってきていた。

藍珠さんはアーヒル様に任せたし、ついでに杏津帝国語まで教えてくれるというから、本当に助かる……。

優蘭は仕事柄、紅儷も故郷の関係から杏津帝国語をある程度覚えていたが、人に教えられるほどの知識は持っていないのだ。それを踏まえると、知識豊富な珠麻王国民であるアーヒルの存在は、優蘭たちにとってとても大きかった。

「それにしても、紅儷がいてくれて本当に助かったわ。私だけだったら確実に迷子になっていたもの」

待ち合わせ場所へ向かうために街中を歩きながら、優蘭はそう呟《つぶや》く。

「おや、優蘭は道に迷いやすいのか？」

「はは、そうなの……宮廷でもよく迷ってね。何回も使っているところならまだいいのだけれど、少し行かないとどこなのか分からなくなっちゃうのよね」

「あれは分かりにくいからな、仕方ない。ただそういうことであれば、私が役に立てるな。道に迷うのは死活問題だから、違いを一目見て覚えられるように訓練されているんだよ」

「それは頼もしいわ」

まあでも、迷子も悪いことばかりではないのだけれど。

そう思ってしまうのは、ここが珠麻王国だからだろうか。

だって、杏津帝国の、砒素《ひそ》による悲しい事件で自殺した令嬢に出会ったのは、優蘭が珠麻王国で迷子になったときだったから。

前回よりも心に余裕があるからなのか、それとも今回待ち合わせ場所に指定されたのがその令嬢と出会った宿屋だったからなのか。ふと、胸に哀愁のようなものが広がり、優蘭は思わず目を細めた。

十歳ごろにはよく来ていたが、あれから二十年近くだ。周りの建物はすっかり変わっているし、同じままのもののほうが少ない。それでも懐かしさを感じるものだな、と思う。

「この宿屋だな」

「そうみたいね」

待ち合わせ場所として記されていた宿屋の名前を見上げながら、紅儷と優蘭は顔を見合わせて頷いた。

珠麻王国風の白亜に青い陶瓦《とうが》が模様を描くように張り詰められた建物は、異国の貴族が滞在先として使うような場所なので外装からいって大きく高級感が漂っている。優蘭の記憶よりかは確かに古びていたが、それでも丁寧に手入れをされて使われている良さがあった。

宿屋の中も、掃除が行き届いた綺麗《きれい》な内装をしており、青系統の幾何学模様が描かれた大きな絨毯《じゅうたん》が存在感を放っている。

『すみません、ユーランといいます。この宿屋で待ち合わせをしているのですが』

宿屋の受付をしている美しい女性にそう伝えれば、部屋の鍵を渡された。

『こちらをお使いください』

『ありがとう』

　お礼に金銭を渡して立ち去れば、紅儷が感心したように言う。

「優蘭は慣れているのだな」

「伊達《だて》に、異国で商談をしていたわけじゃないからね。行ったことのある国の常識くらいは把握してるつもりよ」

　受付に茶代と呼ばれる金を渡すのも、その一つだ。心付け、などと呼ばれるもので、感謝を伝える意味がある。今回の場合待ち合わせをしているため、口止め的な意味合いもあるが。

　そう思いながら、優蘭たちは鍵に書かれた番号の部屋へ向かうべく階段を上った。

　そうして部屋の前に辿り着いた二人は、互いに顔を見合わせる。

　……ここに、今回の協力者がいる。

　優蘭の知っている人なのか、それとも暁霞か風祥《ふうしょう》のつてによるものなのか。分からないが、どちらにせよ緊張することには変わりない。

　なんせ今回は不法侵入をするわけだし、その上アーヒルも協力者に加えたいということを相談するという想定外の一件があった。そのため、余計気が重い。

　だめだめ。最初から気持ちで負けてたらいけないわ。

　そう再度自分を奮い立たせ、優蘭は鍵を差し込む。

かちり。

鍵が開く音が聞こえ、優蘭はゆっくりと扉の取っ手を押し回した。

──そうして入室した優蘭は、思わず言葉を失った。

「優蘭？」

様子がおかしい優蘭を不審に思ったのか、紅儷が心配そうに声をかけてくれるが、それに答えられるだけの余裕がない。

ちかりちかりと、優蘭の視界に銀色の髪が舞う。

珠麻王国の世紗で迷子になった優蘭を助けてくれ、挙句母親のところまで送り届けてくれた令嬢。

──初めまして、お嬢さん。わたくしはエルーシアというの。貴女《あなた》のお名前、聞かせてくださらない？

そんな過去の記憶が、優蘭の脳裏を走馬灯のように駆け巡った。

まるでつい先日起きたことのように鮮烈な光景に、胸が押しつぶされそうなほどの痛みを感じる。

しかし瞬きをした後にいたのは彼女ではなく。

彼女と同じ銀髪と似た雰囲気を持つ兄、トレファンだった。

あれから十九年。あのときの記憶などすっかり忘れていると思っていたが、こうして再会をした今、彼があのトレファンだと確信を持って言える。

もちろん、あのときと比べると歳《とし》を重ねているし、着ている服も前よりは質も落ちてて、くたびれているけれど……。

この見目と、そして雰囲気。それを間違えたりはしないのだ。

『……トレファン、さま？　どうしてあなたがここに……』

優蘭が珠麻王国語でそう問い掛ければ、彼は澄んだ緑色のまなじりを緩めながら言う。

『まさか、貴女が覚えているとは思わなかった。もう十九年も前の話だからね』

そう言うと、寝台に腰掛けていた彼は立ち上がり、告げる。

『そして、その答えに関しては明白だ。――俺が、貴女たちの協力者だからだ』

衝撃的な事実の数々に、優蘭は思わず、指輪を嵌《は》めた手をきつく握り締めたのだった。


――優蘭が杏津帝国の貴族令嬢に出会ったのは、八歳のとき。初夏の頃、両親に連れられて珠麻王国へやってきていたときだった。

その日の優蘭は、両親が商談で出かけていて暇を持て余していたのだ。また構ってくれる人もおらず、その上、両親から習った珠麻王国語をどれくらい自分が活用できるのかという好奇心もあった。だから少ないながらももらっていたお小遣いを握り締めて、外へ出たのだ。

そうしてずんずん気分よく歩いていたとき、見事に迷った。自分に迷子の素質があることを知ったのは、このときだ。

しかも迷った挙句、両親たちともあまり足を運ばないような富裕層向けの場所へ足を踏み入れてしまったのだ。

ここ、どこ……？　帰りたい……っ。

このときの優蘭はもうすっかり自分の本来の目的を忘れていて、その上馴染《なじ》みのない珠麻王国語ばかり行き交うこともあり大いに混乱していた。泣き出す一歩手前だ。

しかもその日は黎暉大国の夏ほどべったりした暑さではないが、日差しが強かった。

精神的な負荷と、肉体的な限界。

その両方で今にも倒れそうになっていたとき、突如として目の前に現れたのが彼女――エルーシアだった。

銀色の髪が、純白の裳《スカート》が、風になびく。

純白の日傘を掲げながら歩いてきた少女を見たとき、優蘭は純粋に綺麗だと思った。

髪がキラキラ……光に反射して、夜空にかかる星河みたいに輝いてる！　目もつやつやになるまで磨かれた翡翠《ひすい》みたい……！

肌も抜けるように白く、今にも溶けてしまいそうだった。儚《はかな》い美しさというのはこういうことを指すのかと、優蘭はその日初めて実感した。

あまりの美しさに、自分が迷子なことも忘れて思わず見惚《みと》れていると、日傘が差し向けられた。そして長い裳《スカート》の裾が地面につくことも厭《いと》わず、彼女が腰を屈《かが》めてくれる。

そうして薄紅色の唇が動くのを、優蘭は夢見心地の気分で見つめた。

『初めまして、お嬢さん。わたくしはエルーシアというの。貴女のお名前、聞かせてくださらない？』

そう珠麻王国語で問われ、優蘭はぱちぱちと目を瞬《まばた》かせる。

そして気分が高揚していたからか。

『お姉さん、とっても綺麗ですね！　もしかして、天上からいらした女神さまですか？』

その質問に対して、とても頓珍漢な返答をしてしまった。

そんな優蘭の言葉に、エルーシアは面食らったような顔をしてからすぐに破顔した。

そしてそれが気に入ったのか、彼女は自身が泊まっている宿屋の部屋に優蘭を案内して水を飲ませてくれ、一緒にお茶をしただけでなく、優蘭たちが泊まっていた宿屋にまで送り届けてくれた。

それが、優蘭とエルーシアが友人になったきっかけだった――

トレファン、優蘭、紅儷。

三人はそれぞれ自己紹介を済ませてから椅子に座り、改めて対面していた。

『……それで、トレファン様。どういうことなのか、一度ご説明いただけたら幸いです』

『もちろんだ。俺が協力する理由にも繋《つな》がるものだからな。それと、俺はもう杏津帝国の貴族令息ではない。だから気安く呼んでくれ』

『……分かりました、トレファンさん』

この時点でだいぶ混乱していたが、となりに紅儷がいてくれたこともあり、少しだけ冷静になる。

だとしても……彼がどうして貴族令息じゃなくなって、その上で珠麻王国にいるのか、分からないわ。

優蘭が彼らとの交流を断ったのは、二人が友人になった二年後。エルーシアが自殺をしたときだ。

そしてその際に珠麻王国でトレファンから受け取ったエルーシアからの手紙に、全ての真実が書かれていた。

『ユーラン。あなたにだけは、本当のことを知って欲しかった。』

その一文は、たった二年の間だったが民族を超えて友人関係となった優蘭に向けられた、縋《すが》るような慟哭《どうこく》だった。

――だから優蘭は、それを胸に掲げて今まで生きてきたのだ。

そしてそれから十九年。トレファンの身に一体何が起きたのか。

なんとなく何が起きたのか予想しつつも、優蘭は敢えてそれを考えすぎるのを避け、彼の口から事実を聞こうと決めた。

一方のトレファンは、少し考え込むようにしてから、慎重に口を開く。

『……ユーラン。貴女も知っての通り、俺の妹は十九年前、人生に絶望して自殺した。コーレイさんのためにも軽く説明しておくと……妹は専属医から美しくなるため、という理由で幼い頃から砒素《ひそ》を飲まされていたんだ。そしてそれを知らないまま、美しくなるための薬と言って友人に渡して、相手を死なせてしまった。そのせいで、殺人鬼として世間から強い非難を受けたんだ』

『……なるほど、そのようなことが』

紅儷はちらりと、優蘭の様子を窺《うかが》いながら、頷《うなず》く。

紅儷への詳しい話はまた後でしようと思い目配せしつつ、優蘭は話を先に進めるよう促した。

『そうしてエルーシアが自殺をしてから、私は珠麻王国でトレファンさんに手紙をいただきました。それが最後だったはずです』

『ああ。……ただ、それからも俺たちの人生は続いていく。それは、貴女も分かるだろう？』

『……はい』

『……色々あったんだ、本当に』

そうして語られた話は、優蘭の想像を絶するものだった。

――まず、専属医に『美しくなるための薬』を依頼していたエルーシアの母親が、心の病を患った。それから一年と経《た》たないうちに、彼女は衰弱死したという。

また、周囲の目も厳しかった。裁判ではエルーシアの家族自体に問題はないとされ、無罪となったが、それでも犯罪者同然の扱いを受けた。そんな状態で、貴族で居続けられるわけもない。親族たちは二人を追放することで、自分たちの家格と領地が保たれるように動いた。……誰も、手を差し伸べたりはしてくれなかったのだ。

そうして残されたトレファンとその父は、逃げた専属医を捜し出して復讐《ふくしゅう》することを誓った。

そうやって他人に怒りを向ける方法でしか、生きる意味を見出《みいだ》せなかった。

それくらい、二人は孤立していたのだ。

だから彼らは、専属医が逃げたとされる珠麻王国へと亡命したのだという。

『それから俺たちは、働きながら専属医を見つけ出して、それ相応の方法で裁いた』

『……それは……』

『はは、もちろん合法だ。そもそも、杏津帝国で罪を犯した医者だぞ。叩《たた》けば埃《ほこり》が出るさ。

だからあいつは商家で同じようにやらかし、極刑になったんだ。……まあその相手がこの国一番の商家になるよう、誘導はしたが』

そう言うときのトレファンの顔が陰ったのを見て、優蘭の胸に苦々しい気持ちが込み上げてきた。

十九年前までは、こんな顔をする人じゃなかったのに。

悪戯心《いたずらごころ》を持ち、エルーシアのことをよくからかっては彼女に怒られていた。それでも体の弱い妹のことを大切に思っていて、いつも彼女のことを優しく見守っていた人だった。

優蘭に対しても誠実な態度を取りつつ、会うときはいつも遊び相手になってくれた。それでいて貴族らしくさまざまなことを俯瞰《ふかん》して見ることができる人で、こういう視点もあるのだといつも感心していた。

そんな人が、信頼していた専属医からの裏切りと、最愛の妹の自殺、周囲からの非難、親類からの追放、そして復讐を経てこうも歪《ゆが》んでしまったという事実は、言葉では表しょうがないほどの寂寥《せきりょう》感を優蘭にもたらす。

そんな優蘭の様子に気づいたのか、紅儷がトレファンに対して一つ質問をした。

『申し訳ない、一ついいだろうか？』

『なんだろうか、コーレイさん』

『わたしの故郷は、菊理州《きくりしゅう》の国境沿いにあるんだ。そこでは、黎暉大国民と杏津帝国民は顔を合わせるだけで殺し合いになる程悪い関係だったのだが……優蘭とトレファンさんには、そのような過程がなかったように感じた。それは何故《なぜ》だろうか？』

それを聞き、優蘭はああ、と納得した。

紅儷からしてみたら、意外というか、想像もできないことよね。

しかし優蘭……というより、菊理州の国境で起きたごたごたを直《じか》に見たことがない人たちからしてみたら、別に意外でもなんでもない。

『紅儷には悪いけれど……国境沿いの戦争を実際に体験したことがない人たちからしてみたら、この二国間の諍《いさか》いはどこか遠いものでもあったの。我がことでありながらも、他人《ひと》事《ごと》でもあるというか……』

『……そうなのか……』

『ええ。ましてや、出会ったのは珠麻王国。お互いにとっての他国で、下手に問題を起こすのは得策ではない。そして私の両親もトレファンさんのご両親も、お互いがどこの出身なのかは言わなかったわ。名前で分かっていても敢《あ》えて避けていたというか』

話しながら、紅儷がかなりの衝撃を受けていることがその表情から伝わり、優蘭は思わず口をつぐむ。

紅儷が驚くのも無理ないわよね……その諍いを目の前で見続けてきた人だもの。

そして優蘭が幼かったことも、また商人という立場から異国の民との交流に躊躇《ためら》いがなかったのも、この不思議な友人関係が生まれた理由だったと思う。

するとトレファンが少し困った顔をして、説明を付け足してくれた。

『そしてこう言うのもなんなのだが……俺の領地があった、杏津帝国民も珠麻王国と隣接した北部の者たちは、杏津帝国の中でも少し特殊な立ち位置にあるんだ』

『特殊な立ち位置、と言いますと？』

優蘭もその話は知らなかったため問いかければ、トレファンが自嘲する。

『北部は特に、冬の寒さが厳しい領地なんだ。また間に高山があるせいで、中央からの物資を運搬するよりも、珠麻王国からの輸入に頼るほうが効率が良くてな。またそういった立地的な事情もあり、北部貴族には独立した統治権が与えられている。まあ道理だな』

『そんな感じなのですね……』

『ああ。だから北部の者は、南西部のいざこざを情報としては知っていても、その意味をきちんと理解できていない。それは俺の家も同じだったんだ』

『なるほど……』

紅儷がしみじみと納得したところで、優蘭は本題に切り込むことにした。

『それで、トレファンさん。本気で、私たちに協力してくれるのですか？』

『もちろんだ。まさか俺が冗談で、貴女《あなた》の母君の話を受けたとでも？』

『……母とはいつから、交流をしていたのでしょう』

『復讐を終えた後だから……六年ほど前だな。その頃、父があっという間に亡くなったたんだ』

『それは……』

『別に気遣いは無用だ。それに葬儀に関しては、ギョク夫人が尽力してくださった。今俺がまともな職につけているのも、彼女のおかげだからな。……ああ、母君を恨まないで欲しい。貴女に言わないで欲しいと言ったのは、俺だからな』

『……そう、ですか……』

それに対してもやもやとした気持ちは込み上げてくるものの、暁霞が今まで協力者の名前を言わなかったことからも、母の誠実さや用心深さを感じて、少しだけほっとする。

しかし、疑問は拭えない。

いくら母に恩義を感じているからといって……危険を顧みず協力してくれるのは何故？

優蘭は、自身に冷静に考えるよう言い聞かせた。少なくとも昔のままの感覚でトレファンと会話をするわけにはいかない。いっそのこと、全くの他人と同じように接するべきだろう。それくらい、今の彼は昔の印象と違う。

一番考えられるのは……杏津帝国の誰かに復讐するため。

専属医に復讐するために亡命までしたのだ。その可能性は捨てきれない。しかしそんなことをする必要性が分からない。何より、暁霞が協力者と認めた以上、それはないと信じたいのだ。

そしてこの疑問は、アーヒルも関わってくる以上、払拭しておいた方がいい案件だ。

そう思った優蘭は、正直に胸の内を打ち明けることにした。

『トレファンさん。実を言うと現在、私たちはラティフィ家のお屋敷《やしき》でお世話になっているんです』

『……ラティフィ家？　あの？』

『はい』

『何故』

『ラティフィ家の六男が、私の夫の友人で……その縁で、黎暉大国が杏津帝国に外交使節団を送ることになった際に、関わる機会があったのです。そこから、関所の役人を買収して、私たちに接触してきました』

できる限り簡潔に、かつ分かりやすく、嘘《うそ》偽りがない情報を優蘭は口にする。

今必要なのは、相手に誠意を見せることだ。でないとトレファンの本音は引き出せない。

そう思い、伏せることは伏せつつ話をすると、トレファンはスッと目を細めた。

『なるほど。俺が、杏津帝国で問題を起こすのではないかと心配なのだな』

『心配なのもありますが……いくら母に恩を感じているからといって、釣り合いが取れないように思えたからです。捨てた国の土を再度踏むということは、それくらいの覚悟があってのことだと思いますので』

するとトレファンが目を瞬《まばた》かせた。

『……勘違いしているところ申し訳ないが、俺が協力すると決めたのは貴女の母君が理由ではない。貴女が杏津帝国へ不法侵入することになると教えられたからだ』

『……えっと……？』

どういうことなのか分からず首を傾《かし》げていると、トレファンが真《ま》っ直《す》ぐとした目を優蘭に向けてくる。

『俺が協力することに決めたのは、妹の死を悼んでくれた貴女がいると言われたからだ。でなければ、素知らぬふりをして元の生活に戻っていた』

『……え？』

『貴女はもう覚えていないかもしれないが……手紙の中身をその場で読んだ貴女は、俺の目の前で泣いたんだよ。家族以外誰一人、エルーシアの死を悼んでくれなかった中、貴女だけは泣いてくれたんだ。それが助ける理由だよ』

『そんな……当然のことです』

何より、優蘭は杏津帝国の内情を知らない立場だった。偏見や悪感情を持ちようもなかったし、エルーシアのことが本当に心の底から大好きだったのだ。そんな状況で訃報と共にあの手紙を読めば、誰だって泣くだろう。

しかし、トレファンは首を横に振る。

『誰も信じられなくなっていた中で、貴女の態度は俺の心を救ってくれたんだ。……そんな貴女が危険を冒すというのを聞けば、俺が動かないわけにはいかない。俺が動くと決めた理由は、それだけだよ』

しばらくの間、何を言われたのか分からなかった。

しかしトレファンの言葉がじわじわと沁《し》みてくるのと同時に、母が言い残した言葉を思い出す。

――……そしてどうか、ご自分が繋《つな》いだ縁というものを忘れないようにしてください。人と結んだ絆《きずな》は、何よりの宝ですから。

……ああ、あんな言葉を言い残した理由は、こういうことだったのね。

だから暁霞は、縁を大切にしろと言ったのだ。

――だって今回、協力者の心を動かしたのは間違いなく、優蘭が昔結んだ縁のお陰だったから。

そして何より嬉《うれ》しいのは、その縁が夫を救うための手立てになっていることだ。

この世には決して、無駄なものなんてない。そのことに改めて気付かされた。

思わず涙がこぼれ落ちそうになるが、そこをグッと堪《こら》えて優蘭は口を開く。

『……ありがとうございます、トレファンさん。そういう理由でしたら私も納得できます』

『それならばよかった』

『その上で、もう一つお伺いします。トレファンさんの他にラティフィ家の方がいらっしゃいますが、それでも問題はありませんか？』

『構わない、というよりもむしろ、俺よりもラティフィ家に頼ったほうがいいのではないか？』

『私としては、お二方ともいらしたほうがありがたいです。だってその分、夫のことを救える可能性が高まりますし……何よりお二人とも、頭の回転が速い上に機転も利く優秀な方々ですから。こんなにも頼りになる協力者を手放すだなんて、私にはできません』

アーヒルはもちろんのこと、トレファンとも少しやりとりをして改めて実感した。この人は十九年間、平民として生きてきたが、根っこの部分にはまだ貴族としての価値観が根付いているのだと。

優蘭の言葉の真意を容易《たやす》く見破れる点もそうだし、さりげなく説明を付け足して気遣いしてくれる部分もそうだ。

むしろ平民として生きてきたことで、昔は誠実すぎて潔癖なきらいもあった部分が適度に柔らかくなって、より強靱《きょうじん》になったのでは？　とすら思う。

また、優蘭が両方必要だと思うのは、二人の役割が違うからだ。

アーヒルがいれば杏津帝国に入国するまでは楽だが、そこから杏津帝国皇帝に会うまでが難しい。彼は杏津帝国民ではないからだ。

その一方でトレファンは、十九年前とはいえ元貴族である。杏津帝国語を含めそれ相応の知識を持っているし、何より城の内部構造を多少なりとも知っているだろう。

そして協力者は、多ければ多いほど嬉しい。これは純然たる事実だ。

だからなんてことなく言ったのだが、トレファンが虚をつかれたような顔をする。

その一方で、やりとりを見ていた紅儷が口元を押さえて笑うのが見えた。

『さすが優蘭。とんだ殺し文句だな』

『え？』

『……エルーシアも言っていたが、貴女の言葉はなかなか深く心に響くな』

え、何。事実を言っただけなのに。

盛大に混乱した優蘭だったが、トレファンが立ち上がるのを見て顔を上げる。

『そこまで言われたのであれば、期待に応えないわけにはいかないな。……よろしく頼む、ユーラン さん』

『……こちらこそ、宜《よろ》しくお願いします、トレファンさん』

優蘭は、トレファンから差し出された手を握り、振る。握手は、杏津帝国的に言うと『交渉成立』の合図だ。

顔を合わせたときよりも和やかな雰囲気になった三人はそうして、揃《そろ》ってラティフィ家の屋敷に戻ったのだった。

＊

場所は変わり、白桜州《はくおうしゅう》・曙鱗《しょりん》。

白桜州と和宮皇国《かずのみやこうこく》を繋ぐこの港町が曙鱗と呼ばれるのは、町全体の屋根に使われている瓦の形状にあった。

長方形の瓦の片側の角を丸くなるように切り抜いたその形状の屋根を遠くから見ると、まるで魚の鱗《うろこ》のように見えるのだ。

そして黎暉大国の東に位置するこの町が一番活気付くのは、水揚げされたばかりの魚が並ぶ朝市だ。

曙《あけぼの》に照らされた鱗瓦の屋根が、とても美しく輝いて見える。そんな港町の様子を誇りに思った人々が付けたのが、曙鱗という名前だったというわけだ。

曙鱗に慶木《けいぼく》たち陽動班が入ったのは、二日前だった。

和宮皇国に入国するための手続きなどは全て暁霞がやってくれるため、そちらは不要。

しかし慶木と水景《すいけい》は、ここでやらなければならないことがあった。そのため、李明《りめい》を暁霞に押し付け……否、預け、こうして昼間の曙鱗の街を歩いているのである。

「おおっと……」

「……水景殿、人混みに流されるな」

吸い込まれるようにして人の波に攫《さら》われそうになる相棒の手を、慶木はすんでのところで摑《つか》んで引っ張った。

それを見た水景は、気の抜けた笑みを浮かべながら礼を言う。

「これはこれは。慶木殿、ありがとうございます」

さすがに道中で役職名をあからさまに言うのはいけない、ということで名前呼びにしているのだが、言い慣れない、また聞き慣れない響きに背筋がぞわぞわする。

やはり、仕事以上の関係でいるのはごめんだな。

そんな思いを吐き出すように、慶木は大きくため息をこぼした。

「礼を言われるようなことはしていない。それよりも、人混みに流されてはぐれそうになるなど、子どもか貴殿は」

「そうは言いましても……こうも人がごった返していては、歩くのも難しいですよ……」

水景の言う通り、昼間にもかかわらず道には溢《あふ》れんばかりの人がいた。本来ならば朝のほうが混みやすい曙鱗で、この光景はなかなか珍しいだろう。

まあその理由も、見当がつくが。

慶木は周囲に視線を配りながら、その理由を推測する。

というのも、いるのは大抵和宮皇国民なのだ。いくら黎暉大国と和宮皇国とを繋ぐ港町とはいえ、この数は異常だと言える。

大方、北部から流れた時報紙の情報を得て、慌てて自国へ引き返そうとしているのだろう。このまま開戦して自国へ帰れないなんてことになれば、大事になるのは目に見えているからだ。

このせいで、今こうして曙鱗で立ち往生しているのだから、憎らしい話だな。

暁霞が渡航の許可をもらうのに難儀しているのは、この人の多さゆえだった。予想では、あと二、三日はかかりそうだとか。

予定が狂うことなど当たり前だが、人命が左右され、かつお互いの連携が必要とされるこの場でそれが起きると、少しばかり苛立《いらだ》ってしまう。

なんだかんだ、皓月は慶木にとって大切な友人で、同じ理想を掲げる同志だったから。

何より敵の思惑通りに事が運んでいることが、面白くない。

そんなことを思いながら、慶木は水景を自身の後ろにつかせる。

「そうだとしても、貴殿が流されたのは貴殿がひ弱すぎるからだろう。わたしが壁になるから、その後ろを歩け。さすがに大の大人の手を取って歩くつもりはないぞ」

「ふふふ。ありがとうございます、慶木殿」

これだけ言っても、水景はへこたれるどころかさらりと流してしまう。そんな慣れたやりとりに少しばかりほっとしながら、慶木は目的の料亭を見つけ、人波を掻き分けながら突き進んだ。

この料亭は、玉《ぎょく》商会が懇意にしている場所らしい。全席個室で富裕層向けだが、秘密裏に話をするのにうってつけだとか。

その目的通り、慶木たちはここでとある人物と、秘密の話をしに来たのだ。

案内された個室に入ると、その人物は既に円卓の一席に腰を下ろしていた。

「お久しぶりです。夏《か》様」

入室すると同時に水景がぺこりと頭を下げれば、年嵩《としかさ》の男性――夏玄曽《げんそう》がそのまなじりを緩める。

「ご無沙汰しております、呉《ご》様。そしてそのような敬称で呼ばないでください、もうわたくしめは、宦官《かんがん》ではございませんから」

そう。今回会う人物は、夏玄曽。元後宮の宦官で、現在はとある人物たちを教え導くために、この白桜州の一角で密《ひそ》かに余生を送っているはずの人だった。

そして玄曽のとなりには、一人の少女がちょこんと行儀良く腰掛けている。慶木はその少女のことを、よく覚えていた。

「ほら、丁那《ていな》もご挨拶を」

「はい、玄曽さん。……以前は大変お世話になりました、皆様。陶《とう》丁那と申します。今回は、玄曽さんの補佐をするために、末席に座らせていただきます」

陶丁那。

雪のような儚《はかな》さを持つ、美しい少女。

彼女があの大舞台で怒りと共に叫んだ姿は、慶木の目から見ても勇ましく見えた。

だが……。

慶木は思わず、目を細める。

当時の丁那は、十四歳の少女だった。

それから一年。これほどまで変貌するものなのか、と思わず感心してしまう。

か弱く、かつ瞳に何の希望も灯《とも》していなかった、今にも消え入りそうな少女だった。怒りを露《あら》わにした際も、彼女の体はガクガクと震え、今にも折れそうだったのに。

目の前にいる少女の瞳には確かな光が宿り、表情には柔らかな笑みが浮かんでいる。儚さの中に力強さも秘めたその瞳に、慶木は既視感を抱いた。

珀《はく》優蘭。

自身の親友の妻であり、後宮の妃嬪《ひひん》たちの管理を任されている女官。

どんなに絶望的な状況であろうと前を見て妃嬪たちのことを尊重し、自分が最善だと思う道を迷いながらも、確かに一歩一歩踏み締めていく女性がしばしばする目に、とてもよく似ている。

……人とは、一年でここまで変わるものなのだな。

しかしそれを表情には出さず、慶木は向かいの椅子に腰掛けながら口を開いた。

「息災なようで何よりだ、夏殿。せっかくだ、食事をしながら話をしよう。昼餉《ひるげ》はまだだろう？」

「はい」

「なら水景殿、先に注文しよう」

「分かりました」

そして適当に注文を終えてから、慶木は口を開いた。

「さて、事前に文である程度の事情は伝えてあったが……やはりきちんと向き合って話をしたほうがいいと思ってな、こうして場を設けたわけだが。……夏殿。準備の方は進んでいるか？」

「はい、郭《かく》様。つつがなく。……ね、丁那」

「はい、玄曽さん」

玄曽が柔らかな視線を向ければ、丁那はこくりと頷《うなず》いた。

慶木たち陽動班が、玄曽――正しくは玄曽をはじめ彼が世話をしている子どもたち――に頼んだのは、「曙鱗に玉商会の人間がいた」という噂《うわさ》を意図的に街に広めることだった。

いわゆるところの仕込み、というものだ。黎暉大国ではそういう人間のことを、教えた言葉を話せる鳥に見立てて秦吉了《サルカ》なんて呼ぶ。

そんな大それたことをしようとしている理由は明白。杏津帝国の目を、陽動班に向けさせるためだった。

すると、水景が口を開く。

「その件なのですが……夏殿。ことはもう少し楽になるかもしれません」

「……と、言われますと？」

「今、黎暉大国内に、杏津帝国との交戦が開始するかもしれない、という時報紙がまかれ、それが広まっているのです」

それを聞いた玄曽は、目を丸くした。

「よもや、そのようなものが……本当ですか？」

「はい、北部を中心に広まっています。敵の策の一環ですね。そして曙鱗に人が増えたのも、おそらくその話が広まったためでしょう」

「……ああ、どうりで……」

この時期にもかかわらず普段よりも人が多い点を、玄曽も疑問に思っていたのだろう。納得したように頷く。

それを見た水景は、玄曽に向かって人差し指を立てた手を向けた。

「そこで、皆様に一つ提案なのですが……これを利用するために、少しだけ作戦内容を変更しても構いませんか？」

「……変更、ですか？」

「はい」

現時点での作戦は、「玉商会の人間が曙鱗にいた」「一緒にいた人たちは、普段の玉商会の人たちとは違ったね」といった内容の話を、陽動班が船に乗ってから広めてもらうことになっていた。

しかし水景が提案したのは、「杏津帝国で何か起きて、黎暉大国の外交使節団員たちが軟禁されているらしい」「その中に礼部尚書《れいぶしょうしょ》だけでなく、右丞相《うじょうしょう》もいるらしい」「あれ、そんなときに玉商会の人間が曙鱗に？」「右丞相は玉商会の娘さんの旦那さんだったよね？」という内容だったのだ。

新しい提案内容については、前者二つは既にある程度広まっているはずなので、後者二つを中心に話をすればいいという。

「つかぬことをお伺いしますが……この二つに、さしたる差はないかと思うのですが、変える意味はあるのでしょうか？」

「もちろんあります。話に信ぴょう性が増すからです」

それを聞き、慶木は納得した。

確かに、前者は少しばかりわざとらしく聞こえるな。

それでもいけると判断したのは、今回向かおうとしている和宮皇国の人間が、少なからず反応を示してくれると考えたからである。向こうが本当に杏津帝国と繋《つな》がっているのであれば、黎暉大国の動きをかなり警戒しているはずだからだ。

そんな中で、後宮勤めの優蘭の実家である玉商会の人間と見たことがない人間が一緒にいる場面を知れば、怪しむだろう。

しかしここで新案に変更すれば、わざとらしさが消える。

何より語られていることは、敵側が故意に流したものなのだ。

「今回話を広める上で必要なのは、信ぴょう性です。そして、この話を聞いた和宮皇国側が、わたしたちが曙鱗にいることを連想しやすくすることなのです」

「確かに、新案のほうが丁寧で親切だな」

「はい。また和宮皇国は、杏津帝国の過激派からある程度話を聞いているでしょう。そんなときに重要人物の妻の実家が曙鱗にいるだけで、警戒度合いはより高まりますから」

そして黎暉大国の人間が右丞相と玉商会の名前を知らないわけがないのだ。――皓月と優蘭の婚姻は、一時期黎暉大国中を騒がせたほど有名な話なのだから。

玄曽もそれに納得したらしい、明るい顔をして「呉様の仰《おっしゃ》った流れの方が、目的を達成できそうですな」などと言う。となりの丁那はそれに対して、感心した顔をして頷いていた。

それを見た水景は、少し疲れた顔をほのかに緩めながら言う。

「またわたしは、この情報を現在、立ち往生をしているこの時機に広めた方がいいと考えています」

「……何故《なぜ》だ？　和宮皇国に渡れなくなる可能性が出てくるぞ」

「簡単ですよ、慶木殿。我々の目的は陽動であって、必ずしも和宮皇国に入国しなければならないわけではないからです」

そう言われ、慶木は「確かに」と頷いた。

「陽動の役割を果たすのであれば、目立てば目立つほどよいということか」

「はい。そしてここで『秘密裏に動いていたのに、敵方の時報紙のせいでばれた』ことが知られれば……」

「……向こうは、自分たちの張った罠《わな》にわたしたちが引っかかったと思い、図に乗るな」

「はい。その上で入国前に我々の足止めができたとなれば……」

「――注目は完全に、陽動班に向く」

不完全であった作戦が、敵が仕掛けてきた策のお陰で完璧なものになる。

そしてそれにより、目的が完全に達成される可能性が高くなる。そのことに、慶木は笑みを浮かべた。

「……あの」

すると、今まで黙っていた丁那が口を開く。

「文には少しだけ書かれていましたが……これは珀長官たちを、できる限り安全に杏津帝国へ向かわせるための陽動、なのですよね？」

丁那の言葉に、慶木はちらりと水景を見た。

一方の水景は、口元を緩めて頷く。

「はい、その通りです」

「……分かりました。ありがとうございます」

「……珀長官のことが、気になりますか」

水景が一歩踏み込んでそう問い掛ければ、丁那は真っ直《ます》ぐとした目を向けて頷いた。

「はい。珀長官……いえ、珀ご夫妻には、とてもお世話になりましたから」

そう言ってから、丁那は目を伏せた。

「……わたし、この一年でようやく、知りました。ああ、あの方たちは、『大人』だったからわたしのことを心配してくれたし、許してくれたんだなって」

『大人』。

その言葉に、慶木は目を伏せた。

大人の定義というものは、とても難しい。難しいと、慶木は思う。ただ歳《とし》を重ねただけの人間は大人ではなく、大きな子どもだと彼は考えているからだ。

少なくとも慶木の中での大人は、子どもを育て、教え、守り、下心なく心配をし、ときには叱る。そんな存在こそ、大人を名乗るのに相応《ふさわ》しいと考えている。

そしてそれに今更気付いたということは、一年前の丁那の周りにいた『大人』と、今彼女の周りにいる『大人』に明確な差があることを意味する。

それは玄曽のおかげか。それとも、後宮にいる際に周りの人間たちが、丁那にとっての最良を選び続けてきたおかげか。

どちらにしても、珀夫婦のやってきたことが形になっているような気がして、他人事《ひとごと》ながら嬉《うれ》しくなる。

それが慶木にはどこか誇らしくて、どことなく眩《まぶ》しく見えた。

わたしのやり方では絶対に、辿《たど》り着かないものだからな。

そう思いながら、慶木は成り行きを見守る。

一方の丁那は、俯《うつむ》きながら口をきゅっと結んだ。

「きっとお二人にとってそれは、当然の行動だったんでしょう。だからわたしがこんなことをしても、喜ばれないかもしれません」

「……そうでしょうね。あのお二人はきっと、陶さんが大人の悪意に晒《さら》されないで、ただ穏やかな日常を送っているだけで、十二分に幸福を感じる方々ですから」

「そうですよね。……そう、ですよ、ね」

それを聞いた丁那が一度俯き、しかし顔を上げる。そして、真っ直ぐとした瞳が水景と慶木を射抜いた。

「でも、だからこそ。少しでも、恩返しをしたいんです」

今の丁那の言葉を聞き、姿を見た珀夫婦は、一体何を思うのだろうか。

少なくとも慶木は、自分の足で、自分の意思で立ち上がったであろう彼女の言葉を聞き、嬉しくなった。

同時に、思う。

皓月。お前は、自分が今まで積み上げてきたもの、残したものをこの国の頂点に近い場所から見るべき人間だ。……だから、早く帰ってこい。

ようやく摑《つか》み取った幸せ《妻》と共に。

「……今の言葉を聞けば、珀夫婦はとても喜ばれるでしょうね」

水景がそう言えば、丁那ははにかんだ笑みを見せてくれる。

そのとき、ちょうど昼餉が運ばれていたため、今度は料理をつつきながらのやりとりとなった。

海が近い場所なので海産物を使った料理が多く、鮮度のいいものばかりなので美味《おい》しい。

いくら交通の便が整ったほうだからとはいえ、海も湖も存在しない都でこれほどのものを食すことはできないからだ。

それに舌鼓を打ちながら、慶木はふと思った。

突如作戦を微修正したが、あれは水景殿が考えたものなのだろうか？

せっかくなので、そのまま疑問を口にする。

「そういえば先ほどの策、水景殿が道中で考えられたのか？　貴殿もなかなかの悪人のようだな」

茶化すように言えば、水景は猫舌なのか、熱い汁物に息を吹きかけるのをやめて首を横に振った。

「いえ、これをわたしにお伝えくださったのは杜《と》様ですよ。ただ玄曽さんにお伝えした文ではその辺りを加味できていなかったので、こうしてわたしが修正を入れさせていただいたのです」

「……なるほどな」

「はい。それに、珀当主様も同じような考えを持っておいででしょうね。新旧、どちらの宰相たちを敵に回しても恐ろしいですよ」

水景は笑みを浮かべつつ、肩をすくめる。

それを聞いた玄曽は、「あのお二人が一緒におられるのですね」と懐かしそうに目を細めながら朗らかに笑って見せた。

「でしたら今頃、杜様と珀当主様は、悪いお顔をなさりながら悪巧みを考えているやもしれませぬな」

＊

黎暉大国・宮廷にて。

杜陽明《ようめい》は、杏津帝国との交渉を進めるべく礼部と話をすり合わせたり、それ以外の情報を集めたりと、いつも以上に忙《せわ》しない日々を送っていた。

官吏たちも休日返上で駆け回っている点を加味しても、今の宮廷内は年明けとは思えない目が回るほどの忙しさを見せていた。

だからこそ、そんな中での珀家現当主・珀風祥の来訪は、宮廷内を騒がせた。

皇帝である劉亮《りゅうりょう》が特例で召集したため、また現状、それくらいしないと黎暉大国の状況がどんどん悪くなることが分かっていたが故に受け入れた面々が多かったが、当たり前のように不満も出た。

彼ら曰《いわ》く、「官吏として働いていたのはかなり前なのに、現在の宮廷に入ってやっていけるのか」とのこと。

しかし風祥はそんな意見を一日で一蹴するほど、完璧な仕事ぶりを見せた。何よりずっと宮廷にいたのかと思わず錯覚してしまうほどすぐに馴染《なじ》んでしまったのを見た官吏たちは、最早《もはや》押し黙るしかなかったのである。


そんな風祥が宮廷で仕事を始めてから、早三日。

杜陽明は、彼と一緒に左丞相《さじょうしょう》の執務室で情報共有のための時間を取っていた。

しかしそんな二人の間には、盤が載せられている。それぞれに役割が与えられた駒を交互に動かして、互いの王を詰めたほうが勝利するこの盤上遊戯は、この二人が宰相職にいた頃よく行なっていた遊びだった。

作業の合間を使ってこうすることで頭が動くから、というのが理由だが、それを見た先代皇帝にはよく「正気の沙汰とは思えない」と言われていたものだ。実際、作業のついでにやるものではないので、その通りではあるのだが。

だが風祥が久方ぶりに戻ってきたこともあり、二人は慣れた様子で駒を交互に打ちつつ、手元の資料を読んで頭を回す。

そんな最中。

――ぞわり。

唐突にやってきた寒気と同時に鼻がむずつき、陽明はできる限り音が出ないように注意を払いながら、くしゃみをした。

瞬間、部屋に二人分のくしゃみが響き、思わず目を見開く。

見れば、目の前で書類片手に情報の確認をしていた風祥も、同じようになるべく響かないようにしながらくしゃみをこぼしていたのだ。

同じときに同じ行動をしてしまった二人は、互いに顔を見合わせてから口を開く。

「……もしや僕たち、誰かに噂《うわさ》をされていますかね？」

「……さあ、どうであろうな。しかし噂をする人間の心当たりはある」

「本当に。そしてきっと、ろくでもないものなのでしょうね」

「はは。それは違いないな」

お互いにそんなやりとりをして、陽明は満面の笑みを、風祥は微《かす》かな笑みを浮かべた。

同時に、ぱちりぱちりと駒が動く音が室内に響く。その音も含めて、陽明の思考の循環が刺激されるのを感じた。

こうは言ったが、二人とも理解しているのだ。自分たちが今、そんな噂をされるくらいのことをしようとしていることを。

理解した上で、この状況を楽しみ笑っているのだ。

陽明は基本的に争いを避けるように行動を起こす人間だが、それは純粋に争いごとを無駄だと考えているからだ。

相互の意見をすり合わせるために意見の交換は必要だし、この広大な土地をまとめる上で多種多様な意見は必要不可欠だ。でないと思考の幅が狭まり、敵に付け入る隙を与えてしまう。

だがそのせいで、互いの仲が険悪になるのは効率的ではない。特に今の黎暉大国は、一致団結していかなければならない状況だった。

それを考えると、外部に分かりやすい敵がいる現状は、陽明にとって都合が良かった。

せっかくだから、これを機に黎暉大国がまとまるような策にしないとね。

ただやるならば、敵は今回の件を企《たくら》んだ者たち。杏津帝国ではなく、杏津帝国の過激派、珠麻王国の王族関係者。そして……和宮皇国で過激派と通じている皇后側の人間たち。今回の件で得をする面々が堕《お》ちていく様も見たい、というのが陽明と風祥の本音である。

だからこそ、二人は情報を集めさせ、あれやこれやと頭を捻《ひね》りながら策を立てるのだ。

そんなことを思いながら笑っていると、風祥がふと口を開く。

「そういえば陽明。陽動班の作戦は敵の策を考慮して微修正したのか？」

はたから見れば何を言っているのか？　というたぐいの、間の情報が抜けた問いかけだったが、陽明にとってそれはなんてことはない、よくあるものだった。少なくとも陽明が右丞相として働いていたときは、風祥とこのやりとりをしていたのだから。

「それはもちろん。相手からの素敵な贈り物なのですから、利用しない手はありませんよね？」

「それはそうだな。なら、陽動は無事成功するであろうな」

「はい。その頃には、本命班も珠麻王国と杏津帝国の国境を越えているでしょう。そしてそこさえ越えれば、陽動班の役目はひとまずおしまいです。十分に役目を果たせたと言えるでしょう」

「そうだな。……君ならそうすると思っていたが、それを聞いて安心した」

表情を緩める風祥を見て、陽明も笑みを浮かべる。そして、懐かしさと同じくらい、誇らしさも覚えた。

お互いの思考が分かるからこその、前置きなしで行なえる会話。

そして、そんな風祥を安心させるほど、自分が宰相としてそつなく仕事がこなせることになった喜び。

不謹慎だとは思うが、陽明は今、この状況をとても楽しんでいた。

まあ、これくらいの図太い神経じゃなきゃ、宰相職なんてとてもではないけどやっていけないよね。

そう思いながら、陽明はにこりと笑う。

「風祥さん。これくらいで安心してもらっては困りますよ」

「……というと、他にも何か仕込んでいるのか？」

「本人に伝えたわけではありませんが。いいえ、純粋に本人が裏経路で自分たちが黎暉大国の外交使節団員たちを助けにいくのだと思っているからこそ、といいますか。……まあ、場をさらに引っ掻《か》き回した挙句、正攻法を使って和宮皇国と杏津帝国過激派の神経を逆撫《さかな》でできる人間を一人、陽動班に組み込んでいるんですよ」

「……公晳《こうせき》李明か」

「はい」

風祥が宰相職を辞してから活躍し始めた李明のことを詳しくは知らないだろうに、確信を持って告げられる名前に笑みが浮かぶ。さすが風祥だ。

彼が上手《うま》く狙い通りに動いてくれさえすれば、あとは裏事情を知る水景と慶木が上手いこと転がしてくれるはずだ。――だから陽明は、敢《あ》えて何も知らない李明を陽動班に入れたのだった。

現状でも及第点は取れてるけど、せっかくなら満点を目指したいよね？

今、曙鱗はどうなっているかなー。

そんな気持ちでワクワクそわそわしていると、風祥が声をあげて笑う。あまり表情が変わることがない彼の変化に、陽明は目を瞬かせた。

「風祥さん、どうかしましたか？」

「いや……陽明があまりにも楽しそうな顔をしていたからな。……悪いことを考えているのだと思って、笑ってしまった。すまない、不快にさせただろうか」

「……まさか。事実、彼らにとって僕は悪人でしょうから」

愉快な気持ちのまま肩をすくめれば、風祥は目を細めた。その顔がぞくりとするほど冷たくて、陽明は笑う。

ああ、これもまた、悪い顔だ、と。

「何、所詮世の中は、自分たちにとって都合のいい状況をいかに押し通すかでできている。そして宰相ならばそれくらいでなければ、やっていけないさ」

「……ええ、そうですね」

風祥の言う通り、皆皆、自分たちにとって一番都合のいい状況を作り出すために進んでいる。そして、それに理由をつけられれば正義なのだ。

だからこれは、いかにして相手の正義を打ち壊すかの戦いである。

さあ、反撃のための下準備は整っている。

せいぜい、黎暉大国に手を出したことを地獄の底で後悔すればいい。

そんなことを思いながら。

陽明は風祥と共に、盤面を眺めたのだった。

＊

場所は戻り、曙鱗にて。

玄曽たちと顔を合わせてから早一日経《た》ち、宿屋の寝台の上で寝転がっていた郭慶木は、ぼんやりしながらつぶやいた。

「まさか……ここまで簡単に噂が伝播《でんぱ》するとはな……」

元々下地があったとはいえ、流石《さすが》にこれは予想外だった、と慶木は思う。しかしそれくらい、曙鱗にはあっという間に「玉商会の人間がいる」という情報が広まったのだ。火種があれば燃え広がるのはあっという間だとは知っていたが、まさかここまでとは思うまい。

同時に、慶木は改めて、宰相たちの恐ろしさを実感した。

現場に行くことなく、ただその場の情報を精査し何が起きるのかを考えた上で行動を起こさせる。

まるで、国そのものを俯瞰《ふかん》しているかのようだ。事実、彼らは盤面を見るかのように状況を広く捉えることができるのだろう。慶木にはない感覚だ。尊敬はするが、やりたいとは思わない。それは別に、慶木の仕事ではないからだ。

しかしその一方で、この件で苛立《いらだ》ちを見せたのは公晳李明だった。

まあそうだろうな。陽動班という立場であることを知らない彼としては、本来秘密裏に動くはずだったものを全て台無しにされたのだから。

海の向こうにまで情報が届くのに、どれくらいかかるだろう。

今朝ようやく乗船できることになったが、この噂のおかげでしばらく、周囲の視線がうるさそうだ。元々ひっそりと過ごしたい慶木としては鬱陶しいことこの上ないが、それによって任務が達成されるのであれば満更でもない気持ちになる。

まあどちらにせよ、問題が起きるとしたら和宮皇国に着いてからだろうな。

そう思いながら。

慶木は少ない荷物をまとめるべく、寝台から起き上がったのだった。

それから三日後。

和宮皇国の港に辿《たど》り着いた陽動班一同は、予想通り足止めを食らうこととなった。

「あ、あなたたちは、玉商会の方ですね……？　一時、こちらで待機をお願いします……」

申し訳なさそうな顔と共に、港にいた官吏に黎暉大国語でそう伝えられ、一同は客室らしき場所で待たされることになった。

初めのうちは落ち着いていた李明も、いかにも下っ端で気の弱そうな官吏が「しばしお待ちください……」とか細い声で言いながら何度も茶菓子とお茶を運んでくるのを見て、痺《しび》れを切らす。

「……もしや、ここで接待という名の足止めをし、時間を稼ぐつもりでしょうか」

そうだろうな、と、慶木は口にしなかった。反応すれば李明が目を爛々《らんらん》とさせ語りかけてきそうなところが面倒臭かったのもあるが、李明ほどそのことに苛立ってはいないから、というのが本音だった。

だってこうして目立っている時点で、今回の役割はもう終わっているのだから。

代わりに答えたのは暁霞だ。

「見たところ、連絡不備を理由にわたしたちをしばしの間ここにとどまらせ、夜になってしまった、ですとか天候が悪いから、と何かと理由をつけて、数日間足止めをなさるのではないかな、と。このお国は、そういうやり方をよくなさいますし」

「やはり……和宮皇国にあの噂がもう広まっているというのでしょうか」

「そのようですね」

「くっ……一体どこの誰だ、あんな話を広めたのは」

まるで、自分たちは仕事の邪魔をされた被害者ですよ、と言わんばかりの顔をした黒幕が二名、ついでに言うと、全ての事情を把握しているのに、知らない顔をして笑みをたたえたままの商人が一名、すぐそばにいるのだが、李明が気づくことはないだろう。裏切られているなどと、考えもしない人物だからだ。

そもそも、裏切りではなく本来の目的なのだしな。

知らないのは公皙李明、ただ一人。しかも、それを仕組んだのは自国の宰相たちなのだから、手に負えない。

かといってそれを不憫《ふびん》に思うような精神を持ち合わせてはいない慶木は、まあ和宮皇国がそんな態度を取るのであれば、それはそれでいいか、と思い、長期戦を覚悟して長椅子に深く腰掛けた。

すると、暁霞が申し訳なさそうな顔をする。

「わたしの不手際です、公皙様」

「！　それ、は！」

「事実、顔を知られていたのはわたしです。そしてそこから、普段とは違う面々を連れていて、黎暉大国の内部情勢がだいぶ悪くなっていた……そこから推測をされたが故の事態ですから」

もしかしたら、わたしがきちんと顔を隠していれば、このようなことには……と俯《うつむ》き、口元を隠す暁霞。それを見た李明は慌てた。

「あ、貴女《あなた》のせいではありません！」

「ですが……」

そこで、声を上げたのは水景だった。

「李明さんの仰《おっしゃ》る通りです、暁霞さん。むしろ、ここまで何事もなく辿り着けたのは、あなたのおかげですから。どうか、気を落とさないでください」

「呉様……！」

ずず、と片手で持った湯呑《ゆの》みをすすりながら、慶木は思った。

なんだ、この茶番は。

そしてそれが李明に一番効果的な点も、なんなんだと思う。暁霞を心配するようにあわあわとしている姿は、滑稽を通り越して哀れだった。

慶木が白け、自身の存在感を消すことにのみ注力する中、二人の茶番劇はさらに加速していく。

「だとしても、志半ばでこのような場所に縫い止められてしまうとは……大変口惜《くや》しいことです」

「暁霞さん……」

「何か、このまま宮廷に向かえる方法があればいいのですが」

瞬間、先ほどまで慌てていた李明の表情が、ガラリと変わった。

「……宮廷に向かえる方法……」

「どうかしましたか？　李明さん」

「……水景さん。そもそも、我々が隠れる理由は、もうないのではないでしょうか？」

「……と言いますと？」

水景が首を傾《かし》げれば、李明は真《ま》っ直《す》ぐとした瞳で言う。

「そのままの意味です。既にばれてしまったのであれば、それを前提にした作戦を立て直すべきです。状況というのは、常々変化が起きるもの。ですから、現場の裁量で柔軟に変えていくほうが良いです」

「それはそうですね」

「はい。ですからもういっそのこと、きちんと身分を明らかにし、乗り込むほうが良いかと思うのです。官吏たちの対応を見るに、彼らはいまだに黎暉大国に対して低姿勢ですから……無茶な要求であったとしても、強気な姿勢であれば押し通せるかと！」

それはその通りだと慶木も思うのだが、なんだか雲行きが怪しくなっていっている気がする。

いや……逆に都合がいいのか？

というより、気のせいだろうか。策を口にしたのは李明だったが、それを誘導したのは水景だったように思うのだが。

まさか……。

そう思い、ちらりと水景を見れば、彼は笑みを返してきた。どうやら、確信犯らしい。

というより……公皙李明を陽動班に組み込んだことそのものが、杜左丞相の策の一つだった可能性が高いな……。

実を言うと慶木は、ずっと疑問を抱いていた。公皙李明は本当に、陽動班に必要な人物なのか、と。

確かに、慶木たちだけでは陽動にならないかもしれないが、これが陽動だと知らない李明を敢えて組み込む理由としては弱いように感じたのだ。だって全ての情報を共有している面々といるほうが、当たり前だが仕事はしやすいのだから。

――しかし、李明に求める役割がそもそも、違っていたら？

それなら、話は変わってくる。

そして公晢李明の持ち味は、その真っ直ぐさと、押しの強さだった。

それは、搦手《からめて》ではない。正攻法でいくときにこそ、輝くものだ。

……これだから、頭のいい人たちの考えることは恐ろしいな。

風向きが変わる。

そして作戦の微修正により陽動班はさらに目立ち、かつ和宮皇国側から杏津帝国をじりじりと追い詰めていく構図にするようだ。

そしてそのためには、もう一踏ん張り必要なのであろう。

……少し、休めると思っていたのだがな。

半ば休暇気分だったのだが、そういうわけにもいかなくなりそうだ。

そんなことを考えながら。

慶木は出された餡子《あんこ》の茶菓子を、一口でぱくりと口に放り込んだのだった。

＊

場所は変わり、珠麻王国・世紗にて。

優蘭、紅儷、藍珠。そしてアーヒルとトレファン。

民族も個人的な目的もそれぞれ違う五人は、ラティフィ家の屋敷《やしき》にて集まりそれぞれ自己紹介をした。

といっても、優蘭と一緒にやってきた紅儷と藍珠はともかく、アーヒルとトレファンの間に流れている空気はあまり良くない。

いや、正しくはトレファンのほうが一方的に、アーヒルに対して警戒心を見せている、と言ったほうがいいだろうか。

それはそうよね。だってアーヒル様は、ラティフィ家の人だし……。

トレファンの話を聞いた限り、彼は今平民として商店で働いているようだ。となると、ラティフィ家の名前を知らないわけがない。警戒するのも無理はないだろう。

でも、これから少なくとも数ヶ月は一緒にやっていくのだから、ある程度打ち解けてもらう必要があるのだけれど……。

どうしたものか、と思いつつも、目下の悩みは別だ。というわけで優蘭は、今後の方針について話し始めた。

『現状における問題は、合計で三つです。一つ目は、どのようにして杏津帝国の関所を抜けるのか。二つ目は、私たち黎暉大国民の見た目をどう誤魔化すのか。そして三つ目は……杏津帝国皇帝にどのようにしてお会いするか、です』

『……杏津帝国皇帝に会う、だと？　それがどれだけ難しいことか、貴女たちは理解しているのかな？』

トレファンの驚きに対して、優蘭は気まずくなり曖昧な笑みを浮かべた。

アーヒルも、優蘭の発言に対して少なからず目を見張っている。

そりゃあ、普通に考えて驚くわよね……。

おそらくこの二人は、優蘭たちがしようとしているのは今杏津帝国にいる外交使節団員たちを連れて帰ることだろうと思っていたはずだ。そこそこの人数がいるので全員がちゃんと帰れるかに関してはだいぶ厳しいところがあるが、それでも杏津帝国皇帝に会うよりかはまともな考えだからだ。

しかしその理由を、この二人に話すことはできない。

なので優蘭は、怪訝《けげん》そうな顔をするトレファンを真っ直ぐ見返しながら、強く頷《うなず》く。

『無謀なことは重々理解しています。ですがどうしても、今回の件に必要なのです』

『理由がある、と？』

『はい』

『……その上で、俺たちには話せないと。そういうことかな？』

「……はい』

『…………………』

それを聞いたトレファンは、じいっと優蘭の顔を見た。

見れば、アーヒルも優蘭を見ている。二人からの視線を受けた彼女は、緊張しつつもそれを真正面から受け止めた。

どれくらいの間、そうしていただろうか。

全てを悟ったような目をし、トレファンはため息をこぼす。一方のアーヒルは、にこにこしながら優蘭のことを見つめた。

『……はぁ。そこまで言うのであれば、その上で作戦を立てねばならないな。今までにないくらい苦労しそうだ』

『そうだね。腕が鳴るよ』

少し棘《とげ》のある言い方をするトレファンとは違い、アーヒルはどことなく愉快そうに、声を弾ませながらトレファンを見る。

その視線を受けたトレファンは、アーヒルに胡乱《うろん》げな眼差《まなざ》しを向けた。

『……楽しんでいませんか？　ラティフィ家のご子息』

『おややおや。これからお互いに支え合うことになるんだ、気軽にアーヒルと呼んでくれ、トレファン。それに、敬語もなしで話してくれ。貴方《あなた》もそのほうが話しやすいだろう？』

鋭い眼差しを向けるトレファンと、満面の笑みを浮かべたまま目を細めるアーヒル。お互いの視線が交錯する。

最初に口を開いたのは、トレファンだった。

『………ご配慮痛み入る。お言葉に甘えて、気軽に話させてもらおう』

『お、それはよかった！　僕は貴方にも興味があるからね、仲良くしよう』

『ははは。なんてことはない平民だ。ただ……貴方のように高名な方にそう言ってもらえるのであれば、悪い気はしないな』

『うんうん、よろしく』

そんなふうに軽快なやりとりをしてから、アーヒルがぱちんと片目をつむって肩をすくめる。

『……それで、この麗しきご夫人方を杏津帝国まで安全にお連れする方法は、何かあるかな？　トレファン』

『それを言うのであれば、貴方こそ何か良い策はないのか？　いや、あるからこその余裕だとは思うが』

『過大評価だよ。まあもちろん、ないとは言わないけどね』

『……本当に、敵には回したくない男だな』

なんだか分からないけれど、私との会話をきっかけに打ち解けた感じがあるわね。本当になんでか分からないけれど。

ただ少なくともこの二人が、優蘭が本当のことを言わない理由をきちんと悟ってくれたことだけは確かだった。

——二人とも、そういう経験をしてきたのだから。

本当にありがたいわね……何より、つらい状況にあったであろうトレファンさんが少し楽しそうなところを見られて、良かった。

しみじみと思いながら。

優蘭は、策を出し合う二人の会話に参戦したのだった。

どちらにせよひとまず準備が必要、ということで、優蘭たちは珠麻王国の中でも杏津帝国沿いにあるラティフィ家の別荘へ移動することになった。

また移動にも時間がかかるため、策を話し合った翌日にすぐ、世紗を発《た》とうという話になる。故に優蘭は、元から少ない荷物を改めて鞄《かばん》に仕舞っていた。

食料や必要な物資に関してはアーヒル様が用意してくださるらしいし、道中も問題ないわよね。

そう思いつつも、自分が持つべき消耗品があるのかどうかを確認していく。

「……うん、これで大丈夫かしら」

そう黎暉大国語で呟《つぶや》くと、なんだか少し落ち着く。その上で、商人時代を思い出してなんだか懐かしくなった。

異国にいるときは異国語を話してばかりいるので、一人のときや仲間といるときに祖国の言葉を話すと不思議と心が落ち着く。それもあり独り言が増えるのはご愛嬌《あいきょう》、といったところか。思わず苦笑する。

そんなふうに自分を落ち着かせながら、忘れ物がないか、買わなければならないものがないか念には念を入れて三回ほど確認をし、一息ついたところで、扉が叩《たた》かれた。

『優蘭さん、藍珠です。……今お時間いいですか？』

目を瞬かせた優蘭は、慌てて扉を開いた。

見れば、少し緊張した面持ちの藍珠が扉の前に立っている。

「藍珠さん？　どうかしましたか？」

「……そ、の。少し、お伺いしたいことがありまして……」

何か込み入った話があるのであろうと悟った優蘭は、藍珠を部屋に招き入れた。

二人して向き合う形で椅子に腰掛けたところで、優蘭は口を開く。

「それで、聞きたいことというのはなんでしょう？」

「……そ、の。こんなこと、聞くのは恥ずかしいのですが……」

言いにくそうに口を開閉させてから、藍珠は意を決したように言う。

「……今日の昼に行《おこ》なわれた、アーヒル様とトレファンさんとのやりとりについて、なのですが」

「はい」

「……お二人が、優蘭さんが言った『杏津帝国皇帝に会う』という目的に関して深く追及しなかったのは、なぜなのでしょうか……？」

優蘭は、目を瞬かせた。純粋に、質問の意図を測りかねたからだ。

しかし藍珠がそんなことを言うなんて珍しいし、何より珠麻王国に来る前に話した内容もあり、思う。

……そっか。藍珠さんは今、変わろうとしているんだわ。

その末に疑問が浮かび、こうして優蘭のもとを訪れた。ならば優蘭も、真摯な態度で応えるべきだろう。そう思った彼女は、その疑問を口にすることなく口を開く。

「そうですね……まず、なのですが」

「はい」

「私がお二人に、本当のことを言わなかった理由は把握していますか？」

すると、今度は藍珠が目を瞬かせる。

まさか、質問に質問で返されると思っていなかったのだろう。まるで鳩《はと》が豆鉄砲を食ったような顔だった。

それに対して、面白さ半分、申し訳なさ半分を抱きつつ、優蘭は説明を追加する。

「理由は、大きく分けて二つ。一つ目は、藍珠さんの出生を伝えれば、黎暉大国だけでなく杏津帝国の弱みも教えることになってしまうから、です」

「あ……」

ハッとした顔をして優蘭を見る藍珠に頷きながら、優蘭は言葉を紡いだ。

「藍珠さんの秘密は、それだけ諸刃《もろは》の剣になりうるものです。そして私は後宮妃の管理人として、藍珠さんのことを守る義務があります。同時に黎暉大国の宮廷で働く者として、最悪の事態を想定しなければなりません」

「……ですがお二人とも、誠実な方でした。ならばお伝えしても、悪用などはしないのでは？」

それを聞いた優蘭は、首を横に振る。

「たとえ悪用するような方ではなかったとしても、問題になる場合があります。それが二つ目の理由……伝えることで逆に、彼らの立場や現状を危うくしてしまう可能性があるから、です」

藍珠が無言で瞠目《どうもく》するのを見ながら、優蘭は苦笑した。

「本音を打ち明けるというのは、相手に信頼してもらえることにも繋《つな》がります。ですがそれが相手にとっても損失が大きいことであるならば、敢《あ》えて言わないというのも一つの手なのですよ」

それに本音を言うのであれば、優蘭では手に負えない事態になる可能性が高いと思ったのだ。

なんせアーヒルは、六男とはいえラティフィ家の人間。

そしてアーヒルのことを、優蘭はただの研究者だと思ってはいなかった。彼は興味がないだけで、普通に商人としてやっていけるくらい話術に優れた人物だ。何よりいざとなれば、ラティフィ家のために力を尽くすだろう。

そんなアーヒル様に藍珠さんの出生の秘密を打ち明けるのは、さすがに危険すぎる。

正直言って、優蘭の想像の範疇《はんちゅう》を超えてしまうのだ。何より、その危険性を優蘭自身が把握できていないのが問題だ。

商人というのは、どれくらいの損得が出るかを考えた上で、得が多ければ商談を受けるものだ。そのためにはある程度の予想ができるようになっておかなければならない。博打《ばくち》をしているわけではないので。

そんな優蘭が予測不可能と判断したことも口をつぐんだ理由だが、今の藍珠には必要のない情報なので黙っておくことにした。

その上で、改めて藍珠に問いかける。

「それでは藍珠さん。どうして、お二人がこの件を追及しなかったのだと思いますか？」

「……それは……」

「私もお二人の口から答えを聞いたわけではないので、断言はしませんが……予想することはできます。そして予想したからこそ、お二人ならばあれで通じると思いました」

それで、どうですか？　何か思い浮かびますか？

そう、藍珠に向かって質問を投げかける。

なぜこんなことをしているのかというと、藍珠自身に考えられる能力を身につけて欲しいと思っているからだ。

だって藍珠さんは、ただそこにあるだけの生き方をやめようとしている。なら私が答えを先に出してあげるより、こちらのほうがよっぽど彼女のためになるはずだから。

なので時間が多少なりともかかることを覚悟した上で、優蘭は藍珠が答えるのを待った。

それから数分経って、藍珠が顔を俯《うつむ》かせる。

「……そ、の。申し訳、ありません……分かりません」

「いえ、いいのですよ。それに今、数分でも考えたことのほうが重要ですから」

「……え？」

「決意して、すぐに変われる人なんてほとんどいないんです。人生が一変するような事態に遭遇する人も、そう多くはありません。人間は安定を望む生き物ですしね」

「……それではどうして、わたしにあのような質問をしたのですか？」

疑問でいっぱい、という顔をした藍珠に、優蘭は笑った。

「それは、藍珠さんが変わろうとしているからです」

「え……」

「ですから少しでも、思考の幅を広げるためのお手伝いができたらなと思いまして」

そう伝えてから、優蘭は改めて理由を説明する。

「そしてお二人が理由を追及なさらなかったのはおそらく……お二人が、知りすぎてしまった結果起きる危険性というのを理解されているからだと思います」

「……あ……」

「お二人はその可能性に至れるだけの知識を持ち、様々な経験をなさっていますから」

アーヒルはもちろんのこと、トレファンは元貴族令息、しかも後継者だった人だ。情報の取り扱いに関しては理解しているだろう。

「その上でさらに推測するのであれば……お二人が私の言葉を信じてくださったのは、今までの積み重ねの結果だと思います」

言っておいて、少し恥ずかしくなった。自分自身を褒めることになるからだ。

だがそれだけの評価をされていると、トレファン自身の口から聞いてしまった手前、照れるのも彼に悪いなと思い、こほんと咳払《せきばら》いをしてから改めて告げる。

「トレファンさんとは、昔からの顔馴染《かおなじ》み。そしてアーヒル様とは以前お会いして、ある程度互いの性質を理解しています。何より私の夫が珀皓月というのも、アーヒル様が信頼してくださる理由なのでしょう」

「……しん、ら、い……」

「そうです。過去の自分に、感謝しなければなりませんね」

そう冗談混じりに言えば、藍珠の瞳が大きく揺れる。

「……わたしも、優蘭さんのように人を変えることができるのでしょうか……」

優蘭は目を瞬かせた。

藍珠は、誰を変えたいと思っているのだろうか。

そう思ったが、それが誰なのか想像できたので、優蘭はそれ以上考えるのをやめる。

代わりに、自分の考えを打ち明けた。

「……こう言ったらなんですが、人を変えようと躍起になるよりは自分自身を変えたほうが早いですし、有益だと思いますよ」

「……それ、は……」

「ですが、自身の本音を打ち明けたり、ぶつかり合った結果、相手が勝手に変わることはあります。それはいい方にも、悪い方にも、です」

ほんの些細《ささい》なことで、人は変わる。そして勝手に救われる。だから優蘭は、誰かを救いたいと思う必要はないと思っている。

だから必要なのは、相手と向き合う勇気だ。

「もし藍珠さんが誰かを変えたいと思っているのであれば、自分がその相手に対してどう思っているのかを考えてみてください。その上で、その人がしてきたことを知り、どんな考えを持っているのかを思考し、何を言うのかを考えてみてください。まずは自分と向き合いましょう」

「……わたしの、考え……」

「はい。自分と向き合うのは意外と難しいんですよ。もし同じ考えに至り、立ち止まりそうになるのであれば、私がお手伝いします。いつでも今日のように来てくださいね」

そう言うと、藍珠がくしゃりと顔を歪《ゆが》める。今にも泣きそうな顔だったが、彼女はそれをグッと堪《こら》え頭を下げた。

「……ありがとう、ございます。優蘭さん……」

「いえいえ」

「……わたし、あなたが後宮妃の管理人で、本当に良かったと思います」

不意打ちで手放しに褒められた優蘭は、目を丸くする。

同時に、胸に温かなものが広がり、笑った。

ほら、人は勝手に救われる。

現に優蘭は今、今まで自分の信念を曲げなくて良かったと思っている。今までのことが報われたと思って、ほっとしている。これは間違いなく、救いだ。

ただそんなことを言えば、藍珠が驚きすぎてしまうだろうと思ったので口をつぐんだが。

そのことに、藍珠さんが気づける日が来るといいわね。

そう思いながら。

優蘭は、杏津帝国までの遠い道のりに思いを馳《は》せたのだった。

間章一　悪女は観客席に座り傍観する

杏津帝国《あんつていこく》・首都にある、ハルトヴィンの邸宅にて。

杏津帝国、黎暉大国《れいきたいこく》、そして和宮皇国《かずのみやこうこく》。

それぞれの状況を自身の信者たちが寄越した情報から確認した胡神美《こじんび》──クリスティーナは、それらを暖炉の火に焼《く》べた。一度見れば十分だったからだ。

紙が入ったことにより、より一層上がる炎を尻目に、クリスティーナは見る者がうっとりするような笑みを浮かべる。

「黎暉大国側はまだ、足搔《あが》いているのね」

この状況下でも絶望することなく足搔くその様は、なんとも無様だ。どちらにせよもう、開戦は避けられない状況なのに。

さらに愉快なのは、杏津帝国に密入国するために秘密裏に動かしていたであろう者たちが、和宮皇国に着く前にばれてしまった、という点だった。

きっと和宮皇国から向かわせようとしたのでしょうけれど……残念ね。

そして和宮皇国には、杏津帝国の人間がいる。足止めをするのは簡単だし、何より情報

が漏れてしまった以上、和宮皇国から杏津帝国へ入国する道筋も、検問が強化されること
だろう。そうなればますます、状況をひっくり返すのは困難になる。
またその情報漏洩《ろうえい》が、クリスティーナが旅芸人一座にいる信者たちを使って広めた時報
紙によって炙《あぶ》り出されたと聞いたときは、思わず笑ってしまった。
行動を起こせば起こすほど罠《わな》に嵌《はま》っていくなんて、まるで蟻地獄《ありじごく》のようね。
しかも、こちらの策略によって嵌っていくのは、なんとも言えず楽しい。できたら、そ
の様を目の前で見たいくらいだった。
悲劇も喜劇も、観客席で観《み》ているからこそ楽しいのだから。
そんな中、唯一思い通りにいかなかったのは、珠麻王国《じゅまおうこく》にまで広げていた情報源であり
彼女の手足である旅芸人一座に、珠麻王国側が手を出したところだろうか。
国王側の人間は無能なので何もできていないが、商人たちが改革に乗り出したらしい。
ここまで行動が早いのは想定外ではあったが、言うほどの痛手ではないのでクリスティー
ナは気にしていなかった。
だって元から、『黎暉大国の外交使節団員たちが軟禁された、開戦かもしれない』とい
う情報をできる限り早く広めるために伸ばした手だったもの。その役目が終わったのであ
れば、なくても構わないわ。
情報源としては、珠麻王国から杏津帝国までは険しい道が続くこともあり、流れがとて

も遅いのだ。元から期待していない。なのでクリスティーナは主に、和宮皇国からの経路を使わせていた。

そのため、密《ひそ》かにもっと多くの人間を地獄に叩《たた》き込めなかったことに対しての残念な気持ちこそあれ、言うほど気にしてはいなかったのだ。

なんせ、クリスティーナが滅ぼしたいのは杏津帝国と黎暉大国だったから。

同時に、黎暉大国側に不利な状況が続いているのを見て、クリスティーナはある考えに至った。

もしかしたらこれら全て、藍珠《らんじゅ》が起こしたものなのかもしれないわ。

国の中枢である後宮にいるのだから、きっとそれくらいはできるのだろう。少なくともクリスティーナは、ハルトヴィンの愛妾《あいしょう》という立場を使って情報を収集し、尚且《なおか》つ自身に都合の良《い》い嘘《うそ》の情報を広めたりもしている。自分にできるのだから、半身である藍珠にもできて当たり前だろう。

なんて素敵なのでしょう。そう思いつつ、クリスティーナは卓《テーブル》の上に置いてあるワイングラスをくるくると円を描くように揺らす。血よりも深い色をした赤ワインからは、芳《ほう》醇《じゅん》な葡萄《ぶどう》の香りが立ち上った。

「ああ、藍珠。わたくしたちの世界が滅ぶまで、もう直《す》ぐね――できることならばそれを、一番の特等席で眺めたいものだわ」

そう呟《つぶや》き、クリスティーナはワイングラスをゆっくりと傾けた。

第三章　落胤の姫、絶縁

珠麻王国《じゅまおうこく》と杏津帝国《あんつていこく》の国境にて。

荷馬車からそっと顔を覗《のぞ》かせ、邱藍珠《きゅうらんじゅ》はほう、と息をはいた。

白い息がたなびき、白銀の世界に溶けていく。雪景色は彼女にも見慣れたものだったが、雪を被《かぶ》っている樹木は、あまり見たことのない形をしていた。そのことに、ここが本当に自国とは別の国なのだと実感する。

そんなふうに藍珠が確認をしてしまったのは、国境を越えたという実感があまり湧かなかったからだ。

というのも、珠麻王国と杏津帝国の国境越えは、彼女が想像していたよりも呆気《あっけ》なく終わってしまった。

一悶着《ひともんちゃく》あるかと思ったのだがそれすらない。どちらかと言うと、黎暉大国《れいきたいこく》から珠麻王国へ向かうまでの道中のほうが、一波乱あった。

なんてことはないまま来てしまっているが、優蘭《ゆうらん》が連れて行かれたのを見たとき、藍珠の心には絶望感が広がったのだ。

だってまさか、あんな場所でお別れになるなんて思わなかったから。

初めから打ち合わせをしていた通り、何があっても互いを庇《かば》わないと決めていたが、紅《こう》麗《れい》と二人きりで杏津帝国に辿《たど》り着けるとは思えなかった。

同時に、自分がそれほどまでに優蘭を頼り切っていたことに気づいて、情けなくなった。

――そしてそれは、今も変わらない。

なんとか頑張ろうと足掻いて色々やってみようとしているが、結局誰かを頼っている。

自力でやろうとしていた杏津帝国語もそうだ。アーヒルのおかげで、断然上達した。一人では、ここまでは無理だった。

わたしは、いつも誰かに頼って、支えてもらってばかりだ。

本当に情けなくて、嫌になる。しかし昔の藍珠であればそこで殻に閉じこもっていたが、今は違った。

わたしが情けないのは、経験も知識も何もかも足りないから。

そしてこの短期間で成長するには、他人の手を借りるのが一番だと自覚していた。だから、どんなに自分のことが嫌いになろうが、藍珠は前を向くのだ。

だってそれくらいしなければ、父親に……杏津帝国皇帝に向き合えない。

父親に文句を言いたい。それも、理不尽な怒りではなく、きちんと全てを把握した上で、彼を突き落とすようなことを言いたいのだ。それくらい、藍珠は怒っているし憎んでいる。

しかしその文句だって、藍珠が色々なことを知っていなければできないのだ。

その第一歩がここだと、藍珠は思う。

……お母さん。

今となってはほとんど顔を思い出せない母親の存在をゆっくり噛《か》み締め、藍珠はぎゅっと手を握り締めた。

＊

諸々《もろもろ》の話し合いの結果、優蘭たちはラティフィ家の商団員として杏津帝国に入国することになった。そして入国にあたって、徹底して設定を組んだのだった。

それは、ラティフィ家の中で、杏津帝国に行ったことのない者の名前を借りて使うということだ。そうすればばれそうになったときでも誤魔化しが利く。

それもあり、優蘭は今からユムナーという珠麻王国の女性を名乗る。

紅儷はカマル、藍珠はライハーナ、そしてトレファンはウトバだ。

そう名付けたところで、アーヒルが全員に注意事項を話す。

『そしてこれは、全員に気をつけてもらいたいんだけど……今後、ばれる危険性を下げるために、これからは偽名で呼び合うこと。大丈夫かい？』

『はい』

『不自由だとは思うけど、黎暉大国語での会話も禁止だ』

アーヒルからの注意事項に、全員が頷《うなず》く。

何故《なぜ》ここまで警戒するかは、優蘭にも分かる。

人は焦ったときに、ぼろが出る生き物だから。

そして呼び方や言語というのは、そういった点が如実に出やすいのだ。それならば、普段から固定したほうが旅における安全性は高まる。情勢が情勢だ。念には念を入れておくくらいがちょうどよいだろう。

その上で商団で使う荷馬車は、小回りを意識して中くらいの大きさのものを一台と最低限とした。

御者はラティフィ家の男性の護衛が二人、代わる代わる務めてくれている。荷馬車の中には優蘭、藍珠、アーヒル、トレファン、そしてラティフィ家の侍女が一人。紅儷はラティフィ家の護衛と一緒に馬に乗り、後ろで警戒をしていた。

そんな一行は、何事もなく国境越えに成功していた。

アーヒルのおかげでいとも簡単に杏津帝国に入国できたことに、珀《はく》優蘭は少なからずほっとしていた。

紅儷とトレファンさんには栗色《くりいろ》の鬘《かつら》、藍珠さんには金色の鬘を。私は髪形を変えて少し化粧をしてもらったんだけど、疑われることがなくてよかった。

顔の作りもそうだが、髪形にも民族性が出る。そのため商団に見せかけた一行にも、ラティフィ家でその手のことに詳しい侍女を一名連れてきてもらっていた。

馴染《なじ》みがない人からすれば他国の人は他国の人という括《くく》りでしかなく、顔の作りまで気にしないというが、念には念を入れておくべきだろう。

同時に、アーヒルと関所の人間のやりとりを見ていて思う。

お金さえ払えば、私たちがどういう人間なのか、全く気にしていない感じだったわ。

土地が広い以上、多少の賄賂はあって然《しか》るべきだが、他国の人間とやりとりをしているのはいただけない。事前に聞いていた通り、杏津帝国北部の治安はかなり悪そうだと優蘭は思った。

これでは、もし珠麻王国が攻めてきたとしても、彼らは金銭で易々《やすやす》と門を開けることだろう。皇家に対しての忠誠心などないに等しいし、愛国心というのがあるのかすら怪しい。

同時に、北と南でそれほどまでに違うのか、と俄然《がぜん》興味が湧いてきた。

それに……ここは、エルーシア様がいた国だものね。

こんなにも雪が降り積もっているにも拘《かか》わらず、葉が落ちることのない樹木。黎暉大国とはまったく違う植生は、ここが明確に異国であることを証明してくれている。

未《いま》だに、魔女扱いをされ、後ろ指を指され続けている彼女。燕珠《えんじゅ》が起こした事件の参考にされた彼女。違いと言えば、誰も望んで起こしたわけではなく、不幸な事故が重なってのことだった、ということだろう。

そして元凶となった詐欺師であり医者は、もう既にトレファンとその父親の手によって亡き者となっている。恐怖と責任の矛先を前宦官長《かんがん》に向けられていたときとは、わけが違うのだ。

ここで私が、彼女の名誉を回復させてあげたいなんて思うのは、おこがましいわよね……。

何より、優蘭が果たすべき役割はそこではない。間違えてはいけない、などと思いながらも、優蘭はどうしてもエルーシアのことを考えてしまう。そのことに気づいて、自分を叱責した。

同時に、トレファンの様子が気に掛かり、そっと視線を彼に向けた。

私ですらエルーシア様のことが気になっているのだから……トレファンさんが何も思わないわけがないわ。

何よりここは、トレファンにとっての故郷だ。それがどんなに苦い思い出によってかき消されたとしても、その事実だけは何一つとして変わらない。本人の意思で優蘭たちに協力してくれたとはいえ、彼を気にかけない理由にはならなかった。

何より気にかかるのは――これら全てが無事に片付いた後、トレファンがどうするかだった。

「だってトレファンさんは……職を辞したって聞いたわ。つまり、元の生活に戻る気がないってこと……。

他にも働く場所の宛があるのかもしれないが、そもそもこの話を引き受けたこと自体が、彼がゆっくりと終わりへ突き進んでいるような気がしてならないのだ。

だってトレファンの中の時間は、止まってしまっているように、優蘭には見えたから。

幸せになって欲しい、と思う。傲慢かもしれないが、本気で。今まで苦しんできた分、悲しんで、恨んで、憎んできた分、幸せになって、と。きっとエルーシアもそう望むだろう。だって、彼女は家族のことが大好きだったから。

そして何より優蘭自身が、彼に死んで欲しくなかった。

だから優蘭はこれからの旅路で、トレファンのことをきちんと見ておくことを決めた。

ひとまず今は、彼が故郷に辿り着いてどう思っているのかが知りたい……。

いくら十九年ぶりとはいえ、故郷は故郷だ。何も思わないはずがないだろう。

そう思い、少しでもその表情から読み取れるものがないかと観察をしていたら、トレファンの視線が優蘭に向く。あまりにも予想だにしていなかった展開に、優蘭はびくりと肩を震わせた。

それを見た彼が、微《かす》かに笑う。

『そんなに驚かずとも』

『す、すみません……まさか、視線が合うとは思わず……』

『それは俺も同じ気持ちだな。……ただ、貴女《あなた》がどうして俺を見ていたかの見当はつく』

私がどうして見ていたのか、ばれてる……。

元々後継者として育てられた人なので当たり前と言えば当たり前だが、トレファンは感情の機微に聡《さと》かったようだ。こうなれば、心配だとか言っている場合ではない。

ならば、せっかくだし話をしよう。

そう思った優蘭は、揺れる荷馬車から落ちないように気をつけつつ、トレファンのそばへ近づいた。そうして腰を下ろす。

『……懐かしさなど、感じますか？』

『どうだろうな。……いや、この痛みすら覚えるような、凍《い》てつく寒さは、やはり懐かしいかもしれない』

『……思い出して、つらくはありませんか？』

『はは。自分でも意外だが、あまり憎しみは湧いてこないのだ。きっと、あの医者に復讐した際に、そういった感情は全て使い切ってしまったのだろう』

そう言いつつも、トレファンの目には複雑な感情が滲《にじ》んでいるように優蘭には見える。

懐かしさ、哀愁、怨《うら》み、歯痒《はがゆ》さ。

それらの感情は確かに存在するが、まるで降り続く雪のように何か別のものがけぶり、本来の感情を覆い隠しているかのようだ。

そしてそれはきっと、この十九年間で積み重ねてきたものによる結果なのだろうと、優蘭は思う。

やっぱりこの人を、一人にしてはおけない……。

そう思っていたとき。

バチバチッ！

激しい音の後に馬がいななき、荷馬車が大きく揺れた。

『敵襲だ！』

紅儷が鋭く叫ぶ声が聞こえる。

瞬間、となりにいたトレファンが優蘭の頭を押さえ、伏せさせた。

それに驚きつつ、優蘭は顔をしかめる。

国境を越えてから、まだ数時間しか経《た》っていないのに……！

商会員として働いていた頃、こういったことは割と起きた。というのも、盗賊や山賊たちからしてみたら、商団の馬車というのは格好の的だからだ。そのために用心棒を雇うのは、商会では当たり前だった。

しかしだからと言って、国境を越えてすぐにこんなことが起きるのは稀《まれ》だ。理由は単純明快、国境付近には兵がいるのが当たり前で、下手なことをすれば捕まってしまうからだ。

つまり、治安が悪いのは相も変わらずということね……。

しかも冬場にも盗みを働くというのは、相当生活がギリギリだということだ。でないとこんな非効率的な時季に動いたりはしない。

トレファンが外の対応をするべく剣を片手に出ていくのを見送り、優蘭は荷馬車の奥に移動する。そこには既に藍珠とラティフィ家の侍女が身を屈《かが》めて集まっていた。

非戦闘要員である優蘭たちのような人間は、なるべく戦闘の邪魔にならないよう奥で縮こまっているのが仕事だ。うっかり巻き込まれて死ぬなど、堪《たま》ったものではない。

外から聞こえる剣戟《けんげき》や雄叫《おたけ》びを耳にしつつ、そうやって身を寄せ合いながら、優蘭は嫌な予感を感じていた。

もしかしてこういうこと、何度も続くとかないわよね……？


数日後。

ようやく辿《たど》り着いた村で久々に足を伸ばして眠れることになった優蘭は、硬いベッドに腰掛けながらため息をこぼした。

まさか、予想通り連日、盗賊に襲われるなんて……。

どれだけ治安が悪いのだ、と優蘭はげんなりする。

聞いてみたところ、トレファンがいたときよりも明らかに盗賊の数は増えているらしく、治安は悪化しているようだった。

何より、街道が舗装後長いこと整備されていないことが分かる程に道が悪い。荷馬車に乗っていると特に、その揺れ具合で分かった。

それってつまり、国の末端にまで手が及んでいないってことよね……。

そして十九年前も同じで、今のほうが治安が悪いとなると、治世が安定していないのは言うまでもない。

国が安定しているかどうかは、道を見れば分かる。

皓月《こうげつ》も言っていたが、商人をしていた優蘭としてもそれは同じ認識だ。

基本的に、道や港などは国が整備し、広げていくものだが、その中でも道は特に重要となってくる。

理由は単純明快、道が整うことによって、交易が盛んに行なえるようになるからだ。

そして交易が楽に行なえるようになれば、今まで苦労していた物が首都であっても簡単に手に入るようになるし、それにかかる時間が一気に短縮される。それはつまり、その分の食費や宿泊費までもが節約できるということだ。それがどれほどまでに価値のあることなのか、国の中枢を担う者ならば理解しているべきだろう。

しかしそこに手をつけていないということは、道路整備をする余裕がないか、または南と北で情勢が違うのか。

そしてちょっと見ていた感じ、この村の人々がよくしてくれているのも、ラティフィ家による恩恵だと思うし……。

アーヒルはこちらに見えないように色々やっていたが、どうやら北部の村落は主に、商人たちが援助をしているようだった。今回快く泊まる場所を用意してくれたのもそのおかげだろう。それはつまり、国や領主からの支援が得られていないということに他ならない。

アーヒルたち珠麻王国の商人からすれば、それはこうして優遇してもらえるようになるための策の一つでしかないだろうが、村人たちからすれば救世主のような存在に違いないのだから。

しかも彼らは今回、男女別で一室ずつ、という形だが部屋を与えてくれ、しかも寝台まで用意された場所を提供してくれている。触れてみたが、敷布や布団に埃《ほこり》がかぶっている様子はなかった。それはわざわざ用意してくれたということである。

もし優蘭が村人だったら、冬場にやってきた人間を泊めるのも嫌だが、寝台を使わせたくはない。大家族でもないのに、そこまで広くない部屋に寝台が三つ詰め詰めで置いてあるところを見るに、商人たちのための部屋として普段から使われているのかもしれない。

その上で村人たちは笑顔で、温かい食事まで食べさせてくれた。

それがどれほど価値があるものなのか、優蘭は知っている。

アーヒルがいなければここまでの待遇にはならなかったことを悟り、優蘭はしみじみそのありがたみを噛《か》み締める。

それくらい、冬場の移動は命に関わるのだから。

同時に、今回の件で改めて人との繋《つな》がりの大切さを感じた。

何よりアーヒルが手を貸してくれた一番の理由は、皓月と彼が友人だったからだ。決して、優蘭自身が縁を結んだわけではない。

だからか、皓月がこれからの道のりを後押ししてくれているような気がして、言葉にならない心強さを感じる。

優蘭はそう思いながら、首から吊《つ》り下げてある小さな袋を取り出した。口を開けば、中から結婚指輪が出てくる。

身分がバレてしまっては困るから、と外しているのだが、そばにあると心強いのでこうして首から下げているのだ。

指輪を指先で弄《いじ》りながら、優蘭は再び思考を沈める。

どちらにしても……藍珠さんも、治安の悪さには気づくはず。

道の件に関してはなんとも言えないが、こんなにも盗賊が出ることはおかしいと彼女なら気づくだろう。もともと旅芸人一座にいたのだから、危機管理能力は高いはず。

『いくら事前情報から悟っていたとはいえ、実際に目にするのはまた違うはず……』

それもあり、優蘭は少し外に出てくると言った藍珠を止めなかった。彼女にも一人になる時間が必要だと思ったからだ。

藍珠さん、大丈夫かしら。

眉を八の字にした優蘭は、寒空の下にいるであろう藍珠に思いを馳《は》せたのだった。

＊

頭を冷やすために外に出ていた邱藍珠は、自分でも驚くくらい動揺していた。

だって……まさか本当に、こんなに治安が悪いなんて思わなかったから。

藍珠とて、旅芸人一座として黎暉大国の各地を回ってきた。珠麻王国にだって行ったことがある。だからどの地域がどれくらい治安が悪いのか、肌感覚的に分かっていた。

しかしその中でも、今回の旅は特にひどい。盗賊と出くわす回数が片手で数え切れないほどなのだ。

たった数日でこれなのだから、これから先北部を抜けるまで、どれくらい盗賊に出くわすのだろうか。考えただけで恐ろしくなる。

だがそれよりも恐ろしかったのは、そんな状況になるくらい治安が悪いにも拘《かか》わらず、領地を治める貴族たちが……そしてこの国の皇帝が、それを放置しているということだった。

わたしにだって分かる。この村に辿り着くまでの街道が、ちゃんと整備されていないことくらい。

そして道を整備するのが国の仕事だということも知っていた。

——つまりこの事態は、自身の父親が招いたことだ。

そう自覚した瞬間、頭をガツンと鈍器で殴られたかのような衝撃を受けた。

自分でも意外だが、心のどこかで期待があったのだ。父親は、世間で噂《うわさ》されているほど悪い人ではない、と。

それはどちらかというと、母から聞いていた印象によるものが強いかもしれないし、自分の中で勝手にあった父親への期待感が、そうさせたのかもしれない。

しかしどちらにしろ、今の藍珠には二重の意味で衝撃だったのだ。

自分の父親がこの事態を招いたということ。

そして、自分が父親に対して馬鹿みたいな希望を抱いていたこと。

その二つが、藍珠の感情を大きく揺らす。

それは、外に出てみても変わらなかった。

吸い込むだけで咽《む》せそうなほど凍てついた、冷たい空気。それはまるで、藍珠の甘さを嘲笑《あざわら》うかのように彼女に痛みを与えてくる。

こんなことで落ち込んでいる暇なんて、ないのに……。

そう思い、再度落ち込んでいると——ふわりと、肩に何かがかけられた。

見ればそれは、分厚い外套《がいとう》だ。一枚羽織るだけで随分と温かさが違う。

しかしそんなことをしてくれたのは、一体誰だろう。

優蘭かと思って顔を上げた藍珠は、目を見開いた。

そこにいたのは、郭《かく》紅儷だったからだ。

『紅儷《カマル》さん、一体どうして……』

『何、わたしも少し外の空気が吸いたくてね、出てきたんだ』

ついで、だなんて言っているが、それが嘘《うそ》だということを藍珠は知っている。だってこうして、藍珠のために外套を持ってきてくれたのだ。

だがそうまでして嘘をつき、わざわざきてくれることに心当たりがなかった。藍珠にとって紅儷は、その赤髪と故郷の関係もあってか若干の苦手意識があることもあり、他の人と一緒にいれば話せるが、二人きりだと会話が弾まない、そんな間柄だと認識していたからだ。

それもあり思わず警戒していると、くすくすと紅儷が笑った。

『そんな顔をしないでくれ。別に取って食う気はない』

『………』

『ただ、あなたはある意味、わたしとは一番遠くて近い関係にある。わたしは優蘭《ユムナー》と違って後宮に勤めているわけでもないから、今後会う機会もほとんどないだろう、他人も同然だ。……そしてそういう人間にこそ、話せることというのもあるだろう。だから、何か悩みでもあるなら聞かせてくれ』

どうやら、藍珠を気にかけてきてくれたらしい。その優しさに、彼女は思わず目を細めた。

そこまでしてくれる理由が、分からない。

しかしこんな危険な旅についてきてくれた上に、彼女は道中、優蘭だけでなく藍珠のことも守ってくれていた。

何より、あの優蘭が信頼していることは、数ヶ月共に行動していれば分かる。

それに彼女の言う通り……他人にだからこそ話しやすいこともある。

特に父親の件を優蘭に相談するのは、憚《はばか》られた。だって父親のことを知りたいと言ったのは藍珠のほうなのに、いざ知った後に落ち込んでいるだなんて、矛盾しすぎて馬鹿馬鹿しいではないか。

出生を含め、泣き言も聞いてもらってきた人ではあるが、否だからこそ、こんなことを言って失望されたくない。そんなよく分からないつかえが、藍珠の中にはあった。

そしてそれゆえに、紅儷の提案を受け入れることにしたのだ。

だってもう、一人では抱え切れないくらい、悩みが大きくなっていたから。

『……自分でも、本当に驚いたんですが。わたし、父親のことが知りたかったんです。でもこうしてこの国に来てみて、父が成したことを目の当たりにして……二つの意味で、動揺してしまったんです』

『二つ？』

『はい。自分の父が噂通りの統治もまともにできていない人間だったこと。そして……自分が、会ったこともない父に対して少なからず希望を抱いていたこと。それが、本当に驚きで、何より馬鹿馬鹿しくて……』

そこまで言ってから、本当になんていう愚痴なのだと藍珠は自嘲した。こんなことで驚いていては、これからきっと身がもたないだろうに。

そう思い俯《うつむ》くと、ぽんぽん、と優しく頭を撫《な》でられた。

藍珠は目を丸くして思わず顔を上げる。

見上げた先にいた紅儷は、藍珠が想像していたよりもずっと穏やかな表情をしていた。

『それで？』

『……え？』

『他に、愚痴はないか？　ここでなら雪とわたししか聞いていない、存分に言うといい』

優しい声音でそう言われ、藍珠は導かれるようにして口を開いた。

『……わたし、父親のことを知りたいって、優蘭《ユムナー》さんに言ったんです。でも……もう既に、これ以上知りたくないって思ってもいて……』

『そうか』

『……そんなふうに怖気《おじけ》付いた自分が、また嫌いになって、情けなくって……向き合うって決めたのに、それより先に「どうしてわたしがこんな目にあってるんだろう」って思っちゃいました』

そう口にして、気づいた。どうしてこんなにも動揺していたのか。

父親の件はただのきっかけだ。——本当は、自分の弱さと向き合うのが怖かったのだ。だってそれに気づいたら、周りと比べて、自分がいかに劣っているのか、いかに努力してこなかったのか気づいてしまう。

流れに身を任せ、自分で選択してこなかったことに気づいてしまう。本当の意味でそれを自覚できていなかったことに。

……なんて、なんて小さくて、情けない生き物なんだろう。わたしは。

そう思い、また俯きそうになると、またぽんぽんと優しく頭を撫でられた。見上げれば、紅儷が楽しそうに笑っている。

『よかったじゃないか』

『え？』

『それに気づけて。一生そのことに気づかないまま、そして縛られたまま過ごす人だっている。そんな中、向き合うと決意できたこと。揺らいでいること。それは、選択できる立場になったからこその特権だ、存分に悩めばいい』

ぱちりぱちりと、藍珠は目を瞬かせた。まさか、そんなことを言われるとは思わなかったからだ。

すると、紅儷が不思議そうに首を傾《かし》げる。

『何か変なことを言ったか？』

『いえ、その……まさか、そんなふうに言ってもらえるとは、思ってなくて……』

『そうか？　わたしは結構、人の悩みを聞くのが好きだぞ。打ち解けてきたと感じられるからな』

いえ、そうでなく……。

そうでなく、もっとこう、説教じみたことを言うとか、そういう感じだと思っていたのだ。それなのに返ってきたのがあまりにもあっけらかんとした言葉だったので、拍子抜けしてしまった。

どうしてそう思ったのか考え、藍珠は郭静華《じょうか》を思い出す。

そっか。わたし、郭家の人だから、おんなじように厳しいことを言う人なんだろうなって、勝手に思ってたのか。

自分の中で勝手な印象を作り上げていたことを悟り、また恥ずかしくなる。

そんな藍珠の心などつゆ知らず、紅儷は真剣な顔をして言葉を続けた。

『ただ、そうだな……一つ助言をするのであれば、貴女《あなた》は自分の胸の内を言葉にすることが少ないようだから、もしまた悩むことがあれば今回のように口に出して相談するのが良《い》いと思うよ』

『……助言をもらえるからですか？』

『いや？　言葉にすることで、頭が整理されるからだよ。そうすることで自分との対話もよりしやすくなる』

『……自分との対話のために、他人に話を聞いてもらうのって……矛盾していませんか？』

『そうか？　悩みなんてそんなものだよ。こっちがきちんと助言してあげられることもあるが、基本的には自分の中で折り合いをつけていくものが多い。その過程で使う道具として対話が優秀というだけだ。……それに、悩みなんて解決できないことも多いからな』

言われてみて確かに、と藍珠は思った。一人で考え込んでいたときは父親の件に関して衝撃を受けたと思っていたのに、紐解《ひもと》いてみれば本当は自分と向き合うのが怖くて立ちすくんでいただけだった。

そんな藍珠の様子を見ながら、紅儷は続けた。

『それに貴女の悩みをわたしが完璧に理解してあげることはできないし、何より貴女も軽率に「分かる」などと言われたら嫌だと思うだろう？』

『それは……確かに、そう、ですね』

『だろう？　だから今の貴女に必要なのは悩みを解決する方法じゃなく、今自分が抱いている感情はなんなのか理解することだと思ったんだ』

『理解する、こと……』

『そうだ。そしてきちんと自分と向き合うことが、これからの貴女には必要なのだろうな。――自分を一番理解できていないのは、いつだって自分自身だから』

目から鱗《うろこ》がこぼれ落ちそうな言葉を言われ、藍珠は目を丸くした。

そんな藍珠を見て、紅儷は笑みを浮かべる。

『他人と接していくことで、きっと自分の輪郭が見えてくる。そうすれば自《おの》ずと、悩みも減ってくるさ。……さて、流石《さすが》にこれ以上は危ないから、そろそろ中へ入ろう』

『は、はい……』

紅儷にそう促され、藍珠はそっと踵《きびす》を返す。

いつの間にか、どんよりとしていた気持ちはどこかへ飛んでいき、なんとなく父親に対して何を言うかが固まってきたような気がした。

＊

場所は変わり、和宮皇国《かずのみやこうこく》首都・東《あずま》の宮《みや》にて。

慶木《けいぼく》たちは商人の一人ではなく外交官として扱われ、厚遇を受けていた。

滞在先は、黎暉大国の後宮にいる桜綾《おうりょう》の侍女、雪花《せっか》の実家が経営する旅館だ。

そう、皇后側に復讐《ふくしゅう》するために裏でさまざまな策謀を巡らせていた、かの家である。

それもあり、旅館で提供される食事はどれも最高級で、料理人の技量も一級品だった。

部屋も清潔で、暖房器具も整えられていて温かい。貴賓として扱われていることは明らかだった。

そんなふうに厚遇を受けられたのは、他でもない公晳李明《こうせきりめい》のおかげだった。

まさか、いっそのこと鬱陶《うっとう》しさを覚えるくらいの真っ直《ます》ぐさが、交渉でここまで有効とは……面白いものだな。

──ことのあらましはこうだ。

作戦を変える。

そう告げた李明は、暁霞《ぎょうか》以外の二人に仕事着に着替えるように言ってからまず自身の身分を明かし、自分たちは外交官としてここに来たのだと言い切ったのだ。

慶木からしてみたら「唐突に来ておいて何言ってんだこいつ」という気持ちなのだが、しかし吏部の赤い官吏服に、尚書、侍郎《じろう》という官位の高さを表す佩玉《はいぎょく》、その上で黎暉大国皇帝のお気に入りであることを身をもって表す紫の武官服を着た慶木という存在は、向こうの官吏をびびらせるだけの効果があったらしい。元からビクビクしていた官吏がすっ飛んでいき、担当者が変わった。今までの下っ端ではなく、明らかに上等な衣を身にまとった官吏だった。港の最高責任者だ。

その官吏を引っ張り出してからの李明と慶木は、本当に速かった。

『初めまして、公晳李明と申します。黎暉大国では、陛下より吏部《りぶ》尚書の職務を任されています。……貴方《あなた》がこの港の責任者ですね。ご足労いただきありがとうございます』

『は、はい……』

堂々とした様子で自身の身分を告げ、挙句今まで放置されていたことなど気にしないという潑剌《はつらつ》とした李明の態度に、最高責任者が目を白黒させている。きっと、その裏に何があるのかドギマギしながら考えているのだろう。

まあそんなものは杞憂《きゆう》なのだが。なんせ、李明の言葉はそのままの意味でしかなく、その裏に嫌みなどは含まれていないからだ。

しかしここで、となりに座っている水景《すいけい》の存在が効いてくる。

『初めまして、わたしは吏部侍郎をしております、呉《ご》水景と申します……和宮皇国の方には以前、大変お世話になりました』

にこりと、笑みと共に自己紹介をし、裏がありそうなことを言う水景。それを聞き、最高責任者の顔色が変わる。

事実、水景は慶木共々、和宮皇国の弱みを知っている人間だ。

向こうがそのことを理解しているのかは分からないが、しかし李明の堂々とした態度と水景の裏がありそうな態度は、合わさると相手の神経を的確に刺激する。

今向こうはきっと、相当疑心暗鬼になっていることだろう。それは事情を知っていてもいなくても変わらない。だってこの場において向こうに対してすべきなのは「自分では対処ができない」と思わせ、上に相談するように仕向けることなのだから。

が、李明はそういう類いの腹芸はしないし、そもそも裏事情も知らない。なので彼は正直に、かつ真っ直ぐとした視線で、相手に和宮皇国に来た事情を説明し始める。

『それで、我々がここまで秘密裏に来た理由なのですが。実を言うと、杏津帝国との外交中に不測の事態が起きてしまったからなのです。もう、そちらのお耳にも入っていますよね？』

『は、はい……』

『それならばよかった。唐突なお願いで申し訳ないのですが……和宮皇国の皇帝陛下に、杏津帝国との交渉を取り持っていただきたいのです』

『そ、それは……わたしでは分かりかねると申しますか……』

『そうであるならば、上の方に相談してはいただけませんか？』

『それ、は……』

　煮え切らない態度の最高責任者。それを見た水景は、絶妙な時機に発言をする。

『黎暉大国と和宮皇国は、お互い協定関係にあります。また、第一皇女様が我が国に嫁がれた際には、いろいろと便宜を図らせていただいたこともありますよね？』

『………………』

『――ご伝達、お願いいたします』

　相手を完全に沈黙させた弁舌に、慶木は後ろに控えながら感心する。

　何よりこの最高責任者は、第一皇女の事情を少なからず知っている人物だと、慶木はこの瞬間確信した。

　黎暉大国側と繋《つな》がる唯一の港の、最高責任者だからだろうか。きっと敢《あ》えて配置したのだろう。でないと、こういった不測の事態が起きた際に、すぐ対応ができないから。

　そして水景は、慶木よりも先にそれを確信した上で、第一皇女の件を持ち出したのだ。きっと一般的な官吏であれば、嫁いだのに便宜を図ったと言われても何がなんだか分からないはずなのだから。

そしてそれは、穏やかだが真摯な態度を崩さない李明がとなりにいるからこそ、より引き立つ。自信に満ち溢《あふ》れて見える姿は、相手を威圧するだけの効果があるからだ。

この二人を組み合わせたのは劉亮《りゅうりょう》と皓月だったが、ここまで上手《うま》くはまることを想定して組ませたのだろうか。だとすれば恐ろしい話だと、慶木は思った。

なるほど、これが水を得た魚、というわけだな。

性根が真っ直ぐで真摯な姿勢で相手と接するのが利点の李明に、秘密裏に潜伏しながら国を渡れ、と命令すれば宝の持ち腐れだが、こういった押しに弱く、かつこちらの立場からすれば何一つ痛いところがない相手を前にすれば、それはもう素晴らしく輝く。

何よりいいのは、李明が本来の事情を知らない点だった。

知らないのであれば、それは真実となる。嘘《うそ》をついていない言葉と、本心から同僚を救いたいと願う李明の思いは、相手を圧倒するほどの力をもたらしたのだ。

そして本来の力を発揮したのは、水景も同じだ。空気感が薄く潜伏するのに向いている彼だが、本来の長所は他人の補佐をすることだ。つまり、他人をより輝かせることを最も得意としているということである。

そんな二人が組んでから、吏部は見違えるほど良くなった。つまり、それだけの経験と絆《きずな》が、この二人の間には存在するということだ。

そして水景のその言葉が、決定打になった。

『……承りました。であれば、まず首都のお宿にご招待します……』

——そして、今に至る、というわけだ。

正直、慶木はこれといって何もしていないが、既に現状が大変愉快なことになっていて愉《たの》しい。いや、何もしないが一応、名目としていなければならない護衛という立場で傍観しているからこそ、愉しめているのだ。

そう思いながら、半休暇のような状況を満喫していると、外から声がかかる。

『水景です。入っても？』

『好きにしろ』

そんな態度であってもなんのその、水景は襖《ふすま》を開けて中に入ってきた。

それを寝転んだ状態で迎え入れれば、さすがの水景も呆《あき》れた表情を浮かべる。

「寛《くつろ》いでいらっしゃいますね……」

「やることがないからな」

わざわざ和宮皇国語で話す必要はないので、黎暉大国語でそうやりとりする。

「わたしのことなどどうでもいいだろう。それで、話し合いはどうなりそうなんだ？」

慶木がこう言っているのは、つい先ほどまで黎暉大国と外交取引をしている担当官が、事前打ち合わせのようなものをするためにやってきていたからだ。

向こうからしてみたら時間稼ぎの策だが、こちらとしては時間がかかればかかるほど助かる。この状況を、和宮皇国の皇后側が杏津帝国の過激派側に伝えれば、確実に向こうの隙を作る要因になるからだ。何より、視線が釘付《くぎづ》けになる。それはとても良《い》いことだ。

そしてその予想は的中したらしい。水景が現状を語ってくれる。

「担当官と先ほどまで話し合いをしていましたが、何かと理由をつけて取引を後ろ倒しにしたい、という意図が見て取れました。まあ、当たり前ですよね」

「そうだな」

「しかし公晳《こうせき》尚書からすればそんなこと何も関係がないので、最後の最後まで相手に圧をかけていましたよ。見ていて愉快でしたね」

「なるほど。ならば勝敗は、公晳尚書の根性がどれほど持つか、そして相手の胃がどれほど頑丈か、にかかってくるのだな」

それはまた本当に愉快なことだ。

何故《なぜ》愉快なのか。それは簡単、李明がどこまでも食らいついてくることを、慶木自身が身をもって知っているからだ。

なんせあの男はいまだに、凝りもせず慶木に話しかけてくるのである。

これまでの道中で慶木が一体どれほどまでにそっけない態度をとっていたかは、周囲がよく知っている。それにもかかわらず顔を合わせるたびに挨拶をし、何かあれば話しかけてくる姿は、哀れを通り越して恐ろしかった。何が彼をそんなにも駆り立てるのか、慶木には分からない。

だがその打たれ強さがあれば、外交官とのやりとりなどこれっぽっちも苦にならないだろう。

そう思いながらくつくつと喉を鳴らして笑うと、水景も釣られて笑みを浮かべる。

すると今度は、水景のほうが質問をしてきた。

「ところで、玉《ぎょく》夫人はどうされておりますか？」

「彼女ならば、商会の人間と共に宿を満喫しているぞ。温泉浸りだそうだ」

「それはそれは」

「ただ抜け目はないところは、さすが商人だな。旅館の人間から色々な話を聞いていた」

「本当に満喫されていらっしゃるようですね、道中、大変なご迷惑とご苦労をおかけしましたので、ぜひそのまま伸び伸びとして欲しいものです」

「それならば問題ないだろう。少し前から取引を始めた真珠養殖業者を呼んで、何やら商談をするつもりだと言っていたし」

まったく、こんな状況だというのに自分の利益になることをきちんと行《おこ》なっているとは。

ちゃっかりしているという以外に言葉が出なかった。

そう思ったが、この母を持つのであれば、優蘭のあの独特の思考回路や判断能力にも納得がいった。母がこれならば、子も同じように育つのが当たり前である。

どうやら水景も同じようなことを思ったらしく、言葉には出さないが笑っていた。

これから戦争が起こるとは思えないほど穏やかでありながらゆったりとした日常に、慶木は目を細める。

本来ならば、この穏やかさが当たり前でなければならないのだ。それほどまでに、戦争は人の体だけでなく心も疲弊させる。それは実体験だけでなく、幼い頃から戦火にその身を晒《さら》してきた妻、紅儷からの話を聞いても理解できた。

だからこそ、行かせたくはなかったのに。

……あんな真剣な目で見られて、あのときの言葉を持ち出されてしまったら、断れないではないか。

そんなことを思い出し、慶木は内心自嘲する。どうやら、柄にもなく感傷に浸ってしまったようだ。

そんな気持ちもあったからか、慶木は肩をすくめて珍しく本音を漏らしてしまった。

「ここまでくると、公晳尚書よりもわたしのほうが必要ない存在に見えてくるな」

「郭将軍……」

「……すまない、職務中にいらん感傷だったな、忘れろ」

しかし水景は首を横に振りながら言う。

「何を仰《おっしゃ》るのですか。道中、あなたがいなければ切り抜けられないことが多々ありました。護衛として、郭将軍はとても優秀です」

「……励まさなくとも……」

「それに、今回の交渉も郭将軍が着ておられる紫の衣のお陰で、より円滑に進んでいるのですよ？　黎暉大国皇帝陛下の寵臣《ちょうしん》という立場の重大さを、もう少しご自覚なさったほうがよろしいかと」

「……もしかしてわたしは、今怒られているのか？」

「はい、その通りでございますよ」

それを聞き、慶木は笑ってしまった。なんともまあ、水景らしいと思ったからだ。

しかしおかげで、下がっていた気分が上がる。

紅儷のことは大事だが、同時に慶木は彼女の強さを信じていた。

何よりとなりには、自身が信頼する親友・皓月の妻であり、長い付き合いでその実力を把握している健美省《けんびしょう》長官・優蘭がいる。彼女が持つ柔軟性と人を惹《ひ》きつける力は、味方など一人もいない国であっても役に立つはずだ。そう考えると、気持ちも落ち着いてきた。

「そう言われてしまえば、大人しく後ろで控えているしかないな」

「あ、そうです。郭将軍は目つきが鋭くあられますから、いるだけで威圧感が増すのも利点の一つですね」

「……わたしは番犬か何かか？」

「いいではありませんか、番犬。郭将軍の役割としてぴったりです」

そう言い、水景が楽しそうに笑うが、事実楽しいのだろう。相手のことを手のひらの上で転がせる感覚が楽しいのは慶木にも分かる。そしてそれが、一度黎暉大国を嵌《は》めようとした国であるならば、尚更《なおさら》だった。

しかも今もなお杏津帝国と繋がっているということは、黎暉大国に今再び牙を剥《む》こうとしていると同義。そんな奴らの首根っこを摑《つか》んでいるのだと思うと、愉快極まりない。

そしてそれは、作戦を立案した陽明《ようめい》もだろう。

やはり、あの人が一番の食わせ物だな。

きっと、こうなることを予想した采配だったのだろう。手札が少ない中でここまでの最適解を見つけ出せる辺り、彼はやはり我が国の頭脳なのだと実感させられる。

今頃、何をしていることやら。

そう思いながら。

慶木は自身に課せられた番犬という役目を全うしてやろう、と心に決めたのだった。

＊

場所は変わり、黎暉大国と杏津帝国の国境にて。

杜《と》陽明は、今回の件における最高責任者として話し合いの場に赴いていた。

わざわざ陽明が出てきたのは、今回の件がそれほどまでに黎暉大国にとって重大で、事実無根であることを示すためである。

これに関してはほんと、風祥《ふうしょう》さんが来てくれて助かった……。

でなければ、さすがの陽明も宮廷を出るわけにはいかなかったからだ。

これは自身の主人である皇帝を信じていないというわけではなく、純粋に大ごと過ぎたのと、黎暉大国がそれだけ膨大な面積を誇る国だから、というのがあった。

広ければ広いほど、治めるのは困難になる。宰相が二人いるのも、それが理由の一つだ。

そして現在の宮廷は、宰相不在で回せる状態ではなかった、というわけだ。

まあそれをまさか、前任の宰相に任せることになるとは思わなかったが。

珀家は本当に、よく国に尽くしてくれている。そう、陽明は思う。今回の件で、珀家の能力を過小評価している者たちも、認識を改めざるを得なくなることだろう。それくらい、風祥の存在は大きく宮廷に影響を与えていた。

同時に、その忠誠心がどうなるかはここが瀬戸際だとも思う。

これはあくまで僕の推測でしかないけれど……皓月くんを見捨てたり、彼が死んだりしたなら……きっともう珀家は、宮廷に忠誠を誓ったりはしないだろう。

珀家にとって直系男子というのはそれほどまでに生まれにくく、そして何より大切に扱われる存在だからだ。

そんな皓月のことを、一族の人間は多かれ少なかれ愛しているし、期待をしているし、気にかけている。

だから。

彼を見捨てたとなれば、珀家が黙っているわけがないのだ。忠誠心にだって、限界というものがあるのだから。

そしてそんな状態で戦争が起きれば、黎暉大国は確実に負ける。負けて、今ある幾つかの州が分裂することになるだろう。官吏たちが政治の中心にいるとはいえ、いまだに貴族たちの影響は強いのだから。

その後のことなど、考えるまでもない。平和な世の中はあっという間に崩れ去り、黎暉大国は滅亡する。それだけは、避けなくてはならない。

……何より、国が戦火に見舞われた結果一番被害を受けるのは、いつだって国民だ。僕たち官吏は、そのことを忘れてはいけない。

国を運営していく上で、陽明は少数を切り捨てる選択をすることがままある。そうして淘汰《とうた》していかなければ成り立たないからだ。

しかしこの少数というのは、力のあるなしという意味ではない。だから、貴族たちの都合を優先して、国民の意見を相殺していいはずがないのだ。

国民あっての国だということだけは、いつだって胸に刻まなければならない。そうやって、陽明はこの国を見つめ続けてきたのだから。

だからこそ、珀家への誠意とこの情勢を見守る国内貴族へ力を見せる意味でも、陽明が交渉の席に出ていくということはとても重要なことだった。


そんな国境には、大きな天幕が設置されていた。冬用の厚手の生地で作られたもので、その分保温効果もいくらか高い。

中には会合のための椅子や卓、そして温石や火鉢があちこちに置かれ、長時間の話し合いでも冷えないよう配慮されている。

といっても、天幕は天幕。布だ。木や石で造られた建築物と比べれば当たり前のように寒い。本当ならばきちんとした家屋の中で会談をするべきなのだが、お互いが譲らなかったために取られた措置である。

といってもこれは他国の領地に入ったら何が起きるか分からないから、という理由ではなく、会談において決して引かないという第一印象を相手に与えるため、という意味合いが強かった。

要は、意地の張り合いである。

しかしここで押し負ければ、自国が不利になる。それが分かっているからこそ、陽明も普段の穏やかな姿勢とは一変、何か腹に一物を抱えていそうな笑みをうっすらと浮かべ、黎暉大国側の外交官たちが並ぶ中央に腰掛けていた。

全員が予定通り揃《そろ》ったところで、双方の代表による自己紹介が始まる。

「黎暉大国側の代表である、左丞相《さじょうしょう》の杜陽明だ。よろしく」

黎暉大国語でそう伝えれば、相手の背後に控えていた通訳官が通訳する。

『お初にお目にかかる。杏津帝国の宰相、ヘルマンだ』

そして杏津帝国語で、杏津帝国の宰相・ヘルマンが告げた言葉を、陽明の背後にいる礼部の通訳官が、黎暉大国語に訳して耳打ちしてくれた。

このやりとりだけで既に、陽明はげんなりとした気持ちになっている。

本当に無駄な時間だなぁ……。

何が無駄かといえば、全てだ。決して相手の国の言語を使わないことも、わざわざ通訳官を挟んで会話をすることも、全て。茶番でしかない。

現に陽明は杏津帝国語を学んでいるため、通訳官を挟まずとも何を言っているのか理解できていた。おそらくそれは向こうも同じだろう。

それでもこの形式を採用しているのは、相手に合わせないこと、つまり従わないことで自国に非はないことを主張するという、ただその一点に帰結していた。

そしてそれ以外でも、この会談は無駄ばかりだ。なんせ、杏津帝国側が公女毒殺事件に関する詳細な調査報告書を渡してきたのは宮廷を発《た》つ三日前だったし、あろうことか杏津帝国語で書かれたものだった。しかもかなり分厚い。翻訳して、別の紙に書き記して、それを元に尚書といった高官たちと話し合いをするのは不可能だ。

つまり向こうは、こちらに詳細をきちんと把握させる気も、その件でこちらに話し合いをさせる時間も与えず、会談の場に立たせようとしていたということである。

何故《なぜ》そんなことをしたのか、考えられる理由は主に二つ。

一つ目は、こちらに喧嘩《けんか》を売りたい。

そして二つ目は、時間稼ぎをしたい。

まあわざわざ宰相という立場の人間が前者であるはずもないため、今回の一件は後者だろう。しかしそれでも、自分たちに有利な状況で戦いたいと思うのは、これを機に外交面で優位に立ちたいという意味もあるだろうが。

けれどそれは悪手じゃないかなぁ？

黎暉大国には、花も折らず実も取らず、ということわざがある。両方を手に入れようとして、結局どちらも取り損ねるという意味だ。

あまりにも過ぎた欲望は、自分を破滅させるだけ。もし本来の目的がしっかりあるのであれば、あわよくば、などと思ってはいけないのだ。

しかし今回は、黎暉大国としても時間の先延ばしをしたいところである。

何よりこの宰相と杏津帝国皇帝を離しておけるのは、僕たちにとって都合がいいからね。この場に外交官を含め、護衛などがいる状態から見ても、そこそこの人員が会談のために割かれていると見て間違いない。それはつまり、杏津帝国皇帝がいる城内が手薄、ということになる。城内に人が少なければその分、優蘭たちが皇帝と接触するのが楽になるはずだ。

それでも、黎暉大国を軽んじた態度に関しては、きちんとお灸《きゅう》を据えてやらなければならないと、陽明は思う。

――そうして静かに、戦いの火蓋が切られることとなる。

先手は陽明だった。

「さて、今回の国境封鎖についてなんだが。いい加減、我が国の外交使節団を帰してはくれないかな？」

『申し訳ないがそれはできかねる。彼らは、シュネー城で起きた公女毒殺事件における重要参考人だ。たとえ他国の貴賓とはいえ、おいそれと帰すわけにはいかない』

予想通りの答えだ。しかし陽明は笑みをたたえたまま言う。

「その件に関して、提供された資料を読ませてもらったけれど、その場にいたのは黎暉大国外交使節団だけではなかったはずだ」

『…………』

「それに調査結果を見る限り、犯人はいまだに見つかっていない。自分たちの調査能力の低さを棚に上げた上でその態度は……いささかお粗末ではないかな？」

調査結果の内容を持ち出せば、相手が少しばかり瞠目《どうもく》するのが見てとれた。

ほんと、黎暉大国《うち》を舐《な》めるなよ？

出立三日前に届いた調査結果報告書を、杏津帝国語ができる者たち全員緊急召集して読み解いたのだ。あのときの阿鼻叫喚《あびきょうかん》ぶりは近年稀《まれ》に見るもので、陽明もなかなか苦しい思いをさせられた。

陽明は事前に、皓月たちから届いた文を見て粗方の情報は知っていたが、かといって調査結果報告書の内容と齟齬《そご》があっては困る。

そう思っての準備だったが、結局事前情報よりも詳細な結果は載っていたものの結論は同じだったときの徒労感は、それはそれは凄《すさ》まじいものだった。必要な過程だったとはいえ、無駄な二度手間ほど腹が立つこともなかろう。

しかしそんな本音などおくびにも出さず、陽明は優雅な微笑《ほほえ》みを浮かべる。

交渉において大切なことは、いかに自分たちが優位に立てるかだ。それは態度が大いに影響する。

優雅な笑みを浮かべ心の余裕を演出し、堂々とした態度でいる。それだけで、人は相手に疑心暗鬼を植えつけ、焦りを助長することができる。それは交渉の席で大いに役立つのだ。

だから陽明は普段から、あまり焦りを見せない。怒らない。咄嗟《とっさ》の態度には、普段の生活が見え隠れするから。

だが相手も当たり前というべきか。これくらいで焦るようなことはせず、口元だけに笑みを貼り付けて肩をすくめた。

『しかしそうは言っても、我が国の者が公女を毒殺する可能性は低いのだ。一方で、黎暉大国にはある。この事実は看過できない』

「動機、ね……我が国にも、そのようなものはないのだけど……ああ、もしや、我々が杏津帝国の国内を混乱させようとして起こした、とでも思っているのかな？　ははは、面白い推測だ」

『そうだろうか？　あの場において一番可能性があるのだが』

「我々よりもそちらの過激派のほうが、そういった事態を好んで起こしそうだけど」

堂々巡り、ひたすらに時間の無駄。

そんなやりとりを、陽明とヘルマンは行《おこ》なう。

証拠のない犯人探しなど、不毛以外の何物でもないのだ。

陽明もそれはよく理解している。それでもこれをやり続けているのは、欲しい言葉が相手の口から出るように誘導するためだった。

別に杏津帝国側だって、ことを大きくしたいわけじゃない。

彼らが今恐れているのは、主に二つ。黎暉大国との開戦。そして、過激派の勢力が勢いを増すことだ。

現在、おそらく杏津帝国国内は過激派が声を大きくしていることだろう。そして元から黎暉大国と仲が悪いこともあり、民心も過激派のほうに傾いていると考えるのが現実的だ。

このままいけば、開戦は免れない。

しかし開戦したところで、勝てる保証はないのが現状だ。そもそも協定を結んだところから見ても、黎暉大国とやり合っても勝てないと思っているかもしれない。

ここで鍵となるのは、民心だ。

杏津帝国現政権は、穏健派ゆえに民心を殊更気にしている節がある。

ならば、その民心を摑《つか》む方法を教えてやればいい。

理由があれば、人は心を動かされる。特に政治に詳しくない国民であれば、感情を揺さぶる話題の方に心を動かされるものだから。

しかし教えすぎてはいけない。やり過ぎれば、杏津帝国側の矜持《きょうじ》を著しく傷つけることになるからだ。

だから陽明は、双方にとって一番良《い》い落とし所の提示をどこでするのかを計っていた。

そして、時は満ちた。

『あの場に、公女以外の過激派勢力はいない』

「面白いことを言うんだね。隠れて過激派に加担している者がいなかったと、確証があるのかな？」

『逆になぜそのようなことを思うのか、理解に苦しむ』

この流れに持って来られた陽明は、ここぞとばかりに一つの波紋を投じた。

「いや、一人いるじゃないか。れっきとした過激派が」

『……なんだと？　我が国を愚弄する気かっ？』

「そんなつもりはないよ。でも確かに一人いたと、ヘルマン殿も言っていたじゃないか」

『…………まさか』

「そう。──公女自身だよ」

この会談において重要なのは、実際にあの場で何が起きたかではない。そんなことをするために、国同士が話し合いの場を設ける意味がないからだ。

ならば何が重要なのか？　簡単だ。

──双方にとって一番都合の良い落とし所、である。

そこで陽明はぽつりと、独り言のように言葉をこぼした。

「公女殿下は、お父上からも嫌われているようだったね。あの様子じゃ、そんなやりとりを見ていた杏津帝国の貴族たちも多くいたんじゃないかな？」

『……』

「それにあの場は穏健派ばかりの環境で、味方もいなかったようだし。苦しくて死にたくなるのは当然だ」

『………』

「あとは、そうだね……体に痣《あざ》があれば、同情を買うには十分じゃないかな？　そうすれば、非難の目は過激派筆頭のお父上に向くだろう」

陽明が何を言いたいのかは理解した上で、ヘルマンは口をつぐんだ。

しかし陽明にとってそれは、自分が思い描く流れに持っていける可能性が上がった、ということであった。

「まあ我々には何もできないけれどね。……それでも。お互いに一番傷が浅い形で決着をつくことを望むよ」

『……それは我々とて同じだよ、陽明殿』

「それはよかった」

ヘルマンの口からその言葉を引き出せただけで、陽明としては満足だった。

つまり少なくともこの宰相は、事実などではなく多少罪を犯したとしても、国と穏健派にとって都合の良い結末に捻《ね》じ曲げる覚悟があるのだ。それが知れたことは、少なからず陽明に安堵《あんど》を与えた。

まあどちらにしても問題は、杏津帝国皇帝だろうけど。

彼に、事実を捻じ曲げ、自分たちに都合の良い形で決着させるという、汚いことをするだけの覚悟があるのか。そして、腹違いとはいえ実の弟を陥れるだけの覚悟はあるのか。

でもこれが杏津帝国皇帝の耳に入れば、邱充媛《じゅうえん》の後押しにもなるはず。

上手《うま》くいくことをただ願いつつ、陽明は一矢を報いることができたことをこっそり、心の中で祝ったのだった。

＊

――そして場所は戻る。

珀優蘭たち本命班の皆は村を後にし、今回一番の難所である山の麓にまできていた。

杏津帝国・コリント山。

それは杏津帝国の北部を覆うようにして立ち並ぶ山々のことだ。

あまりに急勾配が多いため、登ることは非常に困難。それこそ、冬の時季の登山など自殺行為に等しい。

山と山の間に数カ所、通っても問題ない道が存在するが、舗装するのに向いた道ではないためきちんと整えられておらず、人通りは少ないらしい。それもあり北部は、他の杏津帝国の領地からほぼ独立したような状況になっているのだとか。

『だから北部貴族はそれにかこつけて、独自の統治形態を維持してきた。それも、皇帝が北部に手を出しにくい理由の一つだろうな』

――杏津帝国に入る前にそう説明してくれたのは、トレファンだった。その口調はどこか達観しているようでありながら、明確な誰かに対して吐き捨てるようでもある。

それが誰に対してなのか。優蘭は続く言葉で知ることとなった。

『そして北部貴族は秘密裏に、抜け道を知っている。鉱石を採掘するために開けたいくつかの坑道が、運良く向こう側に繋《つな》がったからだ。それはアーヒルも知っているだろう』

『そうだね。一番安全、かつ最短で行ける道だから。しかも金銭で解決できる。それを喜ばない商人はいないよ。それほどまでに、コリント山は険しいから』

『その通りだ。そして……今の北部貴族であれば、それを理由に高い通行料を取り、私腹を肥やしているだろうな』

憎しみが混じったような、苦々しい声。

しかし当の本人は表情一つ動かさない。だからきっと他の誰も、彼の言葉の裏にある感情を把握できなかっただろう。

だが。

……この言葉は……トレファンさんのご親戚に言った言葉だわ。

同時に、優蘭は気づく。もしかしたらそこに、トレファンたち一家が追いやられた理由の一つが存在したのかもしれない、と。

しかし今は関係ない上に、トレファンの過去の傷を抉《えぐ》るような真似《まね》はできない。だから優蘭はそうですか、というだけで深く探りを入れなかった。

──しかし。

……表情が、険しい。

その坑道の入り口へ辿《たど》り着いたとき、優蘭はトレファンの変化に気づいた。そこには、嫌悪感が滲《にじ》み出ている。

『トレファン《ウトバ》さん、大丈夫ですか……？』

『ッ、ああ、問題ない。……少し、思い出してしまっただけだ』

そう言うトレファンだったが、表情はいまだに硬い。それを心配しつつ、優蘭たちは入り口で佇《たたず》む人に金を渡した。

だがそれを見た男は、首を横に振ってくいくい、と指を折る。

どうやら、足りない、ということらしい。

その態度から足元を見られていると、文化圏が違う優蘭ですら分かった。

だがここで騒ぎを起こすのは得策ではない。そういうこともあり、アーヒルは追加料金を払う。

結果、最初に渡した額の三倍請求され、ようやく中へ通された。

荷馬車がギリギリ通れる高さなので、もしも何かあったときは危ないこともあり、一同は徒歩で暗がりの中を松明《たいまつ》片手に進むこととなる。

そんな中、無言でいるのは気まずいということもあり、優蘭はほどほどの距離を進んだところでぼやいた。

『随分といい商いをしていらっしゃるようですね』

『本当にね。けど冬場にコリント山を渡るのは自殺行為だ。もしこの時季にここを通りたいなら、必要経費だと思って我慢するしかないんだよ』

アーヒルがそう言ったところを見るに、どうやらこのやりとりが初めてではないようだった。

そこで優蘭は、北部の荒れ具合が杏津帝国皇帝によるものだけでなく、北部貴族たちの愚かで醜い欲によるものなのだと把握した。

するとアーヒルが肩をすくめる。

『正直僕としては、過激派と穏健派の政争より、北部の独立のほうが早いと思うね。それくらい北部貴族は独自の文化を保っているし、何より珠麻王国の商人と繋がっている。武器も買い集めているみたいだし、何が起きても不思議じゃないよ』

『……杏津帝国、思っていたよりもずっと込み入った状況にありそうですね』

『そうだね。この国を統治するのは、大変そうだ』

するとトレファンがポツリとこぼした。

『……俺の家族が生きていた頃は、中央との距離を縮めるのに注力していたのだがな。今思えば親戚たちにとってそれは、全て邪魔なことだったのだろう』

『トレファン《トゥバ》さん……』

『……すまない、感傷に浸った。北部はだめだな、俺にとってはいささか、思い出が強すぎる。……だが、まだ間に合うようであれば……』

その後の言葉は掠《かす》れてほとんど聞こえなくなってしまったが、「立て直せたら」と言ったような気がした。

それを聞き、優蘭はトレファンの中にある矛盾を見つけ出す。

この人は……まだどうしようもなく、貴族のままなのね。

どんなに枝が折られようとも、根っこにあるものが変わらない故にそのままなのだ。だから私腹ばかり肥やして土地をよくしようとしない北部貴族たちに、どうしようもなく嫌悪感を抱いてしまう。もう自分にそんな力も、もはや生きる気力すらないというのに、彼はどうしてもそれを考えてしまうのだ。

その高潔さに、優蘭は少なからず痛ましさを覚える。

トレファンは貴族でいるべき人だった。彼は人の上に立ち、そこから周りをよくしていける人なのだから。しかしそれを、環境が許さない。

そう心配していたとき、優蘭はアーヒルが彼をじいっと見つめていることに気づいた。

その視線が、トレファンを思いやっているときのものではなく、何かいい案を思いついたような、そんな目をしていたのが、優蘭の中で印象に残る。

だがその違和感の正体には気づけないまま、一同は休憩を挟みつつ、坑道を突き進んだ。

――そうしてようやく、視界の先に一筋の光が見える。

坑道の終わりだ。

そこを抜けた先には、森が広がっていた。

『ここから大通りに出て、そこから皇都に向かうよ。道のりとしては大体三日くらいかな』

『そうですか……』

『皇都に辿り着けば、ラティフィ家の別荘がある。それまでもう一踏ん張り、頑張ろう』

アーヒルの励ましの言葉に笑みを返しながら、一同は再び険しい道のりを進んだのだ。

アーヒルの言葉通り、一同は三日後にようやく皇都へ辿り着いた。

皇都・ヘルフェリヒ。

そこは、荘厳と呼ぶのに相応《ふさわ》しい街並みが広がっていた。

鋭く円錐《えんすい》状になった屋根が特徴の石造りの家が立ち並び、雪景色の中に溶け込んでいる。色味が灰色や白、黒といった無彩色でまとまっているからか、どこか厳かでありながら冷ややかな印象を受ける街だった。

優蘭は思わずごくりと息を呑《の》む。

それもあり、街へ入る検問の際は、いつも以上に緊張してしまった。

厳しい眼差《まなざ》しを受けながらも無事に通れたときは、心の底からホッとしたものだ。

『みんな、本当にお疲れ様。とりあえず、荷馬車をラティフィ家の商店においてから、別荘に向かおうか』

『はい』

あくまで隠蔽工作の一環とはいえ、荷馬車にはラティフィ家が出している支店で使う商品が積まれていた。それを届けてから、優蘭たちはラティフィ家の別荘に向かう。

そこには既にアーヒルが手配していたのか使用人たちがおり、五人を温かく迎え入れてくれた。

『さあ、湯船の用意もしてあります。どうぞお入りください』

使用人にそう言われ、世話までされてしまったが、今回はありがたく身を任せる。険しい道のりだったこともあり、心身ともにくたびれていたからだ。

アーヒル様もそれを分かっていたから、今日はこのまま休んで明日、再度作戦内容の確認をしようってことになったし……ありがたい話だわ。

そんなことを思いながら。

優蘭はうつらうつらとした状態のまま風呂を出て麵麭《パン》を牛乳で煮た胃に優しい食事を口にし、眠りについたのだった。

＊

そして翌日。

まだ疲れが残っているものの、夢を見ることなく泥のように眠ったおかげか、体調はだいぶ良くなっていた。

何より今は、周りに敵はいない。道中、盗賊騒ぎで何度も叩《たた》き起こされていた身としてはそれだけで、十二分にありがたかった。

着替えて食堂へ向かえば、そこには既に全員が揃《そろ》っていた。

『おはようございます』

『おはよう、ユーラン《ユムナー》』

アーヒルが、時報紙片手に笑顔で挨拶をしてくれる。一部ではなく何部も折り重なっているのを見るに、数ヶ月分のものをまとめて読んでいるようだった。

さすが商人一家の人間。情報収集に余念がないわね。

その姿勢は、優蘭も見習わなくてはならない。

その後、他の人たちからも挨拶をもらってから、優蘭は眉を八の字にした。

『すみません、お待たせしてしまいましたか？』

『いや、わたしたちも先ほど来たところだよ』

紅儷が笑いながら言う。その証拠に、まさに今朝食が運ばれてこようとしていた。

朝食は、麵麭《パン》と燻製肉《ハム》、乾酪《チーズ》、そしてゆで卵だ。

ここ数ヶ月、ずっと麵麭続きだから、そろそろお米、麵、饅頭《まんじゅう》が恋しくなってきた……。

これが、世に言うところの郷愁というやつだ。女官になってからはあまり味わったことがなかったこともあり、妙に強く懐かしさと物悲しさを覚える。

といっても、それを口に出すほどではない。

そのため優蘭は、ゆっくりと杏津帝国の朝食を堪能《たんのう》する。

全員が食べ終え、食後に紅茶を出してくれたところで、改めて作戦会議が始まった。

『それで、だけど。皇帝の元へ向かうための作戦は、みんな覚えているかな？』

それに対し、全員がこくりと頷《うなず》いた。

それを確認してから、アーヒルは先ほどまで読んでいた時報紙のうちの一部を手にした。

『これは、ここ数ヶ月の杏津帝国の時報紙の一部なんだけど。一日前の紙面に、杏津帝国と黎暉大国が会談を開いたことが掲載されていた。杏津帝国側は宰相が、黎暉大国側は左丞相が代表を務めたらしい』

『内容などは記載されているのですか？』

『いや、そこは伏せていたよ。でも、優蘭《ユーラン》、君なら彼がやりそうなことが分かるんじゃないかな？』

そう言われ、優蘭は少し俯《うつむ》いた。そうして考えてから、言葉を口にする。

『……杜左丞相は私とは違い、国のことを第一に考えられる方です。なので絶対こうだという保証はできませんが……』

『それでもいいよ。少なくとも僕が推測するより、的確だろうから』

『……分かりました』

優蘭は、国のことを一番に考える人たちの気持ちは分からない。けれど、それが『杜陽明』個人のことになれば話は別だ。

こういうとき、杜左丞相なら……少なくとも、戦争を回避するはず。

そして戦争を回避するために、陽明がしそうなことといえばただ一つ。

彼が最も得意なこと——双方の意見を取り入れた上で、落とし所を見つけることだ。

『杜左丞相であれば、二国両方が最も傷が浅い状態で終わる方法を選び、その上で杏津帝国側に提案すると思います。あの方は、様々な意見を汲《く》み取りつつ、落とし所を探るのがお上手なのです』

『……ふむ、落とし所……か』

『はい。そして今回の件の落とし所は言わずもがな、公女毒殺事件の犯人は誰か、という点でしょう。そして黎暉大国側としては絶対に、外交使節団の中から犯人が選ばれることだけは避けたいと考えるはず』

『その通りだ』

そこまでアーヒルと話していると、トレファンが口を挟んできた。

『そして杏津帝国は、穏健派の中に犯人が出ることを避ける、か』

『はい、仰《おっしゃ》るとおりです』

『そうなると、この件の落とし所として最適なのは……』

アーヒルが顎に手を当てると、トレファンが淡々とした口調で言う。

『……公女が自殺を図った、という流れだろう』

『……え、どうしてですか……？』

藍珠が目を丸くし、珍しく声に焦りを滲《にじ》ませながら問いかけた。

それに対しトレファンは、藍珠の顔を見ながら言う。

『藍珠《ライハーナ》さんも、現場の状況はかいつまんで説明を受けただろう。現場にいたのは黎暉大国外交使節団と、杏津帝国穏健派貴族。そして唯一過激派貴族としてその場にいたのが、公女だったと』

『は、はい……』

『なら唯一の過激派貴族である公女自身が、なんらかの理由で自殺を図った、とするほうが丸くおさまるんだ。たとえそれが事実でなかったとしてもな』

『そんな……』

藍珠がかなり衝撃を受けていたようだが、トレファンの意見には優蘭も同意する。

事実は大切。でもその事実が国を揺るがすほどのことであれば、伏せておくのもまた必要なことだもの。

誰しも、安定した生活を送りたいと思っているのだ。そして事実が安定を揺るがすほど都合の悪いものであるなら、排除しようとするのは至極当然である。

何より今回は、二国の存亡に関わってくる。そのために犠牲となるのが公女一人なのであれば、陽明は迷わずそれを選ぶだろう。

『事実が明らかになっていないにも拘《かか》わらずその選択をするのは胸糞《むなくそ》の悪いことだと、俺も思う。しかしそんな綺麗事《きれいごと》だけでは成り立たないんだ……それが政治だよ』

『……申し訳ありません、取り乱して。ですが、そうですよね……それが、政治です』

藍珠が嚙《か》み締めるように言うのを、優蘭はただ黙って見ていた。今彼女にかけるべき言葉はないと思ったからだ。

それに。

藍珠さん。あなただって国のため、そして自分のために、事実を隠すことを決めたはず。

彼女は、自分が杏津帝国皇帝の娘であることを彼に伝える覚悟はしたが、皇女として生きることも、それを公にすることも望んでいなかった。そうすれば、杏津帝国も黎暉大国も取り返しがつかないくらいメチャクチャになってしまうからだ。

だから既に、答えは彼女の目の前にある。あとは、それを自分のことに置き換えて気づけるかどうかだ。

あの日以降、紅儷とも仲良くなったみたいだし、色々相談できてるようだから……きっと乗り越えられるはず。

それに今、問題となっているのはそこではないのだ。

だから優蘭は藍珠のことが気になる気持ちを抑え込みつつ、アーヒルに視線を向けた。

『それで、アーヒル様。そのことと今後の作戦内容に、一体どういう関連性があるのですか？』

そう、今回重要になってくるのは、そこだった。

そもそも、アーヒルが話を持ち出してきたのは作戦内容に関わるから、だったのだから。

そう問えば、アーヒルはにこりと微笑《ほほえ》みながら言う。

『関連性というか……もしトレファン《トゥトバ》が言うようなやりとりが起こっていたのであれば、それは宰相を経由して皇帝に伝わっているかな、と』

『……アーヒル様が何を仰りたいのか、分かりました。つまり、今が最も良い時機だということですよね？』

『その通りだよ、ユーラン《ユムナー》』

確かにその話が出た後に藍珠の説得が加われば、皇帝の心をより強く揺さぶれることだろう。時報紙によると宰相が帰ってきたのが一日前とのことなので、今は持ち帰った情報を元に今後どうするか検討しているはず。

そうすればこの作戦の成功率は、確実に上がるはずだ。

『だからこの作戦を、できれば明後日《あさって》までに行《おこ》ないたいと思ってるんだ。皇帝が、黎暉大国との一件をどうするのか決めた後じゃ、僕たちの作戦は意味を成さなくなってしまうだろうから』

明後日まで。

ここまで必死に駆け抜けてきて、いよいよ明後日、そのときがくる。それを考えると、なんだか不思議な気持ちになる。

でもこれは、杏津帝国に入る前から練っていた作戦だから……。

作戦内容に大幅な見直しが必要、なんてことでなければ、すぐに作戦を決行すること自体は何も気にならなかった。

だがアーヒルは、とても申し訳なさそうな顔をする。

『本当なら、もっと皆を休ませてあげたかったんだけど……』

すると、口数が多い方ではない紅儷がきょとんと目を丸くした。

『何を仰る、アーヒル殿。我々は元からこの作戦を決行するために来ているのです』

『そうですよ。それに、下手に時期が後ろに伸びて、今まで張っていた緊張の糸が緩むとのほうが問題です。これを張り直すのは、とても難しい。ですから、それが程よく保たれた現在の状態で作戦に臨めるというのは、私たちからしても願ってもみないことですよ』

紅儷の言葉に、優蘭も頷いて言葉を繋《つな》げた。

そんな優蘭の言葉に首肯しながら、紅儷はさらに続ける。

『何より、アーヒル殿の意見は理に適《かな》ったものでした。それを否定する言葉を、わたしは持ち合わせていません。むしろ、そこまで調べていただき心から感謝しています』

二人からの言葉に、アーヒルは表情を綻ばせる。

『そっか……ならよかった』

しかしすぐに表情を引き締めると、アーヒルは言う。

『それじゃあ……作戦準備を始めよう』

アーヒルの言葉に、その場にいた全員が頷いた――

＊

二日後の夜。

優蘭たちは予定通り、動き始めていた。

今回の組は、全部で三組。紅儷、アーヒル、藍珠とトレファンである。

うち二組、紅儷、アーヒルは言わば、宮廷内の視線を一時的に逸《そ》らすための陽動人員だ。

そして本命である藍珠に関しては、土地勘もあり城内の知識も持っているトレファンに誘導してもらうことになっている。

しかし見ての通り、優蘭はこの中にいなかった。

ならば何役なのかというと、居残り役だ。

こういう場面で本命班に組み込まれなかったことが初めてなので、色々と不安が募る。

でも……私が見知らぬ街を歩くのは自殺行為だから……。

今回必要なのは、体力と判断力、そして瞬発力だ。すごく申し訳ないが、どれも優蘭にはない。さらに言うなら優蘭はよく迷子になる。迷子になった挙句捕まるなど、笑い話にもならない。

——そういうわけなので当日は大人しく居残り役となり、前日は紅麗と一緒に皇都・ヘルフェリヒを見て回ることにしたのだ。

城外の警邏《けいら》の巡回進路と、城内の兵士たちの巡回進路は、ラティフィ家の人が事前にある程度調べてくれている。そのため至れり尽くせりではあるが、今からその巡回進路をめちゃくちゃにするつもりなので、それ相応の下準備をしておいて損はない。

そのときに優蘭が気になったのは、国民たちの表情がどこか疲れていて、覇気に欠けた点であった。

確かに、こんな国同士の戦争になるかもしれないくらい騒ぎになっていたら、気分は良くないでしょうけど……これは、慢性的なもののように思うわ。

活力に溢《あふ》れた街というのは、一目見て分かる。そこに住まう住民たちが活《い》き活きとしているからだ。

しかしヘルフェリヒの住民たちは、毎日同じことを機械的に繰り返しているふうに見える。静かと言えば聞こえはいいが、あまりいいことのようには思えなかった。

何より、優蘭たちのような一目見て余所者《よそもの》と分かる者たちにも、あまり興味がないように見える。否、そもそも興味関心を抱けるだけの、心の余裕がないのだろう。

これから騒ぎを起こそうとしている優蘭たちにとって、それは都合の良いことではあったが、同時にこれから死にゆく街のように見えて、なんだか複雑な気持ちになってしまった。

それは共に街を見て回った紅儷も同じだったようで、表情には出さないが『枯れかけた大地のようなところだな』などと形容していた。その通りだと、優蘭も思う。

――そんな枯れかけた街は、夜になると一層寒々しさを感じさせた。

雪がちらつく中、優蘭は与えられた寝室の窓から外を眺める。それは別に景色が見たいからとか、そういう理由ではなかった。

開始の合図が見たかったのだ。

すると、外で何か甲高い音がする。

――バァン!!

そんな炸裂《さくれつ》音と共に。

空に美しい、真紅と藍色の花火が花開いた――

＊

空に美しい花が咲く前。

邱藍珠はトレファンと共に、城の中に侵入していた。

侵入経路は、トレファンが十年前から記憶していた一部が崩れた城壁からだ。

どうやら兵士たちがサボるためにそのままにしてあったらしい。それが今でも使えることは、昨日事前調査をしたときに確認していた。

後は、ラティフィ家の人間から聞いていた巡回進路とすり合わせ、侵入時間を計算するだけだ。

しかしそれでも、見つかるのではないかとヒヤヒヤした。思わず足がすくみそうになるのをなんとか堪え、藍珠はトレファンについていく。

『足跡を、できるかぎり残さないように。今ある足跡に重ねるようにして歩くといい』

『はい』

小声でそう注意をされ、藍珠は素直に従った。確かに雪道では、足跡が目立つ。幸い今日も雪が降っていて、数時間もすれば足跡は完全に消えてしまいそうだった。

少なくとも天気は、藍珠たちに味方してくれている。そう思う。

そう思いながらも、藍珠の頭の中はどのようにして父親を説得しようか、ただそれだけで埋め尽くされていた。

これまでの道のりで、藍珠は杏津帝国が、黎暉大国とは比べ物にならないくらい国力の衰えた国だということを実感させられていた。それが、少しばかり膨らみかけていた父親に対する期待感を、根こそぎ奪ったのだ。

しかし同時に、思う。

わたしが同じ立場だったら……耐えられたのかな。

少し考え、否、考えるまでもなく思った。耐えられるわけがない、と。

藍珠は、今も昔もとても臆病だ。だから他人から嫌われることに対して、心の底から恐怖を覚えてしまう。それが、今まで息を殺してきた理由の一つでもあった。

そしてそのために、自分を殺してきたことなど山のようにある。周りはそれを『優しさ』だと言ったが、藍珠自身はただの弱さだと思っていた。

でもそれと同じくらい、「どうして自分がこんな目に遭わなければならないのだろう」とも思っていた。――いつだってどんなときだって、可愛《かわい》いのは自分自身だったのだ。

そして思う。きっと父親も、藍珠同様とても臆病なのではないか、と。

だから、異母弟との確執に切り込めない。国の問題に手を出して悪化するのが怖くて、後回しにしてしまう。それが最悪の選択でしかないことを頭の中では理解しているのに、逃げてしまう。

そして思ってしまうのだ。こんな立場じゃなかったら、こんなにも苦しい思いをしなかったのに、と。

そう共感してしまい、藍珠は思わず笑った。嗤《わら》ってしまった。

本当にそうなのであれば……わたしはどこまでも父親に似ているわ。

一緒にいる時間など何一つ共有していないというのに、血が繋がっているということを
ここまで意識させる展開は、愉快以外の何物でもない。
そして同時に、だからこそ思う。
わたしは別に、父親に対して何か言わなくていい。言うのは、無力な過去の自分に対し
てでいいんだ。
父親の気持ちなんて知らないし知りたくもない。
あなたが父親だなんてこと、やっぱり認められない。
だって母を見殺しにしたから。
──そして母に対して何もできなかったのは、藍珠も変わらなかった。
つまり根本的に言って、藍珠は父親と何も変わらない。臆病で弱虫で、そして自分のこ
とが一番可愛くて可哀想《かわいそう》な被害者だと思っている、ただの人間のクズだ。
それが分かっただけで、藍珠はこの道のりに意味があったと思った。
だって自分ならば、躊躇《ためら》うことなく殴れるから。
他人ならば怖くて無理だけれど、自分自身なら何も遠慮がいらないから。
そのことに安堵《あんど》しながら。
藍珠はトレファンの後ろについて行った。
そして使用人用の扉から中に入り、廊下の様子を気にしながら、足音を立てないよう細

心の注意を払い、しかしなるべく素早く、廊下を駆け抜けていく。

藍珠とて別に足音がうるさい方でもないのに、何故《なぜ》だかものすごく音が響いて聞こえた。

これは、藍珠が過敏になり過ぎているからだろうか。どちらにせよ、心臓が張り裂けそうだ。

そしてそんな緊張が体を強張《こわば》らせたのか。藍珠はうっかり、足をもつれさせてしまった。

ばたーん！

自分でも驚くくらい大きな音が響く。夜の廊下に、その音はいささか目立ち過ぎた。

サーッと。藍珠が顔を青くする。

ここまで、きた、のに。

そう思い、思わず唇を噛《か》めば、ぐいっと腕を引かれた。

『こっちだ』

そう言うと、トレファンは藍珠をほぼ抱えるようにして近くの部屋に体を滑り込ませた。

幸い空き部屋だったようで、中には誰もいない。しかし真っ暗で何も見えなかった。

そんな中、トレファンは藍珠を部屋の収納家具《クローゼット》の中に押し込む。

『ここから皇帝の寝室までの道のりは覚えているな？』

藍珠はただ頷《うなず》いた。

そしてそれを見たトレファンは、安心したような顔をして言う。

『俺はこれから、外の兵士を引きつけるために窓から飛び降りる。兵士たちが部屋から去った後、貴女《あなた》は露台《バルコニー》を伝って皇帝の部屋まで行け』

無理だと心が弱音を吐いていたが、トレファンがあまりにも真剣な顔をしていたので、ただただ頷いた。

すると、トレファンが扉のほうを確認する。音が近づいてきたのが藍珠にも分かった。

『武運を祈る』

それだけ言い残し、トレファンは収納家具《クローゼット》の扉を閉める。

バァン！

それから少しして、大きな音が聞こえた。風が入り込んでくる音がする。きっと、トレファンが窓を開けた音だ。

『こっちから音が……！』

藍珠には何を言っているのか分からないが、おそらく杏津帝国語と思《おぼ》しき声が聞こえ、部屋の扉が開かれる。

『チッ！　外だ！　外に逃げたぞ！』

『馬鹿！　陛下がおられる階層だぞ、あまり騒ぐな……！』

そんな声が響き、扉が乱暴に閉められる音を最後に辺りは静かになった。

それから、どれくらいそうしていただろうか。

藍珠は恐る恐る、収納家具《クローゼット》から這《は》い出る。

トレファンさん……。

彼がこんな強硬手段に出なければならなかったのは、藍珠が失態を犯したせいだ。もし彼が捕まりでもしたら。そう考えると本当に情けなくて、涙がこぼれそうになる。

しかしそれをグッとこらえて、藍珠は立ち上がる。そしてトレファンの言う通り、そのまま露台《バルコニー》へと出た。

露台《バルコニー》と露台《バルコニー》の間は、だいたい人一人分ほど空いていた。

手すりから跳べばとなりに行けるだろうが、雪が降り積もっているという点を考えると、恐怖心のほうが勝る。

しかしこのまま廊下から入ろうにも、皇帝の部屋の前には衛兵がいることは確認済みだった。ならば窓から入るのが一番だろう。

ふう、と藍珠は息を吸い込む。同時に、自身が体を動かすことを得意としている人間でよかった、と心の底から思った。でなければここからとなりに跳び移る勇気は、到底持てなかっただろう。

手すりに足をかけた藍珠は、一思いに跳ぶ。

無事隣の露台《バルコニー》に跳び移れたが、雪に足を取られて転びかけた。ひやりとする。

しかしこんなところで心を折られている場合ではない。なんせ少なくともあと三回は、同じことをしなければならないのだから。

……寒い。

藍珠は手を擦《こす》り合わせ、息を吹きかける。寒さもあったが、自分を奮い立たせる意味もあった。それくらい怖いのだ。

そうして気合いを入れてから、彼女は一回、二回と、無事露台《バルコニー》間を跳び移る。

だがここにきて、だいぶ体の重ったるさを自覚する。

緊張しているのもあるが、寒くて体が動かしづらい。何よりいただけなかったのは、今にもへし折れそうになっている心だった。

もうやめたい。帰りたい。楽になりたい——そんな気持ちが心中を埋め尽くす。

思わずうずくまりそうになったとき。

——バァン!!

ものすごい音と共に、空に二色の花が開くのが見えた。

思わず顔をあげ、藍珠は目を見開く。

赤と、藍。

優蘭が意図したのだろうか。それともたまたまだろうか。藍珠の起源とも言える色が花開いたのを見たとき、彼女の心は不思議と落ち着いていた。

同時に、城の中が騒がしくなるのを感じる。それはそうだろう、許可もしてないのに、あんなに派手なものが空に上がっているのだから。

そしてこの花火が、本来の意味の陽動だった。

街のことは基本的に警邏《けいら》の管轄だが、さすがにここまでの騒ぎが起きれば城内も大きく動く。そうすれば皇帝の元に辿《たど》り着くのも、外へ出るのも幾分楽になる。そう思っての作戦だった。

だが今はどちらかというと、藍珠の心を奮い立たせるのに一役買った。

そんな思ってもみなかった効果を発揮した花火により、藍珠は手すりに足をかける。

――届け。

そんな気持ちと共に跳んで――着地する。

無事に露台《バルコニー》に足がついたのを確認した藍珠はほっと胸を撫《な》で下ろし、窓を見て――ひゅ、と喉を鳴らした。

目が合った。

誰と？　そんなの、一人しかいない。

杏津帝国皇帝・エルベアト。

栗色《くりいろ》の髪に藍色の瞳をした人は、一人の女が窓辺に降り立ったのを、ただ目を丸くして見つめていた。

それを見た藍珠は、胸から湧き上がってくる苦々しい気持ちをグッとこらえる。

だって、そう。その瞳が、あまりにも、あまりにも。

自分自身に似ていたから。

こんなにも血の繋《つな》がりを意識させられるなど、思わなかった。だがそれが逆に、藍珠の頭を冷静にさせてくれる。

そして彼女は、長旅の間ずっとつけていた金色の鬘《かつら》を取り払った。

赤。

目が醒《さ》めるような、赤。

懐かしい自分本来の髪を撫でてから、藍珠はにこりと微笑《ほほえ》む。

そして、アーヒルから習った杏津帝国語でゆっくりと、言葉を紡いだ。

『はじめまして、お父様。邱藍珠、と申します』

すると、そんな藍珠の髪を際立たせるかのように、空に赤い花が咲いた——

エルベアトは、突如露台《バルコニー》に降り立った女に対して衛兵を呼ばず、ただ黙って中へと引き入れてくれた。

そのことに安堵しつつ、藍珠は相手の様子を窺《うかが》う。

……だってこんなにもすんなり信じてくれるなんて、思わなかったから。

優蘭の夫である珀皓月が確認を取ったと言っていたが、そのときに何かあったのだろうか？　それとも別の人が何か話したのだろうか？　どちらにせよもしそうなのであれば、心から感謝しなければならない。そのお陰でここまで、すんなりと通してもらえたのだから。

そう思っていると、部屋に灯《あか》りをつけたエルベアトがくるりと振り返る。

「……君は本当に、彼女の娘なのか？」

黎暉大国語で紡がれた言葉に、藍珠は目を瞬かせた。同時に、疑っているにも拘《かか》わらず中へ入れてくれたことに、なんだか笑ってしまう。

そう思いながらも母の名前を口にすれば、彼は険しい顔つきをしてふう、と息を吐いた。

「……それで。ここには一体なんのために来たのだ？」

なんのために？

本来であれば、国を守るため、そして黎暉大国外交使節団団員たちを救うため、と答えるべきなのだろう。しかしそれよりも先に口をついて出たのは、別の言葉だった。

「……わたしはここに……あなたに、文句を言うために来ました」

藍珠と同じ瞳と眼差《まなざ》しをした男性が、目を丸くしている。それがなんだかおかしくて、憎らしくて、藍珠は笑った。

ああ、いざ目の前にしたら言えなくなってしまうかも、と思ったけど。これならちゃんと言えそうだ。そのことに安堵する。

だって藍珠はこれを伝えるために来て。そして一緒に来てくれた優蘭たちも、藍珠がこれを言えるように相談に乗ってくれたのだから。

「初めは、あなたを説得するように言われました。けれどわたしはあなたを説得するような言葉を持っていなかったから……まず、あなたのことを知ることにしたんです」

「……それで、どうだった？」

「ご存じでしょう？　評判は最悪でした。そしてそれが本当かどうか確かめたくて、わたしはこの国に足を踏み入れたんです」

それから、藍珠は大きく息を吸う。前を見る。決して、目を逸《そ》らさないように。

「わたしは、北部を渡ってここまで来ました。そして驚いたんです。道中、何度も盗賊に襲われましたから。道も舗装が行き届いておらず、北部は北部貴族たちによって好き勝手にされていました。同じ杏津帝国とは思えないほどに、です」

「っ、それ、は……」

「正直それを見て、愕然《がくぜん》としました。でも同時に納得もしたんです。――だってあなたは母のことを愛していたのに、三十年経《た》っても迎えに来てはくれませんでしたものね？」

嘲るように言えば、エルベアトは弾《はじ》かれたように顔を上げ、藍珠を見た。

「……貴女は女性で、政治に介入していないから分からないかもしれないが、杏津帝国と黎暉大国間の外交問題は非常に複雑で……」

「言い訳ですか？　見苦しいと思います」

「だ、いや、これは事実で……っ」

「事実だろうとなんだろうと、わたしにはどうでもいいんです。迎えに来てくれなかった、そして母は貴方《あなた》を憎んで死んだ。……それがわたしにとっての全てなんですよ」

何が言いたいのか、言っておいて分からなくなる。だが胸の内からたぎる思いは、誰になんと言われようと本物だった。

そして、言う。

「それに、わたしだって分かっています。わたしという存在が、黎暉大国にとっても杏津帝国にとっても諸刃《もろは》の剣となるんだってことくらい」

「っ！」

「だから、認知をしてくれなんて言いません。むしろ今更、皇女として生きられるわけないじゃないですか。わたしは、黎暉大国皇帝陛下の寵妃《ちょうひ》なんですから」

はっきりと「貴方の娘として認められたくない」と告げれば、エルベアトが傷ついた顔をする。噛《か》み締めるようにして藍珠を見つめるその視線が縋《すが》るような色を帯びていて、胸の内側からむかむかとしたものが込み上げてきた。

「なんですか？　また、同じことを繰り返すんですか？」

「……それはどういう……」

「選択をしないこと。目を逸らすこと。逃げ続けること。これが、貴方がわたしの母にしたことです。そして今回の外交問題に関しても、同じでしょう？　貴方はいつも、問題から目を逸らしているだけ。力があるのに、それを振るう勇気がないんですよね？　馬鹿馬鹿しい」

エルベアトが肩を振るわせ、動揺しているのが見て取れる。

しかしそんな弱々しい姿を見ても、藍珠の心は不思議と痛まなかった。代わりに言葉が溢《あふ》れてくる。

「ねえ、お父様。貴方はいつまで、被害者面をしているつもりですか？」

「…………え？」

「本当はこんな力、要らなかった。自分は悪くないって思ってますよね。だから権力を行使できない。振るうには、貴方は臆病過ぎるから。そして母に逃げて恋をして、けれど立場だからと妻を娶《めと》って。……自分がどれだけ最低で、どうしようもないことをしてきたのか、分かっていますか？」

はっきりとした軽蔑の言葉に、エルベアトが分かりやすく動揺を見せる。

違う、そんなことはない。ちゃんと彼女を愛していた。

そんなことを言っていたけれど、実際の行動に移せていない時点でもう駄目なのだ。

だから藍珠は、絶縁状を叩《たた》きつけるような気持ちを抱えて息を吸う。

「……なら。本当に愛していたなら。最後くらいその証拠を見せてください。母の故郷を奪わないで。……貴方を愛して、憎しみと共に死んでいった母に報いてください。……貴方が本当に愛していたのなら」

めいっぱいの侮蔑を込めて、藍珠はそう言い切った。言い切って、吐き出して、胸のつかえが取れたような心地になる。視界が一気に晴れたような気がした。

これでようやく、前に進める。

そんな気持ちになる。そのためにはもっと、いろんなことを知らなければならない。

少なくとも藍珠は、自身のせいで大切な人たちが崩れ落ちていくのなんて、もう見たくないから。

同時に、目の前で打ちひしがれる生物学上の父親に、憐《あわ》れみを込めた目を向けてしまう。

ここまでボロクソに言っても何も言い返してこないということは、きっと母のことを本当に愛していたのでしょうけど……。

その娘である藍珠からの言葉は、そんなにも彼に響いたのだろうか。よく分からない。

否、分かりたくなどない。藍珠がエルベアトを理解しようと思える日が来るとしたらそれは、彼が逃げることをやめたときだ。

そう思いながら。

藍珠はエルベアトにどうするのかと、もう一度詰め寄ったのだった——

間章二　異国の皇帝は懺悔する

本当に間違いなく、彼女のことを愛していた。

愛するのは、生涯ただ一人彼女だけだと決めていた。

それが杏津帝国《あんっていこく》皇帝・エルベアトの、嘘偽《うそ》りない本音だった。

そのせいで政略上の理由から結婚した妻との関係が悪くなったが、どうしても自分の心に嘘はつけない。

だが迎えに行くと約束したきり、外交問題に手をつけられなかったのは、敵対関係となってしまった異母弟が原因だった。

エルベアトは、半分だけとはいえ血の繋がった弟と、政争などしたくなかった。彼はどこまでも平和主義で、争いごとが苦手だったからだ。

しかし仲良くしたいと思えば思うほど、弟・ハルトヴィンは離れていく。

このままだと、どちらかが死ぬまで終わらなくなる。それでもいいのか？

そういう思いから何度も話し合いをしたが、弟は聞く耳を持たなかった。

弟のそんな態度もあり、穏健派の貴族たちは彼のことをもっと厳しく追及し、幽閉、最悪の場合は死刑も必要だと言ってきたが、気は乗らなかった。実の弟なのだから言葉を交わせばなんとかなると、そう思っていたのだ。

しかし、エルベアトがそう思えば思うほど、お互いの間にある歪《ひず》みは深まるばかり。何がいけないのか分からないまま、それでも愛する人を迎えに行きたいと思い、エルベアトは黎暉大国《れいきたいこく》との関係を前進させることを選んだ。

そしてその末に、愛する人の死を知った。

同時に、彼女と自身との間に子どもが生まれ、その子が後宮で寵妃として囲われていることを知った。

悲しさ、喜び、そして娘が異国の皇帝の妻になっていた、ということへの衝撃。様々な感情が一気に押し寄せてきたのが、つい先日。

だがそれを聞き、エルベアトは少なからず喜んだ。

なんせ、愛する人が残した忘れ形見だ。何より大切に扱いたいし、叶《かな》うならば共に暮らしたい。そう思う。

だからこそエルベアトは、黎暉大国外交使節団団長である珀皓月《はくこうげつ》の話をきちんと調べ、もし本当なのであれば対処しなくてはならないと思っていた。

──それなのに、一体どうしてこんなことになってしまったのだろうか。

公女毒殺事件が起きたとき、エルベアトは知らず知らずそう思ってしまった。

何故《なぜ》、どうして。そんな気持ちで頭がいっぱいになる。

思えばずっと、エルベアトの人生は上手《うま》くいかないことばかりだった。

異母弟との関係、愛する人との別れ。黎暉大国との確執に、北部貴族たちとの問題。先代の皇帝たちが残した負の遺産も含めて重石《おもし》のように両肩に乗っかり、決して消えてくならない。

本当に欲しいものは、ただ一つだけだったのに。

『失礼を承知で申し上げます。――このような状況に陥っているのは、陛下の対応に問題があるからではありませんか？』

しかし黎暉大国礼部《れいぶ》尚書《しょうしょ》・江空泉《こうくうせん》からそう言われたとき、エルベアトは衝撃のあまり声を荒らげてしまった。

お前に……お前に、わたしの気持ちの何が分かる。

実の弟と敵対しなければならない気持ちなど、決して分かるまい。

それがどれだけ辛《つら》く苦しいことなのか。それを伝えてやりたかったが、口に出せば薄っぺらく聞こえそうでやめた。

この世でエルベアトの理解者はいない。唯一心を開けていた相手である愛する人はもういないのだ。

しかしだからだろうか。彼女の娘だという女性に関して、とても興味をそそられた。

我知らず会いたいと思うほどに。

見ず知らずの他人に心を掻《か》き回されることほど、不快なことはない。特にエルベアトは、自分の領域に不遠慮に触れてこられるのを殊更嫌う傾向があった。

胸に、黒いものが溜《た》まっていく。苛立《いらだ》ちが募る。それでも我慢したのは、自身が皇帝という立場にいるからだ。

しかしそんなエルベアトの忍耐力を嘲笑《あざわら》うかのように、トドメを刺してくる存在が現れる。

それは、三日前に黎暉大国との会談から帰ってきた宰相。そして彼から伝えられた言葉だった。

『陛下、無礼を承知で申し上げます――公女の死を自殺として処理いたしましょう』

そう告げてから、宰相はどういうやり方で自殺だと偽装し、その理由を作り上げ、過激派に傾いている民心を取り戻すのかを説明してきた。

正直、後半はほとんど何を言われたのか覚えていない。しかし不快なことを言われたことだけはよく覚えていた。

……つまりわたしに、姪《めい》の死を利用して異母弟をはめろと。そういう汚い手を使えというのか。

政治の世界はいつだって汚い。それはエルベアトもよく知っている。

しかし弟にそれをするというのは躊躇《ためら》われた。血のつながりを重視する彼にとって、それは強い嫌悪感を抱かせるものだったのだ。

だから必死にこちらへ語りかけてくる宰相の言葉を退け、憂鬱な日々をただ過ごした。

そんな最中に起きた城内の騒ぎと、外の花火。

それに叩き起こされ、痛む頭を押さえながら窓を見たときだった。

ふわり。

露台《バルコニー》に、美しい女性が降り立ったのは。

思わず、息を呑《の》む。

それは彼女が美しかったからではない。降り立った彼女を見た瞬間、脳裏に愛する人との出会いの場面を思い出したからだ。

——黎暉大国の国境沿いの村を襲う杏津帝国軍から逃げるために、彼女は木の上で息を潜めていた。

そこにちょうど通りかかったエルベアトの上に、彼女が降り立ったのだ。

そのときに柔らかくなびいた鮮やかな赤髪を、エルベアトは今もよく覚えている。

——そしてその既視感を裏付けるかのように、女性は金色の鬘《かつら》を取り去った。

瞬間、目にも鮮やかな赤髪が純白の世界を染める。同時に真っ赤な花火が咲いたのを見たとき、エルベアトはこの出会いを運命だと思った。

だから、本来であれば警戒するべき状況下で窓を開けてしまったのだ。

そんな娘――邱藍珠《きゅうらんじゅ》からの言葉は、エルベアトの心を完膚なきまでに叩き潰した。

彼女の娘ならば、彼女のように慰めてくれる。そう思っていたのもあるのだろう。しかし完全に気を抜いていたこともあり、全ての言葉が突き刺さる。

同時に、その言葉全てに納得してしまった自分がいた。

――そう、本当はエルベアトも分かっていたのだ。理解していた。自分が逃げ続けていることを。

被害者のような顔をして、自分が望んでいないからと嫌がって、感情のままに力を行使することをためらった。それを認めてしまえば、自身の愚かさと臆病さ、矮小《わいしょう》さを実感することになるからだ。

――何よりつらいのは、そのせいで愛する人を喪《うしな》ったという事実で。

エルベアトはこれ以上にないくらいボコボコに殴られ、無理やり前を向くように叱責された。

藍珠が決して感情に身を任せて叫ぶようなことはせず、ただ淡々と、それでいて侮蔑を込めた眼差《まなざ》しで告げてきたことも、エルベアトの心を的確にすりつぶす要因となっていたように思う。

とにかくエルベアトは、これ以上逃げていられなくなった。

だってこれ以上逃げれば、藍珠はもう二度とエルベアトに会ってはくれないだろう。

愛する人の面影を唯一残し、その上で自身と似た藍《あお》い目を持つ希望の塊のような女性。

そんな彼女にこれ以上失望されないためにも、エルベアトは今までで一番残酷な選択を下さなくてはならない。

深く深く、ため息をこぼす。

そうして空を見上げてから、エルベアトは執事に向かって告げた。

『……宰相を呼んでくれ』

そうして執事が出ていくのを見送りながら、エルベアトは決意を固める。

愛しい者を喪うという過ちを二度も犯さないために。

——エルベアトは、異母弟を含めた過激派を根絶することを選んだ。

第四章　寵臣夫婦、再会

シュネー城にて。

珀皓月《はくこうげつ》は、外の変わらぬ純白の景色に辟易《へきえき》しながらも時が来るのを待っていた。いるのは最低限の使用人と大量の兵士という形だったが、まさかこんなところで逃げ出すわけもない。

そして長いこと、黎暉大国《れいきたいこく》外交使節団側が大人しく……大人しく、というには杏津帝国《あんってぃこく》の書物を求めたり、杏津帝国で流行《はや》っている遊戯などの教えを乞うたり、といささか自由過ぎたが、あまりにも手がかからない具合に気が抜けてきたらしい。世間話などをしてくれる機会も増えた。

そしてその情報から、わずかながらも外の様子が窺《うかが》い知れた。

聞いたところによるとつい最近、杏津帝国の宰相が杜左丞相《とさじょうしょう》と会談を行《おこ》なったらしい。

その後動きはないが、切迫した状況に変わりないことだけは把握できた。

そんな情報を得つつ礼部尚書《れいぶしょうしょ》・江空泉《こうくうせん》と盤上遊戯をしながら話をするのが、皓月にとっての最近の暇つぶしになっている。

「杜左丞相が動いたとなれば、もう現状の作戦もだいぶ佳境なはず」

「でしょうね。そろそろ、期限の春ですし」

正方形の白と黒の板が交互に組まれた盤面に、馬や騎士といったモノを模した白と黒の駒を置いていく。

今やっているのは、杏津帝国では有名な盤上遊戯だ。黎暉大国で主な盤上遊戯である囲碁とはまた違った規則で成り立っている。そのため改めて規則を覚えたり、組める戦略が違ったりして、退屈はしなかった。

……しかし負けると空泉に煽《あお》られたり嫌みを言われたりするのは、心の底から鬱陶《うっとう》しかったが。

そんなことを思いながら、皓月は駒を動かしつつ口を開く。

「江尚書は、杜左丞相がどんな話をしたと思いますか？」

この質問に特に意味があるわけではない。正直暇つぶしの一種なので、内容に関してはあまり意味がなかった。

なんせお互い、陽明《ようめい》の思考は理解している。そのため、わざわざお互いに意見など出さなくとも結論は出せるのだ。

それは空泉も理解している。それでも話に乗ってきたのは、この暇な時間も含めて楽しんでいるからだ。

「杜左丞相であれば、きっと公女が自殺したことにして、逆に過激派を陥れる口実にしよう、などと仰《おっしゃ》ったでしょうね」

「同感です。なんせあの公女は、どこにいても邪魔者扱いされていましたからね」

魅音《フリーデ》が父親から邪険に扱われていたことは、皓月たち黎暉大国の面々ですら知っていた。それを見れば、公女の死を望んでいるのは黎暉大国や杏津帝国の穏健派だけでなく、過激派にもいると分かる人には分かるだろう。逆に利用される可能性を、彼らは考えなかったのだろうか。

そしてそう考えたのは空泉も同じだったらしく、失笑まじりに言う。

「正直、過激派の動きがあまりにもお粗末だったとは思います。過激派を名乗るのであれば、早々に行動に移る面々を一人飼っておくべきでしょう？　穏健派の方々が保守的なことは、よく分かっているのですから」

嫌みを多分に含んだ言い方が空泉らしくて、皓月は呆《あき》れる。

しかし彼の言うことはいつも、尤《もっと》もだった。言い方は辛辣だが、いつだって正しい。

だって穏健派の人間が、こういう対応を求められる場面で積極的に行動に出ないことなど、あの皇帝を見ていれば分かるのだ。彼はできる限り事を荒立てたがらない。逃げ腰、と言っても間違いではないだろう。

そしてそんな皇帝を頂点に据えているだけあり、穏健派そのものに感情的に動く人員がいないのだ。

こういうとき、事態を長引かせるのは得策ではない。いくら火をつけようと、周りに油を注ぐ人員がいなければ火は燃え広がらないのだから。

むしろここまで時間をかけると、周囲が冷静になってきて自然と鎮火してしまう。そういう意味では、今回の作戦はとても惜しかったと言えよう。

そこまで思ってから、皓月はふとあることが気になり始めた。

それは、今回の主犯格であろう、胡神美《こじんび》のことだ。

「江尚書。一つ、聞きたいことがあるのですが。よろしいですか？」

「なんでしょう？」

「江尚書は、胡神美のことをどう思われますか？」

「……どう、とは？」

「彼女の性格や行動についてです」

そう言いながら、皓月は神美のことを思い出していた。

藍色の瞳に金色の髪を持った、美しくも恐ろしい毒婦。

それが、皓月が持つ神美に対しての第一印象だった。

「胡神美は、長年計画を水面下で練っていただけあり、相当に用意周到で厄介な人物でした。ですがここにきて、詰めの甘さというのが目立ちます。それはどうしてなのか、とふと疑問に思いまして」

　そう問えば、空泉は顎に手を当てながら駒を動かした。ことりと、駒が盤上を鳴らす。

「……これはあくまで、わたしの推測ですが。胡神美は、舞台から降りたのではないかと思います」

「……舞台から降りた、ですか？」

「はい。さらに付け加えるのであれば、観客席に座ったのです。自分が用意した物語の結末を、一番の特等席で眺めたかったのか……まあ、それは本人に聞かなければ分からないことですが。わたしとしてはそこが、胡神美が盤上を見誤った理由だと思います」

　空泉の置いた駒を見つつ、皓月は次の一手を打つ。

「舞台から降りて、観客になる。そこに大きな違いがあったと言いたいのですか？」

「はい。珀右丞相《うじょうしょう》は、この二つにどんな違いがあるとお思いですか？」

　そう言われ、皓月は深く考えることなく答えた。

「当事者か傍観者か、の違いではありませんか？」

「はい、その通りです。そしてこの二つには決定的な違いがあります」

「……話の流れを、自分自身で変えられるか否か、ですね」

「はい」

　疑問ではなく確信した口調でそう言う皓月に、空泉は笑いながら駒を動かした。

「彼女に敗因があるとしたら、主に二つ。一つ目は、舞台から降りるのが早かった点でしょう。これで崩れるだろうと確信をして、本当に崩れるのかどうかを確認してから舞台を降りなかった。それどころか、観客席で崩壊する様を見ていたいと思ってしまったのです。どういう意図があったかは知りませんが、詰めが甘い。これにつきます。自分の作戦が成功するという自信があったのか……どちらにせよ、わたしからしてみたら馬鹿馬鹿しいと思いますね。——傍観者よりも当事者でいる方が、ずっと楽しいのに」

「……そんなことを断言できるのは、江尚書のような人間くらいですよ。誰だって、自分が巻き込まれないようにしたいものですから」

「ふむ……そういうものですか」

つまらなそうな顔をして肩をすくめる空泉にどこまでもらしさを感じながら、皓月は神美の性格を考えて彼女が舞台から降りたのは、今発言した理由ではないだろうな、と直感する。

神美は巻き込まれたくなかったから観客席に降りたのではなく、自身が作った作品を一番の特等席で観《み》たかったのだろう。それならば、当初から聞いていた彼女の思想と一致する。

だって彼女は、黎暉大国と杏津帝国、その両方の滅亡を望んでいたのだから。

その上で皓月は、空泉が二つ目の理由として何を挙げようとしていたのか推測し、それを先んじて口にした。

「……そして二つ目は、それならば舞台上に戻ればよかったにも拘《かか》わらず、傍観者のままでいた点、ですね」

「その通りです」

まるで出来のよい生徒が自分の想像通りの答えを出してきた、とでも言いたげな顔をして、空泉は満面の笑みで皓月のことを褒めたたえた。その態度を受け流しながら、皓月は現状がこうも膠着《こうちゃく》してしまった理由を思案する。

作戦というのは、必ずしも成功するわけではない。むしろ失敗してしまったとき、それを補うためにどのような対応を取るのかが重要なのだ。

しかし神美は、それを怠った。

怠るどころか、傍観者のままでい続けることを選んだ。

彼女が再び舞台に戻っていれば、このように事態が好転することもなかっただろう。それを思うと、敵ながら哀れに思えてきた。

そこでふと、皓月の脳裏に優蘭《ゆうらん》の顔が思い浮かぶ。

皓月の知っている妻はいつだって、自分一人でできないことは他人に頼っていた。一人でやれることなどたかが知れていると、彼女自身がよく理解していたからだ。

そう思い、皓月は胡神美の周りに誰もいないことに気づいた。

「……そもそも、なのですが。胡神美の敗因は、誰にも心を開かず、協力者ですら駒のように扱い、味方を作らなかった点にあるのかもしれませんね」

「……そう言われてみれば確かに、その通りですね」

だから、神美の過ちに誰も気づかなかった。それを補おうとしてくれなかった。

いや、本来の目的を口にしていたら、協力してくれる者はほとんどいなくなっていただろう。

しかも本人が唯一の味方だと思っている藍珠《らんじゅ》は、彼女と決別することを選んだ。

一緒に踊っていると思った相手が幻で、しかも自分を陥れてくるなど、神美は全く思ってもいないのだろう。

……ああ。

嗚呼《ああ》、本当に、なんて、なんて。

滑稽な話。

そう思いながら、皓月は駒を動かす。そしてにこりと微笑《ほほえ》んだ。

「王手《チェックメイト》」

「……これはこれは。してやられましたね」

完全に詰んでしまった盤面を眺めながら、空泉はくすくすと笑う。そして言った。

「どちらにしても近いうち、わたしたちのところに良い便りが来ることになるのは間違いないでしょう」

「そうですね」

「そのときは是非とも、倍返しにしてやりたいですねぇ……」

そんな不穏なことを言う空泉の言葉に、皓月は返事をしなかった。だが気持ちとしては同じだ。

こんな異国の地、好きでもない人間と何ヶ月も共に生活し、挙句妻に無理と無茶をさせている。これに腹が立たない人間はいないだろう。

そのためにはしっかりと、体力を温存しなければ。

そう思いながら、皓月たち黎暉大国外交使節団は虎視眈々《こしたんたん》と、反撃の時機を見計らう。

――そしてそれから数日後。反撃の狼煙《のろし》を告げる手紙が、二人の元に届いた。

差出人は、杏津帝国皇帝・エルベアトだ。

素早くその中身に目を通した皓月と空泉は、顔を見合わせ笑った。

そうして、舞台の脚本は静かに書き換えられることとなる。

新たな舞台の幕が開かれるまで、残り――

＊

新たな幕が開かれる、その少し前。

場所は戻り、杏津帝国皇都・ヘルフェリヒにて。

無事に戻ってきた一同を見て、優蘭はほっと胸を撫《な》で下ろした。

どうやらトレファンと藍珠は途中別行動になってしまったらしいが、トレファンは城の内部構造を知っていたために逃げ延び、藍珠は父親であり杏津帝国皇帝であるエルベアトに手引きされ、外へ出られたのだという。

それを藍珠の口から聞いたとき、優蘭は表情を綻ばせた。そして珠麻《じゅま》王国《おうこく》語で問いかける。

『それはつまり……』

『……はい。言質を取らせてもらいました』

藍珠の言葉に、全員の表情が和らぐ。緊迫していた空気から一変、柔らかい空気が漂う中、藍珠は口を開いた。

『ただ作戦会議をするのであれば、現在黎暉大国外交使節団が軟禁されている場所……シュネー城が良いとのことです』

『……まあ妥当な判断ではあるな。皇帝がお忍びで動くのは、あまりにも危険すぎる』

トレファンがそう返すのを、優蘭はうんうん頷《うなず》きながら聞いていた。

ここでいう危険というのは、皇帝の身を案じているというより、彼が動くことで優蘭たちの存在が敵に気取られる可能性に対してのものだろう。

実際、国を治める者が市井を自由に動くということは、それくらい難しいものだ。

しかしその作戦会議場所をシュネー城にするのであれば、敵の目を欺ける。皇帝自らが招き、接待をした相手を気に掛けたり、彼らと交渉をするためにシュネー城を訪れること自体は、何もおかしくないのだから。

するとアーヒルが、疑問を口にする。

『皇帝陛下は、僕たちがどのようにしてシュネー城に入ればいいか、言ってくれた？』

『はい、運送業者を装って、入って欲しいと言っていました。許可証は、あとでラティフィ家の商店のほうに届けさせると……』

『なるほど、分かった。その辺りは、僕のほうで確認する』

『はい、お願いします』

二人のやりとりを聞いてから、優蘭は思わず呟《つぶや》いた。

『となると、また移動ですか……シュネー城までは、どれくらいかかるのでしょうか？』

『うーん、雪が降ってることを加味すれば……多分、一週間くらいかかな？』

やはり、天気もありそこそこかかるようだ。

すでに状況は変わってきたとはいえ、その一週間に過激派が何かしてこないとも限らない。そのことを懸念していた優蘭だったが、それを見たアーヒルが笑う。

『その点については、あまり心配しなくてもいいかもしれないよ』

『……と言いますと？』

『うん。僕も数日前の時報紙を読んで知ったんだけど……どうやら今、和宮皇国《かずのみやこうこく》に黎暉大国からの外交使節団が来ているらしい。それで、杏津帝国との仲を取り持ってほしいとしつこく頼み込んでいるそうだよ』

それを聞いて、優蘭は目を丸くした。

あら、でもそれって陽動作戦のやつ……よね？

郭慶木《かくけいぼく》、呉水景《ごすいけい》、優蘭の母である玉暁霞《ぎょくぎょうか》。そして何も知らされていない、吏部尚書・公晳李明《こうせきりめい》が確か陽動班として和宮皇国へと向かったはずだ。

そしてあくまで陽動だったため、わざわざ交渉までしなくても良い立場だったはず。

それが一体なぜ、時報紙に大々的に取り上げられることに……？

気になったのでその時報紙をアーヒルから受け取り、紙面を確認する。

するとアーヒルの言う通り、黎暉大国の外交使節団が和宮皇国との会談をしている、という記事があった。

『黎暉大国、杏津帝国を訪れた外交使節団を救うため、和宮皇国と交渉中！』

『粘り強い交渉に、和宮皇国の担当官、倒れる⁉』

『十三人目！　これより記録更新となるか⁉』

大見出しを見て、優蘭は思わず噴き出した。

いやいやいやいや……これどういう状況っ？

それから詳しく内容を見てみたが、どうやら杏津帝国との仲を取り持ってくれと頼むために和宮皇国へと乗り込んだ黎暉大国外交使節団の面々が、かなーり好き勝手やっているらしい。

そしてそれに対し、和宮皇国は追い出すこともできずに防衛一辺倒のような状況になっているのだとか。

和宮皇国が、黎暉大国外交使節団を追い出せない理由は分かる。桜綾《おうりょう》の件があるからだ。これがどのような形でばれたとしても、和宮皇国としては現政権を大きく揺るがす事態となるだろう。

そのため、この点に関しては分かるのだ。だが。

担当官を十二人も替えているというのは、一体全体どういうことなのだろうか。完全に他人事《ひとごと》ながら、恐怖しか感じない。

しかしアーヒルが言っていた意味に関しては、これで納得だ。紙面では面白おかしい記事として書かれていたが、過激派としてはたまったものではないだろう。その上、陽明も動いており、状況は刻一刻と変化している。過激派が優勢だった時期は終わったのだ。

『僕が知る限り、杏津帝国の過激派は皆声は大きいけど、自分が一番可愛《かわい》いと思っている人たちの集まりだ。だから、黎暉大国による手があちこちから伸び始めているのを見れば、とても平静じゃいられないはず』

『なるほど……』

なんとも情けない話だな、と優蘭は思ったが、声の大きい人などそんなものかとも思った。

『特に今の過激派はあくまで、現政権が気に食わなかったり、虞淵《ハルトヴィン》に追従するほうが旨《う》味《み》がある、と思っているような人たちの集まりだ。そしてこういう者たちは、周囲の情勢によっていくらでも立場を変えてくる』

『風見鶏《かざみどり》だな。まったく、節操がない……』

元貴族としての矜持《きょうじ》がやはりあるのか。トレファンがそれに対して苦言を呈しているのが印象的だった。

だがそれは同時に、優蘭たちにとって都合が良いということである。

すると紅儷《こうれい》が、ふふ、と肩を振るわせた。

『いやはや。まさか夫の活躍ぶりをこんな場所で見られるとは……』

『確かに……これはちょっと予想外……』

だって優蘭の認識では、彼らは陽動班なのだ。

確かにここまで派手に動けば、敵の目を完全に釘付《くぎづ》けにすることができるだろうが、他国の時報紙にまで取り上げられているほどとは思うまい。

しかも何？　お母様、絶対にこの外交問題とは関係ない件に手をつけてない？　真珠産業業者と接触って何!?

おそらく、前に話していた不揃《ふぞろ》いゆえに廃棄されてしまう真珠を使った美容品関係の取引だと思うのだが、自由すぎやしないだろうか？

あ、でもなんだろ……多分お母様は今、旅費が浮いたなって思って、にっこにこしてるんだろうな……あとついでに護衛代も……。

今回の経費は表立っては商会の金を使っているだろうが、基本的には宮廷持ちである。状況は切迫しているだろうに、自分のやるべきことはしつつ、今ある利益を最大限活用して商売に繋《つな》げよう、というその精神の強さに、優蘭は思わず笑ってしまった。

どこへ行ってもやっぱり、お母様はお母様だわ。

紅儷も楽しそうに笑っているので、場の空気が一気に明るくなる。

過激派への牽制《けんせい》と、精神的な支援。

思わぬ形で、遠いところからその二つを受けた本命班は下準備を整え、皇都・ヘルフェリヒを後にしたのだった。

＊

シュネー城がある街は、皇都よりも温かみが感じられる場所だった。

屋根瓦に使われている色が、暖色だからだろうか。それとも住む人たちの雰囲気の問題だろうか。人情というのを感じる。

しかし皆、シュネー城に関しては気になっているようで、周辺の人通りは別の通りに比べて極端に少なかった。

城内にいるのが黎暉大国民だというのも、住民たちからすれば禍根の一つとなっているのだろう。

ただ今は、その人通りの少なさがありがたい。

また珠麻王国の商人一行として行動していることもあり、人種関係であまり指摘されることがなくて助かっている。

珠麻王国は商人たちの国なので、割と人種が入り乱れているのだ。そのため、顔だけで所属している国がどこなのか判別がしにくいところがある。この辺りは、トレファンが普通に生活できていたところからも分かるだろう。

そんなことを思いながらも、優蘭の心臓は期待と不安でドクドクと脈打っていた。

……ここに、皓月がいる。

思えば、皓月と出会ってから今まで、こんなに長く離れ離れになった経験はなかった。優蘭が冤罪《えんざい》をかけられ、郭家の屋敷《やしき》に軟禁されていたときでさえ、ここまでではなかった。

そう考えると、一気に期待と不安が膨れ上がってくる。

皓月は、苦しんでいなかっただろうか。痛い思いをしていなかっただろうか。

ちゃんと食事をとっていただろうか、悩んでいなかっただろうか。

そんな思いを抱えたままシュネー城の裏門をくぐって手続きを済ませ、中へ入ると。

「──優蘭」

懐かしい。

懐かしい声が聞こえた。

何よりも聴きたかった声。恋しかった声。

一度大きく肩を振るわせた優蘭は、勢いよく後ろを振り返る。

そこには、嬉《うれ》しそうに表情を綻ばせる皓月の姿があった。

口を開こうとして、しかし何も言葉にできなかった優蘭は、小走りで彼に駆け寄った。

そして彼の前で立ち止まり、見上げる。

皓月。

杏津帝国風の服を着ていることもあり、いつもと雰囲気がガラッと違ったが、間違いなく優蘭が愛する夫本人だった。見た感じ、痩せている様子もやつれている様子もない。

それでもなんだか信じられなくて、思わず背伸びをしその頬を両手で包み込めば、皓月がくすぐったそうに目を細めた。

「……皓月？」

「はい」

「……ほん、とう……に？」

「はい。あなたの皓月ですよ」

そう言うと、彼は優蘭のことを抱き上げてくる。下から優しい顔をして見上げてくる皓月に、優蘭の中で張り詰めていたものがゆっくりと、解《ほど》けていくのを感じた。

思わずこぼれそうになる涙をこらえながら、優蘭は笑う。

「……おかえりなさい、皓月」

「はい。ただいま、優蘭」

そう言い合い、お互いの存在を確認していたときだった。

『え、何。そこで口づけとかはしないのかい？　コーゲツ』

背後からそう言う珠麻王国語が聞こえ、優蘭はびくりと震えた。

ゆっくりと背後を振り向けば、そこには満面の笑みをたたえたアーヒルと紅儷、安堵《あんど》の表情を浮かべる藍珠、少しだけ居心地が悪そうにしたトレファンがいる。

あ……やだ私ったら、人前でなんてことを……！

それに、口づけとか何を言っているのだ。いくら優蘭が若干ポンコツな状態になっているからと言って、ここで口づけをするなど絶対にない。

だから！　そんな生温かい目で見ないで！

そう思い、思わず顔を覆っていると皓月が笑った。

『お久しぶりです、アーヒル。そしてここまで、お疲れ様でした』

『気にしないで、友人のためだから』

『あなたは相変わらずですね』

『もちろんだよ。だって友人はお金では絶対に買えないものだからね』

アーヒルはそう言うと、ぱちりと茶目っ気たっぷりに片目を瞑《つぶ》ってみせる。そんな軽妙なやりとりに場が少し和んだところで、皓月が口を開いた。

『着いて早々で悪いのですが、杏津帝国の皇帝陛下が待っています。皆様、一緒に来てもらえますか？』

『分かった。むしろ僕たちとしては、話が早くて助かるよ』

確かに、今は優蘭たちにとってだいぶ有利になったとはいえ、まだ予断を許さない状況だ。時間が経《た》つにつれてこちら側に有利になったのであれば、また時間が経てば状況が変わる可能性は十分にあるのだから。

それに杏津帝国皇帝をいつまでもこの城にとどめておくことはできない。話があるなら早くするべきだろう。

旅続きで多少なりとも疲れは残っていたが、珠麻王国から皇都までの道のりの凄《すさ》まじさを思うと、シュネー城までは大変快適だった。体力はまだきちんと残されている。なので大丈夫だろう。

一応全員に確認したが問題ないとのことだったので、優蘭たちはそのまま皇帝と空泉が待っているとされる会議室へ向かうことにする。

そこで、優蘭は目を瞬かせた。

「……あの、皓月？」

「どうかしましたか、優蘭」

「……そろそろ、降ろしていただけると嬉しいかな、と……」

先ほどから皓月に横抱きにされて廊下を進んでいるのだが、ものすごく気まずい。周りに人がいる状態での横抱きほど、気まずいものはない。

しかし降ろしてもらえない以上、無理やり降りるわけにもいかないし……とおとなしくしていると、皓月がにこりと、それはそれはいい笑顔を見せた。

「嫌です」

「え」

「江尚書と長いこと共に生活をして、疲れたのです。少しの間、回復させてください」

だめですか？

そう言いたげな視線を向けられ、優蘭はウッと胸を詰まらせる。

ずるい、この顔はずるい！

皓月は、優蘭がこの顔に弱いことを分かった上でこうしてくる。

しかし空泉との生活が多少なりとも、皓月の精神に負荷を与えていたことは事実であろう。というより優蘭ならば、彼と一緒に一ヶ月以上生活するなど無理だ。胃に穴が開いてしまう。

そう思い、様々な葛藤をした優蘭は、おとなしく皓月が満足するまで、彼の腕の中にいることにしたのだった。


会議室にて。

ようやく皓月の腕の中から解放された優蘭は、顔の赤みをなんとか引かせる努力をしながら皆と共に中へ足を踏み入れた。

そして中で待ち受けていた人物を目にし、少しばかり瞠目《どうもく》する。

杏津帝国皇帝・エルベアト。

容姿に関しては話に聞いてはいたが、確かにとても藍珠に似ていた。どこがと言われると、目元だ。

目の色はもちろんだが、その少し垂れた目が似ている。道中、藍珠は金色の鬘《かつら》を被《かぶ》っていたので、となり合うとより親子に見えた。

ここまで似ていれば、エルベアトが藍珠のことを受け入れ、話を聞いてくれたのも道理かもしれない。

……まあこの二人、顔を合わせた瞬間目を逸《そ》らしたからすっごく空気が気まずいんだけれど。

当たり前といえば当たり前だ。しかしこの場には一人、そんな空気など気にせず、むしろ平気な顔をしてぶち壊してくる存在がいる。

「お久しぶりです、珀夫人」

「……お疲れ様です。ご無事で何よりです、江尚書」

そう。我が道をゆく男、江空泉である。

普段ならば顔を合わせるだけで胃がキリキリしてくるのだが、今回ばかりはその空気の読まなさになんだか救われたような気持ちになった。

毒と薬は紙一重、なんていうことわざもあるけど、ほんとその通り……！
この場合、元々の効能はもちろん、毒分類である。
現に、空泉は場の空気の悪さなど全く意に介さず、とても楽しそうにしている。なんと
もまぁ立派な鋼の精神を持ち合わせていることだ。
そんな彼のおかげで、張り詰めつつも重たくはならない空気で自己紹介を終えた一同は、
そこでようやく話し合いを開始した。
会話に関しては、この場の全員が理解できる珠麻王国語で進める流れになる。
『それで、今後の流れだが。杏津帝国は黎暉大国左丞相からの提案を呑み、公女の死を自
殺として処理することにした』
そう切り出し、トレファン・エルベアトは陽明がどんな話を会談の場で持ち出してきたのかを語る。
それは以前、トレファンが出した結論と同じだった。
ただ、自殺という結論を演出するための流れに関しては優蘭たちが予想したものよりも
もっと深く考えられており、脱帽する。
まあ、体に痣《あざ》があって、普段から父親や神美に邪険に扱われていて、同派閥である過激
派の面々からも白い目で見られている、なんていう状況じゃ、生きることに絶望して死ぬ
ことを選択するだろう。
ただその話を聞いて気になるのは、王虞淵《おうぐえん》と胡神美の存在だ。

正直言ってそれで打撃を与えられるのは、『過激派』という大枠だけなのよね……。

しかもこの打撃というのは息の根を止めるわけではなく、一時的な鎮静化を図る、もしくは過激派を解体及び縮小する、という形だ。そのため、過激派の中心人物である虞淵と神美に痛手を負わせても、致命傷を与える一手とはなり得ない。

しかし優蘭としては、彼らが黎暉大国外交使節団をはめたという確固たる証拠が欲しかった。

……だってそうじゃないと、ああいう人は何度だって諦めずに、他人の大切なものを壊そうとするもの。

優蘭は今回、怒っていた。自身の大切な夫が死にかけたことを。

そして『後宮妃の管理人』として、藍珠にこれ以上被害が及ぶようなこともさせたくない。何よりこのまま神美が藍珠に執着すれば、藍珠が杏津帝国皇帝の隠し子だという秘密を暴いてしまう危険性だってあった。

……胡神美にだけは、藍珠さんの秘密を知られてはならない。

これは絶対だ。もし知られれば確実に利用されるだろう。そうなれば再度、最悪の事態が引き起こされることになる。

しかしそうは言っても、実際に何をすればいいのかが分からず、優蘭は口をつぐんだ。

その一方で、空泉が口を開く。

『対応自体に、文句はありません。ただ一つ気になるのは、打撃にはなっても息の根を止める一手には至っていない点ですね。陛下はこの辺り、どのようにお考えでしょう？　まさか……いまだに、弟君と戦う決意と覚悟ができていないのでしょうか？』

ぴきーんと、場に緊張が走る。

あ、やっぱりこの人、基本的に毒にしかならないわ……。

しかもどうやら、既にエルベアトと一戦交えた後らしく、彼が凄まじい嫌悪感を顔に滲《にじ》ませるのが見えた。

一方の皓月は慣れているのか呆《あき》れるだけで、藍珠は空泉の容赦ない物言いに驚いている。

アーヒルは楽しそうに笑い、トレファンは興味深そうに空泉を見つめていた。

だが誰も、二人の会話に口を挟む気はないといった様子だ。ちなみに、優蘭にもない。

そんな空気を破ったのは、エルベアトのため息だった。

『……弟を下す覚悟はしている。だが今回の一件が明確な一手にならないのは事実だろう』

それを聞いた空泉は、やれやれと首を横に振った。

『こんな、滅多にない機会をふいにしようとなさるなんて……もったいないと思いませんか？　珀右丞相』

『勝手に人を巻き込まないでいただけますか……？』

そう苦言を呈しつつも、皓月も頷《うなず》いた。

『ですが、江尚書のおっしゃることはもっともでもあります。何せ、今回起きた事件を裏で糸を引いていたとなれば、彼らは反逆者ですから。……今仕留めておくほうが後々、苦しい思いをせずに済みます』

そう言えば、エルベアトも押し黙った。

うーん、つまりやっぱり、何か餌が必要なわけね……。

今、敵は尻尾を覗《のぞ》かせている。ならば向こうから出てくるように仕向け、その頭を押さえることができれば、それは強力な一手として、彼らを裁けるだろう。

そこで気になったのは神美ではなく、虞淵のことだった。

今回の黒幕であり策士は、間違いなく胡神美よ。でも表立って先導しているのは王虞淵ということは、神美が裏で彼を操っているということになる。

けれど見た感じ、虞淵は自尊心が高い人間だ。それはエルベアトへの劣等感から来るものであり、王族という立場からくる傲慢さでもある。

そんな人間が、愛妾《あいしょう》とはいえ女性に命令されて動くだろうか。――それはないと、優蘭は断言できた。

つまり神美は、別の方法で虞淵を手玉に取っているはず。ならば、虞淵のことを知れば、神美がこれからとる行動を予測できるかもしれない。

しかしその行動を予測するだけの情報が、優蘭の手元にはなかった。なんだかんだ、彼女が知っているのは神美のことばかりなのだ。虞淵とは夏以来関わることもなかったし、その人となりを知るにはいささか情報不足は否めなかった。

なら諦めるのか？　答えは否である。

欲しい資料が手元にないならば、手に入れればいいのだ。なんせ目の前には、少なからず交流を持っていた人がいるのだから。

『皇帝陛下。一つお伺いしてもよろしいですか？』

優蘭がそう切り出すと、彼は瞠目しながらも頷いてくれた。

そのことに安堵《あんど》しつつ、優蘭は質問を投げかける。

『陛下の異母弟……虞淵《ハルトヴィン》様について知りたいのです』

『……ハルトヴィンか？』

『はい。具体的に申しますと、虞淵《ハルトヴィン》様がどのような状況で動かれるかが知りたく』

そう聞けば、エルベアトは少し考えるそぶりを見せたあと口を開いた。

『ハルトヴィンは、そばに置いている愛妾・クリスティーナが願えば大抵のことはするだろう。わたしのことに関しては、純粋に嫌悪感から行動している節があるが……それ以外であればクリスティーナの望みを叶《かな》えようとする。……それくらい、ハルトヴィンはクリスティーナに心酔しているからな』

『命令でなく、お願いですか？』

『ああ。ハルトヴィンは自尊心が高いからな。命令など聞かない。皇帝であるわたしの命令を聞かないのだから、この国であの男に命じられる人間はいないだろう。その点、クリスティーナはハルトヴィンのことを理解して上手《うま》く手玉に取っていると言える。彼女はどのような態度と言葉で願えば、ハルトヴィンが言うことを聞いてくれるのか分かっている。……あれは天性の才能だな。わたしにはとても真似《まね》ができない』

『……なるほど、そうですか。ありがとうございます』

これでようやく腑《ふ》に落ちた。確かにお願いであれば、ハルトヴィンは動く。それがエルベアトに関してのことであれば尚更《なおさら》、こちらの作戦に上手くはまってくれるはず。

だからやはり、鍵となるのは神美の存在だ。彼女がハルトヴィンにお願いしてまで、自分たちが動きたくなる餌を用意できさえすればいいのだ。

そしてその神美が唯一、興味を抱いている相手がいる。

優蘭は顔をあげ、彼女を見た。

邱《きゅう》藍珠。

彼女は優蘭と視線が合うと、ぱちぱちと瞬いた。しかし優蘭が何を言いたいのか理解したらしく、にこりと微笑《ほほえ》む。

『優蘭さん。わたしは、とっくに覚悟ができてます』

そう言う藍珠の顔は、この旅をし始めた頃よりもずっと晴れやかだった。

それを見て、優蘭は顔を綻ばせる。

よかった。

そう、藍珠は既に、前を向いて歩き出すことを決めたのだ。

ならば。

やっぱり、胡神美との決着はここでつけなければ。

――でないとこれから先ずっと、藍珠はこの女性に苛《さいな》まれ続けることになるのだから。

『一つ、私に案があります。聞いてくださいますか？』

『なんだ？』

『この国に私たち……特に藍珠さんが来て、黎暉大国外交使節団を助けようとしていることを、彼女たちに教えてあげるのです。――何一つ、嘘偽《うそ》りなく』

――ちゃりーん。

久しぶりに聞いたその音は、優蘭の中で確かに響いて。

彼女の闘志を燃え上がらせる力となったのだ。

＊

その一方で。

胡神美──クリスティーナは、時間ばかりがただ過ぎ去っていくだけの状況に、だんだんと苛立《いらだ》ちを募らせていた。

どうしてもうあと一押しなのに、進んでいないのかしら。

杏津帝国民は少なからず、黎暉大国民を恨んでいる。だから、一度火をつければ簡単に燃え広がると思っていたのだ。

しかし現実は燃え広がらず不信感のみが募り、民たちに伝播《でんぱ》していっただけだった。

その民もそこまで、現政権を非難している様子はない。というより、そんな労力すらないといった感じか。

事実、杏津帝国民は生活するのにいっぱいいっぱいで、そういったことに気を配る余裕がなかった。数年前の戦争による痛手がだいぶ治まり、ようやく平穏に生活できるようになってきたのだ。

何より、今の時季は冬。杏津帝国の冬はとても厳しいため、皆どうしても非活動的になる。それが、今回の件が国民にあまり響かなかった理由だろう。

何より腹立たしいのは、杏津帝国と黎暉大国側の会談が何の問題もなく終わったこと。そして、今和宮皇国を騒がせている、黎暉大国の外交使節団の存在だった。

時報紙に大々的に取り上げられているそれにより、今回仕込んだ策が悲劇というより、喜劇じみたものになってきたのだ。

実際、国民の反応はこちらの方がよく、それに伴い時報紙各社も黎暉大国と杏津帝国間の問題を面白おかしく書き始めた。

これでは全て台無しだ。今まで用意したことも何もかも。

そう思い、クリスティーナはぎりっと歯を食いしばった。

そしてそんなとき、彼女の耳に驚くべき情報が二つ入ってくる。

一つ目は、宮廷内にいる協力者からだ。

どうやら皇帝は、今回の公女毒殺事件を自殺で処理するつもりらしい。

それを聞き、クリスティーナは舌打ちをした。なんせ、フリーデが自殺だと判断できる要因は、山のように残っていたからだ。

唯一の肉親であるハルトヴィンがフリーデに社交の場、屋敷《やしき》の中問わず厳しく当たっていたことは、使用人だけでなく貴族も知っている。

それを知っている者からすれば、フリーデの自殺は納得がいく理由だった。

ならばもう少し優しくしておけば良かったのかと言われると、難しい。だってフリーデは孤立していたからこそクリスティーナに心酔し、今回の作戦を何の疑問も抱かず実行したのだから。

しかしフリーデの死が自殺として処理されるのであれば、今までの苦労が水の泡である。

ほんと、最期の最期まで使えない子だったわね。

まあそもそも、特大の紛争の火種をつけたのに燃え広がらなかったことが原因なのだが。今思うとこの問題も、フリーデが国民に慕われるような慈悲深い性格であれば、すんなり解決したのかもしれない。誰だって、自分たちにとって聖女のような存在を汚されたとなれば、怒りが湧いてくるものなのだから。

ますます使えない。そう思いながら、クリスティーナはため息をこぼした。否、こんなところで落ち込んでなどいられない。策を講じれば、現状はまだ立て直せるはず。

しかしそう思っていたクリスティーナのことを嘲笑《あざわら》うかのように、もう一つの情報が彼女の元へ飛び込んできた。

『……は？　邱藍珠という黎暉大国人が、外交使節団を助けるためにシュネー城に行こうとしている、ですって……？』

それは、使用人の一人からの情報だ。

現在の宮廷内は皇帝をあまり慕っていないこともあり、忠誠心自体が薄い。だから、ハルトヴィンとクリスティーナは何人かに金を握らせて、情報を得るように言っていた。

前金を払い、情報を渡しさえすれば追加で金を払う、などと言えば、使用人たちはころりと落ちた。

そして今回の情報はどうやら、シュネー城で黎暉大国外交使節団団員たちの世話を任されているうちの一人からだった。

現在彼女たちは皇都におり、皇帝と秘密裏に話をしたのだとか。そしてこれから、シュネー城にいる彼らに会う予定なのだという。

その情報を聞いたクリスティーナがまず思ったのは、『本当に邱藍珠だったのか』という点だった。

そのため詳しく話を聞いてみたが、赤い髪に藍い目をした女性であったことは確実らしい。黎暉大国にいた時点では黒髪藍目だったはずだが、ここにきて変えたのだろうか。しかし赤い髪の女性など滅多にいないため、クリスティーナの中でより信ぴょう性が増した。

その次にクリスティーナが考えたのは、『何故《なぜ》邱藍珠なのか』という点だった。

だって藍珠は、わたしの味方のはず……。

ならば神美を手伝いにきたのかとも思ったが、彼女はなんと黎暉大国外交使節団を助けに来たという。

考えられるのは、藍珠の裏切りだ。でも藍珠はそんなことはしない。だって藍珠は神美《クリスティーナ》だから。

――だったら、何故？

疑問は疑問を呼び、クリスティーナの脳裏は『邱藍珠』のことで埋め尽くされていた。

他の疑問であれば、クリスティーナも無視ができたし、いつも通り冷静な頭で考えることもできただろう。

しかし相手が邸藍珠だったから。

神美《クリスティーナ》にとって自分自身だったからこそ、彼女は感情的な決断を下した。

――そうだわ。黎暉大国外交使節団の面々を、殺せばいいのよ。

しかも殺し方は、フリーデが自ら呷《あお》った毒と同じものにすればいい。そうすれば、フリーデの死も黎暉大国外交使節団団員たちの死も、全て皇帝が仕組んだものなのだと印象付けられるはず。

だけれど、また失敗したらもうあとがないわ……。

クリスティーナは根本的に、他人というのを信用していなかった。また今回フリーデの件が失敗に終わりそうになっていることもあり、彼女の中にあった他人に対しての信用度は、著しく下がっていたのだ。

何より、クリスティーナは藍珠に会いたかった。

会って話がしたかった。

どうして裏切ったのかを聞きたかった。

何より――あなたが裏切ったせいでこんなにも人が死んだのだと、見せつけてやりたかったのだ。

あなたが現れてわたしを裏切ったりしなければ、こんなことにはならなかったのよ。

だってクリスティーナはこの件で、こんなにも心が傷ついた。ならば藍珠もそれと同じくらい傷つくべきだろう。

わたしたちは、二人で一人なのだから。同じ痛みは同じ分だけ味わわなければならない。

そう思い、クリスティーナは笑う。

ハルトヴィンを説得することは、何一つ難しくなかった。

状況を説明して、それらしい理由を述べ、上目遣いでねだれば落ちる。それくらい、自分の意思というものがない、見栄《みえ》といらない矜持《きょうじ》だけで生きている空っぽな人間がハルトヴィンなのだということを、クリスティーナは知っていた。

親子揃《そろ》って、本当にどこまでも愚かだと思う。そしてこんなのが皇族の血を引いているのだから、人格は血で継承されないのだなと改めて感じた。

そうしてクリスティーナは、ハルトヴィンと共にシュネー城へ向かう。

あとは、協力者である使用人に頼んで中へ入れてもらい、彼らが食べる食事やら使う食器やらに毒を仕込めばいい、それだけだった。

なのに。

――城の裏門から中へ入った瞬間、二人は大勢の兵士たちに槍先《やりさき》を向けられることとなった。

全く予想していなかった事態に、二人は唖然《あぜん》とする。

『ちょっとこれはどういう……！』

そしてクリスティーナが、バツが悪そうな顔をしている使用人に向かって叫ぼうとした、そのときだった。

『どうしたもこうしたもない。お前たちははめられたのだ。──わたしたちの手によってな』

そんな声が聞こえてきたのは。

それに反応したのはクリスティーナではなく、となりにいたハルトヴィンだった。

『何故、こんなところに……！』

そんなハルトヴィンの視線の先。兵士たちが二つに割れた先にいたのは、他でもない杏津帝国皇帝・エルベアトだった。

──それから二人は場所を変え、徹底的に荷物検査をされ、そうして毒の入った瓶が見つかった。

それらをきちんと保管するように命じたエルベアトを見ながら、クリスティーナは混乱する。

情報が、情報が間違っている。

なら、どこから間違っていたのだろうか。最初から？　それとも藍珠がいたという点だろうか。しかし考えても結論など出るはずもない。

「――今、どこから間違っていたのかって思いましたよね？　神美」

そんなとき、聞きたかった、しかし今は聞きたくなかった声が聞こえてきた。

クリスティーナは――胡神美は声が聞こえるほうを仰ぎ見た。

「……らん、じゅ」

赤い髪、藍い目。美しい見目。

わたしの、運命のひと。

思わずすがるように藍珠の目を見た神美は、だがしかしすぐ違和感に気づいた。

まるでおぞましいものを見るような、侮蔑の目。

そんな目で、藍珠は神美を見ている。

そして思い出す、思い出してしまう。自身の母親も、そんな目で神美を見ていたことを。

「あなたは、わたしに……わたしたちに、はめられたんです。……本当に、可哀想《かわいそう》に」

そう哀れみを込めた藍珠の声が、どこか遠くに聞こえた――

＊

胡神美を誘《おび》き出すために、邱藍珠の存在を利用する。

今回の作戦はそんな、至極簡素なものだった。

そしてその作戦の立案者である優蘭は、藍珠の傍らに立ちながら作戦立案当時のことを思い出す。

『この国に私たち……特に藍珠さんが来て、黎暉大国外交使節団を助けようとしていることを、彼女たちに教えてあげるのです。──何一つ、嘘偽《うそ》りなく』

そう伝えたとき、その場の反応は二つに分かれた。

一つは、その作戦を聞いて直《す》ぐに作戦内容と大枠を理解した者たち。これは、皓月、空泉、紅儷だ。

そしてもう一つは、それを聞いても意図が理解できなかった者たち──藍珠、エルベアト、アーヒル、トレファンだ。

優蘭は主に後者の面々に教えるために、口を開く。

『まず、神美《クリスティーナ》はとある事情から藍珠さんに執着しています。それはもう、驚くほどに』

『……そうなのか？』

エルベアトがそう問い掛けたのは、優蘭にではなく藍珠にだった。

その問いかけに、藍珠は少し間を空けてから『はい』と答える。

詳しい話をすると長くなるので手短に割愛しつつ、優蘭はここでの重要点を挙げた。

『ここで大切なのは、藍珠さんが来ている、ということを伝えること。実際に藍珠さんを見た者が、神美《クリスティーナ》にそれを伝えること。そして同時に、公女の事件を陛下が自殺で処理しようとしている、という情報を流すこと……計三点です』

何故敢《あ》えて藍珠が来ているところを強調するのか。それはそうすれば、神美《クリスティーナ》が確実に反応してくれるからだ。

そして彼女はまず、それが本当に藍珠なのかどうかを確かめようとするはず。そこでそれが本人だったとなれば、神美《クリスティーナ》はますます混乱する。優蘭にはそんな確信があった。

『その上で公女毒殺事件が自殺で処理されてしまえば、作戦は全て消えてなくなってしまいます。そうなれば人は焦り、焦りは心の隙を生むのです。そんな状況で、彼女のような人が何をするのか分かりますか？』

『……自ら行動しようとする、か』

『はい、陛下。その通りです』

そうなった際の行動は、藍珠に直接会いに皇都へ来るか、もしくは作戦を無理やり立て直すためにシュネー城へやってきて、外交使節団員たちに危害を加えようとするか。この二択。

ただこの辺りは、いくらでも調整が利く話だ。少なくとも、味方がいないためきっと自分で動くであろう神美《クリスティーナ》よりも、優蘭たちの方がよっぽど協力して動きやすい。

そう話せば、エルベアトは頷《うなず》きながらも不可解そうに眉をひそめてみせる。

『だが……こんなにも簡単な作戦で、本当にクリスティーナを誘き出すことができるのか？』

『できます』

優蘭は敢えて断言した。確信があったからだ。

なんせここには、藍珠がいる。

神美《クリスティーナ》に限って言うのであれば、何よりも食いつきが良い存在《い》が。

そんな藍珠がこちらにいる限り、この作戦が失敗することはあり得ないのだ——

そしてその予想違《たが》わず。

神美《クリスティーナ》は感情的な行動をし、それはそれはもう呆気《あっけ》ないくらい簡単に、虞淵《ハルトヴィン》共々兵士たちに捕まった。

そして城内の一室で身ぐるみ剝がされ、持っていたものを全て没収され簡素な衣に着替えさせられた姿は、あまりにも惨めだった。既に囚人となったことが決まったかのようだ。

その様を、優蘭と皓月、紅儷と一緒に遠くから確認していた空泉は、感心したように言う。

「いやはや、やはり珀夫人は素晴らしいですね」

「……今回に限って言うのであれば、江尚書も素晴らしかったと思いますよ」

事実、シュネー城にいる内通者を利用しようと言い出したのは彼だし、「そのついでに、過激派のネズミも捕らえませんか？　内部の掃除もできて規律を正すこともできますし、一石二鳥ですよ」なんて大胆な発言をしてエルベアトにドン引きされていたのも彼だ。本当に裏工作やら人をはめて落とす手が得意すぎる。

すると、そんな様子を見つめていた皓月が、ポツリと呟《つぶや》く。

「……黒幕の結末なのに、あまりにも呆気ないものですね。正直、拍子抜けしました」

確かに彼らの転落は、あまりにも呆気なかった。まるで、二国を陥れようとした悪人とは思えないほどに。

すると、空泉が笑いながら言った。

「確かに呆気ないですが、ここは所詮他国ですし。関係していたとはいえ、我々は部外者ですからね。実感はあまりできないのでは？」

「確かに」

「それに、事件解決に花がないのは全て、皇帝陛下の演出が地味だからですし。我々のせいではありませんよ」

さらっと辛辣なこと言うわよね、この人……。

別に理解したくはないが、空泉は間違いなくエルベアトのことが嫌いだろう。おそらく手のひらの上で転がすには楽な生き物だと思っているだろうが、内心つまらないなと思っていそうだった。

「それに現場が地味であっても、時報紙にはそれはそれはもう大々的に悪人だと載ると思いますよ？　そうでなければ、自分たちが被害者だと声高に叫べない国もあることですし」

それは間違いなく、珠麻王国のことだろう。

まあ、もし彼がそんなことを叫んでも、商人たちがもう証拠を摑《つか》んでいるのだから意味ないのだけれどね……。

敵に回す相手を間違えた、というのはこういうことを指すのだろう。

少なくとも、この二人が捕まったということで、国を問わず数多くの不正が暴かれるんでしょうね……。

そんなことを、優蘭は他人事《ひとごと》のように思う。

すると、空泉が肩をすくめた。

「まああとは、杏津帝国皇帝次第、といったところでしょう。少なくとも彼らを裁くのは、彼ですから」

「……そうですね」

「ただ、珀夫人たちの活躍がその中に記録されないのは、いささか悲しい話ですが」

そうは言うが、一国の皇帝が他国の官僚の力を借りて黒幕を捕まえたなど、格好がつかないだろう。

何より。

「我々が関与していたことが大っぴらになれば、すなわち藍珠さんの出生がつまびらかにされる可能性が高くなる、ということです。それは、黎暉大国側としても本望ではないでしょう？」

だから裏方は、舞台から早々に立ち去るのが一番なのだ。

――少なくとも今回の主演であり英雄は、エルベアトであるべきなのだから。

＊

そうして、公女毒殺事件もあっさり解決し、黎暉大国外交使節団の冤罪《えんざい》も晴れた。

ようやく解放された一同は、四国をも揺るがす大騒動の片隅でひっそりと――不法入国という点にはエルベアトが目をつむっていてくれることになっている――各々の国へ帰国することになったのだが。

優蘭にはその前にやりたいこと、否、やらなければならないことがあった。

それは、アーヒルへの礼。そしてトレファンに優蘭の決意を伝えるためだった。

――早朝、シュネー城裏門前にて。

優蘭は皓月と共に、首都を通って珠麻王国へと帰国しようとしているアーヒルとトレファンの元へやってきていた。

その日の空は抜けるように青く澄み、空気はキンと冷えていた。この分なら今日雪に降られるようなことはないだろう。外に出るならばうってつけの日だった。

そんな空の下、荷馬車に荷物を積んでいた二人に、優蘭は声をかける。

『アーヒル様、トレファンさん。おはようございます』

『やあ、ユーラン。おはよう、今日はいい朝だね』

『……おはよう、優蘭さん』

すると、皓月がアーヒルを誘い、何やら楽しそうに話をし始める。どうやら優蘭がトレファンと二人きりで話すための時間を作ってくれるらしい。

そんな気遣い上手の夫に心の中で礼を言いつつ、優蘭は荷運びを続けるトレファンに向き合った。

『……トレファンさん。一つ、お話があります』

『……改まって、なんだ？　礼は十二分に尽くしてもらったように思うのだが』

『いえ、トレファンさんにだからこそ、お伝えしておきたかったことがあるのです』

優蘭は、すうっと息を吸い込んだ。そして真っ直ぐとトレファンを見る。

『私は今、黎暉大国で後宮にいらっしゃる妃嬪方《ひひんがた》の、健康と美容の管理をしています。それより以前も、美と健康両面を重視して、商人として働いてきました』

『……それが？』

『……この考えを抱くようになったのは、エルーシア様の件があったからなんです』

ぴたりと、トレファンが荷物を抱えたまま固まった。

畳みかけるなら、今しかない。

そう思った優蘭は、言葉を続けた。

『だから、お願いがあるのです。トレファンさん……どうか最後まで、私のことを見張っていてくださいませんか？』

『……どう、いう……』

『私が愚かな過ちをしないか、同じ行動を取らないか。あなたに見張っていて欲しいのです。そして、もし間違ったことをしていたなら、どうかそのときは私のところまで殴り込んできてください。──どうか、私の覚悟を最後まで見届けてください』

死のうとしないで、とは言えなかった。まだ確証がなかったし、何よりそんな言葉が届くときはとうに過ぎ去っているからだ。トレファンの覚悟はそれくらいのものだろう。

だから優蘭は敢えてこのような言い方で、トレファンに「死なないで欲しい」と伝えた。

責任感の強い彼ならば、このお願いを聞いてくれると思ったからだ。

だって、彼の唯一の妹のことだから。そして何より、その友人である優蘭が、これから先も忘れないでいると宣言したようなものだったから。

そしてその意図が伝わったのか、トレファンはふうとため息をこぼす。

『……一体いつから気づいていたのだ？』

死のうとしていたことにいつから気づいていたのだと、トレファンは言った。どうやら、上手《うま》く隠せていると思っていたらしい。

確かに、トレファンさんはどこまでも普通だった。

でもなんとなく違和感があった。そして彼の覚悟から、それが伝わってきた。理由などそれくらいだった。

『なんとなく……ですかね？』

『そうか……そう、か』

吐き出すような、そんな言葉に優蘭はハラハラする。しかしそんな優蘭の心情が伝わったのか、彼は苦笑した。――それは優蘭と再会してからは見せることがなかった、気の抜けた笑みだった。

『……そんな顔をしなくとも、大丈夫だ。そこまで言われたからには、見届けないとな』

『ッ！　あ、ありがとうございます！』

そうして勤め先に関して話をしようとしたが、上手く丸め込まれてしまった。そこまで世話になるわけにはいかない、とのことだ。彼なりの矜持《きょうじ》もあるだろうから、と思い優蘭は残念に思いながらも引くことにした。

それから、優蘭はぽつりと呟く。

『……今度、お墓参りに行かせてください』

『ああ。貴女《あなた》なら大歓迎だ。……エルーシアも喜ぶ』

それじゃあ、また。

そんな、まるで友人に対してのような挨拶をして、優蘭はトレファンと別れた。

すると、少し先で皓月が待っていてくれている。

「優蘭。お話はできましたか？」

「はい、ありがとうございます、皓月。これで心置きなく、帰国できます」

「それはよかったです」

皓月には事前に、トレファンがどんな人物なのか話してある。そして優蘭の後悔と、この仕事を始めようと思った理由を知っていた彼としては、きちんとした別れができるようにしたかったのだろう。その配慮を、心から嬉《うれ》しく思う。

それにしても……これでようやく、全て終わったのね。

＊

荷物を全て荷馬車に積み終え、行きと同じように申し訳程度についている荷馬車の椅子に腰かけたトレファンは、密《ひそ》かにため息をこぼした。

まさか妹の唯一の友人が、自分が死のうとしていることに気づくなんて。

隠しきれているつもりだったのだが、どうやらそこをすんなりと見破ってしまったらしい。

本当に……これに関しては、彼女の成長を喜ぶべきだろうか。

俺と会った頃は、あんなにも小さかったのに。

当時のことを追想し、トレファンはふと笑みを浮かべた。しかし同時に妹の顔が浮かび、ぐっと唇を噛《か》み締める。

――一番初めに思い浮かぶのはいつだって、エルーシアが首を吊《つ》って自殺した姿だった。

母は悲鳴を上げて倒れ、父はすぐに助け出そうと倒れていた椅子を引き寄せていた。

かく言うトレファンは、ただ母のことを抱き寄せながら目の前の光景を信じられないままでいた。

それから母が衰弱死し、親戚から追い出され、父と共に珠麻王国に逃げるように向かってからも、現実感を持てないままだった。

ならば復讐《ふくしゅう》を果たせばそれも持てるようになるのかと思い、父と共に例の医者を追い詰めてみたが、その感覚はなくならないまま父が死に、本当の意味で独りになってしまった。

玉商会の夫人と偶然出会うことができたため墓をこしらえることはできたが、それからもただ漫然と日々を過ごした。正直、生きているのか死んでいるのか自分でも分からない日々だった。

それでも、事あるごとに夢に見るのだ。

妹の、母の、父の死を。

――もうとっくに、彼らの声も笑顔も忘れてしまったというのに。

しかし何故《なぜ》だろうか。今回優蘭から話を聞いて思い浮かんだのは、トレファンと同じ銀色の髪を揺らしながら、お気に入りの中庭で日傘片手に微笑《ほほえ》む、エルーシアの姿だった。

『お兄様』

久しぶりに鼓膜を揺らした軽やかな声音に、トレファンはぐっと目をつむり息を吐き出した。

他の何をもってしても、心は全く動かなかった。最後に故郷に帰ってくれば何か思い浮かぶかと思ったが、胸に広がったのは貴族たちの醜悪さに対する怒りだけだったのだ。それは、本来欲しかった思い出とは程遠い。

トレファンがそれを感じたのも、彼の心中にわずかながらも残っていた貴族としての矜持のようなものだろう。

それを感じ取ったとき、トレファンは改めてこの世に対しての興味関心を失《な》くした。

だからもう、生きている意味もなかったのに。

『――どうか、私の覚悟を最後まで見届けてください』

そう言い、トレファンのことを真っ直ぐと見つめてきた女性の姿を見た瞬間、全てが終わりようやく息ができるような、止まっていた時間が動き出したような気がした。

……珠麻王国に戻ったらまず、職探しをしなければならないな。

そんなことを考えている自分に気づき、トレファンは苦笑する。

死ぬつもりで身辺整理をしたというのに、まさかこんな形で再就職を考えることになるとは思わなかった。しかも、その功績をつまびらかにできないとはいえ、国の問題を解決して戦争による大抗争を止めた後に、だ。

まあ本来の生活というのはそういうものなのだろう。国をいくつ救おうが人がいくら死のうが、世界は止まることなく続いていく。どこまでもどこまでも、当たり前のように。

トレファンは今日改めて、そのことを実感したような気がした。

同時に、もうあのときのように立ち止まらなくてもいいのだと、家族のみんなに背中を押してもらえたような気がする。

もちろんそれはトレファンが勝手に抱いた幻想にすぎなかったが、幾分か心が楽になる。

そうして詰めていた息を吐き出せば、ふと声をかけられる。

『トレファンさん』

アーヒル・ラティフィ。アーヒル家の息子であり、今回の一件に大きく貢献をした人物だ。

目の前に座る彼から話しかけられたトレファンは、瞼《まぶた》を開きながら視線を向けた。

『どうかしただろうか』

『いや、珠麻王国に戻ったらどうするのかなと思って』

まさかつい先ほどまで考えていたことを問われるとは思わず、トレファンは目を丸くした。そして破顔する。するとアーヒルが首を傾《かし》げた。

『え、僕、何かおかしなことを言ったかな』

『失礼。ただつい先ほど考えていたことを言われたから、思わず笑ってしまっただけだ』

『考えていたこと？　これからについて？』

『ああ。……そして俺が珠麻王国に帰還して最初にやることは、職探しだよ。アーヒル』

普段であればこんなことを言ったりはしなかったが、今日は気分がよかったため素直に伝えた。すると、アーヒルが目を丸くする。

『驚いた』

『……何にだ？』

『だって僕はこれから、君をうちの商会に勧誘しようと思っていたから』

ぴたりと、トレファンは動きを止めた。浮かれていた気持ちから一変、頭の芯がすうっと冴《さ》えていくような気がする。

トレファンはじっと、アーヒルの目を見た。彼はにこにこと笑みを浮かべている。

貴族はもちろん大嫌いだが、トレファンは商人も苦手だった。貴族たちよりもよっぽど腹芸に長《た》けているからだ。唯一ありがたいのは、彼らの根幹にあるのが損得勘定、という点だろうか。

だからトレファンは考える。今回の旅で一体、アーヒルがトレファンの何に価値を見出《みいだ》したのかを。

それを探る名目で、トレファンは無難な質問を口にした。

『……一体どういう理由で？』

『どういう理由だと思う？』

まるでそれを含めて期待されているような問いかけに、トレファンは密かにため息をこぼした。同時に、頭を回転させていく。

こういうことを予想するときに重要となってくるのは、今アーヒルがどういった問題を抱えているのかだ。そこまで考え、トレファンはため息をこぼす。

『……なるほど。俺が貴族だった点を買ってくれたのか』

『さすがトレファンだね。大正解だよ』

アーヒル……より詳しく言うのであれば、珠麻王国にいる商人たちにとってこれから重要となってくる問題は、国にいる王族と貴族たちとどのように渡り合っていくか、だ。

正直、今までのように飼い殺すのであれば商人たちだけでも良かっただろう。しかし商人たちはきっと、これを機にそれ以上の利益を狙うはず。

――そこで重要となってくるのが、貴族視点なのだ。

貴族ならば何を考えるのか、どんな行動を起こそうとするのか。そういった視点が、商人たちにはない。そしてそれは当たり前だ。そもそも根っこが違うのだから、いくらその思考を理解しようとしてもできない。

しかしトレファンのような、異国とはいえ元貴族がそこに入れば、どうなる？

アーヒルたちはその一点でのみトレファンを求め、そしてそこからくる可能性に期待を寄せているのだ。

……随分と高く評価されたものだな。

そう思ったが、同時にトレファンは、それが滅多にないいい機会だと感じた。

なんせ、相手はあの、珠麻王国で一、二を争うくらいの大商人一家の息子だ。六男で研究者ということもあり、これといって商人らしいことをしてきていないらしいが、とんでもない。彼はどこまで行ってもあのラティフィ家の人間だ。でなければこうして、トレファンを勧誘しようなどとは考えもしなかっただろう。

もちろん、失敗したときのことを考えれば恐ろしくもあるが、トレファンにはもうそれを躊躇《ためら》うだけの枷《かせ》がなかった。そして何より。

……ラティフィ家で働いて功績を残すことができればきっと、黎暉大国へ気楽に赴く機会も増える。

そしてそれは、優蘭がくれた生きる意味を果たすことにも繋《つな》がる。

今のトレファンにとって大切なのは、記憶の中でようやく笑ってくれるようになった家族。そしてすっかり大きくなった妹の親友が残してくれた生きる意味を、辿《たど》ることだけだ。

ぐっと唇を噛み締め、トレファンは腹をくくった。

『……分かった。その申し出、受けよう』

『それはよかった！』

『ただ一つ、条件がある』

『……へえ、条件か』

まさかここで条件を付けてくるとは思っていなかったのだろう。

それはそうだ、あのラティフィ家で働けるなどそれだけで光栄なことなのに、まさか条件ときた。この場に第三者がいればきっと、トレファンの愚かな行動を咎《とが》めただろう。しかしここには、トレファンとアーヒルの他に誰もいないのだ。

だがその一方で、アーヒルは至極楽しそうな顔をして首を傾げる。

『いいよ、話だけは聞こう』

『別に無理難題ではない。ただ、もし俺があなたたちが望むだけの功績を残せたら……そのときは、黎暉大国に自由に出入りできる権利が欲しい』

ぽかん、と。アーヒルが目を丸くした。

『……え、それだけ？』

『ああ』

『本当に？』

『まさかこの場で冗談を言うとでも？　いくら俺が怖いもの知らずとはいえ、この場でそんなことをするほどの度胸はない』

すると、アーヒルはトレファンを見つめ、頷《うなず》いた。

『もちろん。功績さえ残してくれれば、もっと大きな野望だって叶《かな》えてあげられるよ』

『……杏津帝国皇帝になりたい、というものでも？』

『さすがにそれは分かりやすい冗談過ぎないかな？』

『そう思われているようならばよかった』

事実冗談だったが、今回こんなことを言ったのはアーヒルがトレファンに対してどういった印象を持っているのかを把握しておきたかったからだ。まさかここまで約束しておいて不義理を働かれるとは考えにくいが、用心するに越したことはない。

気を抜けばいつだって、足をすくわれるのだから。

しかしそれの何がおかしかったのか、アーヒルはますます愉快そうに笑った。

『ねえ、トレファン』

『……今度はなんだ』

『僕たち、友人にならない？』

『……は？』

あまりにも突拍子もないことを言われたが、アーヒルの目は本気だった。それを感じ取り、トレファンは密《ひそ》かにため息をこぼす。

本当に全く——これからの人生、退屈することなく過ごせそうだ。

思ってもみなかった流れに内心笑い、しかしこの縁を結んでくれた妹の友人に感謝しながら。トレファンは久方ぶりに、これから先の未来について考えたのだった。

＊

——春の香りがする。

そう思いながら。珀皓月は馬車の外を見た。

黎暉大国を出たときはこれでもかと積もっていた雪はすっかりなくなり、わずかに道に残るだけとなっている。

ようやく戻ってきた故郷であり、黎暉大国の中心部である都・陵苑《りょうえん》。

外交使節団は、民衆の歓声に迎えられながら宮廷までの道のりを歩いていた。

まるで英雄が帰還したかのような騒ぎに、思わず苦笑する。同時に、優蘭がとなりにいないことに、一抹の寂しさを覚えた。

だが、彼女たちが杏津帝国に向かったことは、極秘事項である。少なくとも民衆に知られてはいけないし、何よりその一行の中に邱藍珠――杏津帝国皇帝エルベアトの隠し子がいたという事実だけは、決して知られてはいけないのだ。

それは、杏津帝国との関係を再構築していく上で最も必要となってくる駒なのだから。

ただそれでも、本来であればこの歓声を受けているべきであろう功労者たちがいないことは、とても残念だ。

「彼らはまさか思いもしないでしょうね。この国をまたぐ大事件を解決したのが、あのような細腕の女性たちだとは」

――そして、現在向かい側に座るのが礼部尚書・江空泉だという事実も、皓月にとっては心の底から残念に思う理由の一つだった。

内心ため息をもらしながら、皓月は頷く。

「それはそうでしょう。そして何より、そんな者たちの献身によって自分たちが救われたということなど、彼らがこれから知ることはないのです」

「残念ですね、実に残念です」

「……本当にそう思っていらっしゃいますか？」

「もちろんですよ。優秀な人材はいつだって大歓迎ですから」

彼女たちのような女性たちが官吏となれる制度があれば、きっと宮廷ももっとましになると思うのですが。

そんな本気なのだか冗談なのだか分からない言葉を吐く空泉に、皓月は色々な意味でぞっとした。もしそれが実現するのであればとても喜ばしいことではあるが、女官吏たちがこのねちねちとした男の指導を受けることになり、挙句気に入られてしまったときのことを思うと、なんとも言えず申し訳ない気持ちがこみ上げてくる。

しかし空泉の言うことには、頷かざるを得ない。

「……そうですね。少なくともこれからの黎暉大国には、才ある人間を放っておけるような、そんな余裕はありませんから」

皓月は知っている。後宮にいたから知っている。女性たちの強《したた》かさと美しさを。

そして性別など関係なく、彼女たちにはそれを十二分に武器にしていけるだけの力があるということを。

　皓月はそれを、今回痛いほど学んだ。

　そう思い頷けば、空泉が驚いた顔をして皓月を見ている。

「珍しく意見が一致しましたね」

「そうですね。……ですが、わたしの妻には極力近づかないでくださいね」

「これはこれは。手厳しいですね」

　そう笑う空泉の声と、民衆の歓声が重なった――


　ようやく馬車が宮廷に辿り着き開門するのを見たとき、皓月は少なからず驚いた。

　行きよりも大勢の官吏――否、ほぼ全ての官吏が、道を挟んで整列している。その仰々しさは、まるで本当に英雄をたたえているかのようだった。皓月たちはそんなものではないのだが。

　しかし同時に、気づく。道の先にある宮廷の入り口、階段の上に、紫色の敷布《しきふ》が敷かれているのを。

　皇帝・劉亮《りゅうりょう》。

　この国の皇帝であり、皓月が幼い頃から仕えている主人が、椅子に鎮座して皓月たちを待ち構えていた。

横には左丞相・杜陽明と、代理宰相である珀風祥《はくふうしょう》が佇《たたず》んでいる。久方ぶりに見た父の姿に、皓月は少しだけ懐かしさを覚えた。

そして気づく。

仰々しいのではない。本当に大層なこととして、皇帝は外交使節団員たちの帰還を扱っているのだ。そのことに、なんとも言えない胸の高まりを感じた。

思わず緩みそうになる頬をなんとか抑え、皓月は先頭に立ち皇帝の前まで歩く。

使節団一同が起拝の礼を取ると、皇帝が「面をあげよ」と告げる声が聞こえた。

「珀皓月、並びに江空泉。よく無事に戻った」

『ありがたきお言葉にございます』

声を揃《そろ》えて礼を述べると、劉亮はぽつりと小さな声で言う。

「……そして、花園の管理人とその同伴者たちに、心からの賛辞を送ろう」

それを聞き、皓月は目を見開く。

小さな声故に、劉亮の両脇に控えていた陽明と風祥、前方で礼を行《おこ》なっていた皓月と空泉しか聞こえなかっただろうが、それは間違いなく今ここにいない優蘭と紅儷、藍珠に送る最大級の褒め言葉だ。

劉亮は滅多なことがない限り褒めない。そんな主人が敢《あ》えてこの場でそう伝えたということは、大いに価値のあることだった。

「……ありがたき幸せにございます」

妻の代わりに劉亮からの言葉を受け取った皓月は、今頃後宮にいるであろう妻の姿を思い浮かべ、噛《か》み締めるように笑みを浮かべたのだった。

＊

解けかけの雪がわずかに残る道。そして、馴染《なじ》み深い活気ある声と言語。

馬車の中でそれを聞き、珀優蘭はようやく帰ってきたことを実感した。

陵苑。黎暉大国の首都であり、優蘭たちの屋敷《やしき》がある場所。

ここを出たときとは違い、すっかり春の前触れを感じさせる気候に、優蘭はほう、と息を吐き出した。

そっか……ようやく。ようやく終わったのね。

この光景を見るまで、優蘭の心はどこか緊張したままだった。それはきっと、それだけの場面にさらされる期間が長かったせいだろう。

しかし聞き馴染みのある黎暉大国ならではの言語と雰囲気を浴びてようやく、それが解けた気がする。

「……ようやく帰ってこられましたね」

そう言い、優蘭は同伴者である郭紅麗、そしてこの大事件の一番の功労者である邱藍珠に笑いかけた。

すると紅麗は笑みを浮かべながら肩をすくめる。

「ああ、よかった。……本当に長い冬だったな」

「本当に……そうですね」

藍珠も頷く。そして、どこか夢見心地な表情で口を開いた。

「……未《いま》だに、帰ってきた実感が湧きません。帰ってこられるとは、思ってもいませんでしたから……」

「……そうですね」

その発言に、優蘭は苦笑した。

本当に……無事に帰ってこられたのは、様々な縁のおかげよね。

くしくも、母が言ったとおりになった。今回の件が成功したのは正しく、縁の力だ。

優蘭が結んだ縁、皓月が結んだ縁。

それらが複雑に組み合わさり、織り上がり、それはそれは美しい織物《おりもの》になった。そんな気分だ。誰が欠けても駄目だった。今こうして生きて帰ることができたのは、偶然が幾重にも重なって起きた奇跡のようなものだった。

そう思った優蘭は、それを口にする。

「たくさんの予測不能な事態に見舞われましたが……今回無事に責務をまっとうできたのは間違いなく、ここにいる全員の力があってこそです」

残念なのは、そんな奇跡が衆人の前にさらされることなく、このままひっそりと溶けてなくなってしまう点だろうか。

本当に勿体《もったい》ないわ……。

しかしそれが正しいことを、ここの三人は誰よりも深く理解している。そして誰に労《いたわ》られなくとも、誰に讃《たた》えられなくとも。自分たちが正しいことをしたと、分かっているのだ。

だからこそ優蘭は、それを口にした。

「私たちは頑張りました！」

「……ああ、そうだな」

「……はい」

「だからこそ……自分たちが守りたかった者たちがいるところに、帰りましょうか」

そう言えば、二人は穏やかな顔をして優しく微笑《ほほえ》んだのだった。

——そうして途中で紅儷を降ろし、藍珠と後宮の裏門から入って彼女を無事に送り届けた優蘭は、その足で健美省《けんびしょう》に向かっていた。

道中でそれとなく確認はしたが、後宮は優蘭が知る限りいつも通り機能しているように思う。そのことに安堵《あんど》しつつ、どことなく寂しさも覚えた。

三ヶ月は留守にしていたはずなんだけど……私がいなくてももう、後宮は機能するみたいね。

それは喜ばしいことであり、同時に少し……ほんの少しだけ悲しいことでもある。

誰かに必要とされたい。そういった欲求は、誰しもが少なからず持つものだ。優蘭とてそうだ。

しかし、人ひとりいなくなった程度で機能しなくなる機関など、欠陥もいいところだ。

だからこそ、今のこの状況は正しい。正しいからこそ、寂しい。

まあ、それはいい。ただ。

……なんだかんだ行く前にああ言ってくれたけれど、妃嬪方《ひひんがた》が私に直接お帰りを言ってくれるような機会って、ないのよね。

こちらの寂しさだけは、どうにもできなかった。

だって優蘭は、ただの心労で長期休暇を取っていただけの人間だ。そんな彼女にお帰りを言う機会は顔合わせのときだが、優蘭とて一人一人に対してその時間を取れるほど暇ではないのだ。せいぜい、戻ってまず挨拶に向かう四夫人にそれを言ってもらうくらいだろうか。

ああ、なんだか悲しくなってきた。

当然のことなのだが、それでも。いってらっしゃいと送り出してくれた全ての妃嬪たちにただいまと言いたかったし、おかえりと言って欲しかった。

そんな矛盾する感情に内心笑いながら、優蘭は水晶殿《すいしょうでん》に足を踏み入れる。

――瞬間、がしりと手を掴《つか》まれた。

「ヒッ!?」

突然のことに二の句が継げないでいると、そこには死んだような顔をした梅香《ばいこう》がいた。

「やっと……やっと長官がきたっ！」

「え？」

そんな叫びに、ばたばたと各所で不審な音が響く。

見れば、そこにはやつれた五彩宦官《かんがん》の姿があった。

「ちょ……長官ーーー!!」

「やった、俺たちの救世主だ……っ」

「俺たちは救われたーーー!!」

「やっべ、涙出てきた……」

「解放感!!」

正直、あまりの大歓迎具合に優蘭は若干、いや大いに引いていた。怖い。まだ春だというのに怪談は早いと思うのだが。

というより、一体何があったのだろうか。そう思っていると、優蘭の執務室から一人の女性が姿を現す。

「優蘭様」

「れ、麗月《れいげつ》……一体全体どういう状況なの……？」

蕭《しょう》麗月。

皓月の双子の妹であり、優蘭の頼れる腹心である彼女は、他の面々とは違いしゃっきりとした姿のまま事情を説明してくれた。

どうやら、優蘭たちが後宮を離れている間に、色々なことが起こったらしい。

喧嘩《けんか》の仲裁はもちろんのこと、大小様々な諍《いさか》い、意見の食い違い……それが妃嬪たちだけならまだしも、女官間でも起きたときた。

どうやら健美省は問題に次ぐ問題で、今にも崩れ落ちそうになっていたらしい。

それを聞き、優蘭は震えた。同時に、今までそんなところも含めて仕事をしてきたかしら？　と首を傾《かし》げる。

するとそれを見た麗月は、優蘭の背中を押しながら執務室へと歩き出した。

「まあ今回こんなにも疲れているのは、他にも理由があるのですが……」

「え？」

「さあどうぞ、優蘭様。――見れば分かります」

そう言われ、中へと足を踏み入れたとき——その華やかさに、優蘭は目を見開いた。

牡丹《ぼたん》、薔薇《ばら》、芍薬《しゃくやく》。それだけでなく、異国原産の花でもある花一華《はないちげ》、鬱金香《うこんこう》などまで。とにかく春の花があふれんばかりに咲き誇っていて、優蘭は目を瞬かせた。

「これは……」

「妃嬪方……特に四夫人が、優蘭様が帰られるのに合わせて、春の花を用意するようにと仰《おっしゃ》りまして。温室を使い育てていたのです。庭師の仕事ですが人員が足りず、我々健美省もお手伝いしまして……まあこの有様《ありさま》です」

「わ、わあ……」

嬉《うれ》しい。嬉しいがそれ以上に複雑だ。もう、部下をどんな顔をして見ればいいのか分からない。まさか優蘭のせいだったとは。

すると、麗月が懐から文を取り出した。

「そして優蘭様。妃嬪方からご意見文が届いております」

「帰って早々!?」

「はい。読み上げさせていただきますと、要約するに——『春の花が見頃だから、後宮の妃嬪たち皆が参加できるお茶会を開いて！』……でしょうか？」

それを聞いた優蘭は、目を見開いた。

優蘭の考えが正しければ、それは……。

……「おかえり」と言いたいから、それを遠慮なく言える場を提供してくれ……ってことよね？

その考えは正しかったらしい。麗月が呆《あき》れたように肩をすくめた。

「皆様、優蘭様のお帰りを心待ちにされていたのですよ？　ですから健美省の誰も、優蘭様に対して『おかえり』という権利が与えられていないのです。抜け駆け禁止、だとか」

「……なに、それ……」

「ふふ。もちろん、紅儷様、邱充媛《じゅうえん》も参加です。紅儷様は、郭将軍に迎えに行っていただいています――ですので優蘭様の本日最初の職務は、温室にて茶会を開くこと、です。……準備は滞りなく終わっていますから、ご安心を」

優蘭は、自分の頬がどうしようもなく緩んでいくのを感じた。

もう本当に、本当に。

こんなにも最高な仕事、最高なお茶会はあるだろうか。

今まで開いた中で一番だと、優蘭は心の底から断言できる。

何よりそれを用意してくれたのが部下たちだということ。そして春の。長い冬の終わりを告げる花を使ってと頼んだ妃嬪たちの温かさに、言葉に表せない感情がこみ上げてくる。

その全てを嚙み締め、呑《の》み込み。優蘭は満面の笑みを浮かべた。

「……分かった！　なら、行きましょうか！」

――そうして様々な春の花が咲き乱れる中、後宮にいる全ての女性たちが参加する茶会が開かれた。

『おかえりなさい！』

そして帰還者を讃える大喝采が、温室の中でだけ響いたのだった――

終章　寵臣夫婦の仕事はこれからも続いていく

それから三年後——春。

黎暉大国《れいきたいこく》では、四大祭事の一つである牡丹祭《ぼたん》が開かれていた。

牡丹に溢《あふ》れたいつも通りの光景の中、今年は少し違う点も存在する。

それは、杏津帝国《あんつていこく》と珠麻王国《じゅまおうこく》、和宮皇国《かずのみやこうこく》の使者が参加しているところだ。

今までならば絶対見なかった光景が、こうして叶《かな》っているのは何故《なぜ》なのか。

それは公女毒殺事件という四国を揺るがす大事件が起きた後、各国の情勢がそれぞれ変化したことが理由である。

一番の改革を余儀なくされたのは間違いなく、杏津帝国だろう。

皇帝エルベアトは、異母弟・ハルトヴィンとその愛妾《あいしょう》・クリスティーナの二人を、国家反逆罪により極刑にした。これにより、彼らに追従していた過激派もその罪を問われ、裁かれた。それもあり、過激派は事実上、完全に鎮圧されたのだ。これにより、治世はだいぶ安定したという。

また国民たちも、自身の弟であるにもかかわらず厳しい処分を下した皇帝に少なからず感心し、以前よりも支持率が上がったそうだ。

まだ内部のごたごたは残っているものの、一人息子である皇太子と共に国力を回復させていっているという。――いずれは、北部の問題にも手をつけるとのことだ。

次に変化したのは、珠麻王国である。

珠麻王国は、あの大事件の後、貴族たちが糾弾される形となった。

理由は、新興宗教の広まりに気づけなかったこと。また直《す》ぐに対応できなかったこと。そして王家《おう》が密《ひそ》かに、首謀者二人と繫《つな》がっていた証拠が出てきたためである。

これにより、元から商人たちによって抑え込まれていた権力がさらに貴族たちの手を離れ、大商人たちに移ることとなった。

しかし貴族たちも黙ってはいない。持ちうる武力を投入して商人たちと全面交戦を行《おこ》なったそうだが、大商人たちが持つ私兵団によって弾圧。これにより、貴族たちは没落。唯一かろうじて残ったのが王族だったが、それも大商人たちにとって都合の良い象徴としてのお飾り程度の存在にさせられてしまった、とか。

それもあり、いいとこ取りをしようとして一番のしっぺ返しを喰《く》らった国と言えよう。

本日珠麻王国からやってきた使者は、アーヒルとトレファン。この二人であったことは、何の因果か、はたまた必然か。それを知るのは本人たち以外にはいない。

そして和宮皇国はというと、代替わりを果たした。というのも、その理由の一つに三年前の陽動班との押し問答が関係しているらしい。その際の対応の悪さが、問題視されたのだ。

またそのせいで、皇后が杏津帝国過激派と通じていることが判明。杏津帝国の過激派が弾圧されるのと同時に、和宮皇国でも対応を余儀なくされた。

そしてそれが、先帝と皇太后の幽閉に繫がる。

いまだに自分たちの権威を復活させようと目論《もくろ》んでいるらしいが、意外とその子どもである帝《みかど》、帝妹が上手《うま》くやりこめているそうだ。

周りがあまりにも派手だったためにそれほど取り上げられてはいないが、なんだかんだと変化をしたのが和宮皇国だったと言えよう。

――そして、黎暉大国。

黎暉大国は三年前まで、周りと比べると国力がだいぶ落ち込んだ国だった。

しかし杏津帝国との一件もあり、戦争が起きる心配もしなくてよくなった。また周辺諸国との関係を見直してお互い対等だと言える立場に変え、外交や貿易関係も前より盛んに行なうようにしたのだ。その甲斐《かい》あってか、状況はだいぶ持ち直したと言えるだろう。

また紫薔《ししょう》が皇子を産んでから、翌年に明貴《めいき》が姫を産み、翌々年には静華《じょうか》と鈴春《りんしゅん》がそれぞれ姫を産んだ。それにより一層、後宮は賑《にぎ》やかになり――もちろん、また違った問題が浮上したが――また国も一層栄えたという。

そのため今回の四国の使者揃《そろ》っての祭事参加は、黎暉大国が今まで行なってきた外交施策が実をつけたものだと言えよう。

四国はこの牡丹祭にて集まり、署名を交わすことで、大きな同盟を結ぶ運びとなったのだった。

つまり四国にとって今日は、大きな節目の日なのだった。

そして黎暉大国にとっても、今日はとてもめでたい日となる。

それは何故か。

——四夫人の中からとうとう、皇后が選ばれるからだ。

何百人にもなる妃嬪《ひひん》たちが起拝の礼を取って待ち受ける中、皇帝は玉座から立ち上がった。

そしてそばに控えていた宦官《かんがん》から牡丹の花を模した冠を受け取ると、それを掲げる。

「これより余は、黎暉大国の国母を選ぶ。四国揃っての祭事という、歴史的に見てもとてもめでたい日にこのような祝いを行なえること、心より嬉しく思う！」

そう前口上を告げてから、皇帝は並ぶ妃嬪たちの前を過ぎ去る。

そして目的の人物——貴妃《きひ》・姚《よう》紫薔の前で立ち止まった皇帝は、その頭にそっと牡丹の冠を載せた。

「これより姚紫薔の名を王紫薔とし、この国の国母、皇后にする――」

そうして花々が降り注ぐ中、歓声と拍手が会場に響き渡ったのだ――

＊

――そんな、歴史的な日から数日後。

健美省《けんびしょう》長官である珀優蘭《はくゆうらん》は、いつも通り職務に臨んでいた。

何せ、後宮には問題ごとが絶えない。それはそうだ、これだけの数の女性たちが一堂に会している以上、揉《も》め事《ごと》が起きないはずがない。

そのため、どんなにめでたい日の後であろうが、大事を為《な》した日の翌日であろうが、優蘭の取る行動に変わりはない。それが、健美省という職場だった。

しかし三年も経《た》ち、人員補充も叶い、部下たちの教育の結果も出始めてきた現状は、優蘭にとっても大変喜ばしい。

……と言っても。妃嬪関係のゴタゴタは私が直接出向かないといけないんだけどね。

そんな心の声に応えてしまったのか。一人の女官が優蘭の執務室に飛び込んでくる。

「長官！　大変です！　徳妃《とくひ》様が……！」

何何何？　何っ？　相変わらずね!?

皇后が決まったのだから、もう少し静かにできないのだろうか。

……まあできないから、こんなことになっているのよね。

そう思いながらも、優蘭は笑う。やはり仕事はこうでなくては！

そう思いながら、優蘭は女官に「分かった」と言い、部下たちに指示を出すことにする。


「麗月《れいげつ》！　少しの間抜けるから、何かあったら対応お願い！」

「承りました」

「梅香《ばいこう》！　徳妃様関係だからあなたも私についてきて！」

「了解です」

「朱睿《しゅえい》と黄明《こうめい》はお茶と茶菓子の準備を。悠青《ゆうせい》と緑規《りょくき》、黒呂《こくりょ》は客間の掃除をして。この後、皇后陛下とのお茶会があるから、完璧なおもてなしをするわよ！」

『御意！』

三年前からずっと頼りにしている部下たちの頼もしい声を聞きながら、優蘭は身を翻す。

「さあ、今日も仕事を始めましょう！」

――健美省長官、そして『後宮妃の管理人』としての仕事を。

番外編　寵臣夫婦は、束の間の平穏を噛み締めて日常へと帰す

これは、優蘭《ゆうらん》と皓月《こうげつ》が杏津帝国《あんつていこく》から黎暉大国《れいきたいこく》へと帰還した後のお話。

――今年の牡丹祭《ぼたんさい》も無事に終わり、一息ついた頃。寵臣《ちょうしん》夫婦は皇帝から、少しばかり長めの休暇を与えられた。

それが牡丹祭に対しての労《ねぎら》いだけではないことなど、優蘭でなくとも分かる。

国を救ったご褒美ってわけね。

褒美として金銭を含め、既にもらっていた身だったが、それでも休暇は純粋に嬉《うれ》しい。

そんな寵臣夫婦が休暇先として選んだのは、珠麻王国《じゅまおうこく》だった。


珠麻王国・世紗《せしゃ》。

その一角にひっそりと佇《たたず》む霊園に、優蘭たちは花束を携えてやってきていた。

そう。優蘭たちはエルーシアの墓参りにやってきたのだ。

持ってくる花は悩んだが、桔梗《ききょう》と鬱金香《うこんこう》、矢車菊にした。桔梗は黎暉大国において鎮魂を象徴する花。鬱金香は珠麻王国を象徴する、エルーシアが好んでいた花。そして矢車菊は、杏津帝国で愛されている初夏の花だ。エルーシアが喜んでくれるかは分からないが、今回今までいがみ合っていた黎暉大国と杏津帝国の関係が改善されたこと、そしてエルーシアの魂を慰める意味を込めてこれらの花を選んだ。

墓は綺麗《きれい》に整えられていて、ここに定期的にトレファンがやってきていることがありありと分かる。そのことに嬉しさとほんのわずかな寂しさを感じつつ、優蘭は花を供えてそっとエルーシアのことを想《おも》ったのだった——

「すみません、皓月。休暇なのにわざわざ、こんな遠くまで足を運ばせてしまい」

世紗の道を歩きながら、優蘭は思わずそう言葉を発していた。

今回休暇先に珠麻王国を選んだのは、優蘭だった。それはエルーシアの墓参りをしたかったからだ。

それはもちろん、トレファンと約束したというのもあるが、珠麻王国内が荒れて国交が妨げられる前に来たかった、というのもある。杏津帝国の一件があった以上、珠麻王国の王族と貴族、そして商人たちが争わないわけがないのだ。

風の噂《うわさ》では、珠麻王国の中央では既にそれらの予兆があるらしい。

それならば、と思い今回皓月に提案したのだが、いささか自分勝手すぎたと優蘭は反省していた。

だって杏津帝国との外交において一番迷惑をこうむったのは、皓月だったのに……。

思わずそう思い謝ると、皓月がきょとんとした顔をして優蘭を見る。

「どうして優蘭が謝るのでしょう？　提案をしたのは優蘭ですが、わたしもそれに同意しましたよ？」

「……ですが、折角の長期休暇なのに……」

「それを言うのであれば、長期休暇が取れたからこそ珠麻王国に来られているのではありませんか。優蘭が気にする必要はありませんよ。……それにわたしも、優蘭がその信念を貫く理由になった方にお会いしたかったですから」

優しい笑顔で言ってもらえると、なんだか安心する。

優蘭が思わず笑みを浮かべれば、皓月はさらに深く微笑《ほほえ》んだ。

「それにアーヒルのおかげで、一見さんお断りの高級宿に泊まれていますし。ここであれば気兼ねなく優蘭を独り占めできますから」

「こ、皓月……」

「会えない期間が長く寂しかったので、手を繋《つな》いでもよいですか……？」

首を傾《かし》げながらそう言われれば、断れるはずがない。何より優蘭も寂しかったのだ。珠麻王国にいるときくらい、多少なりとも羽目を外すのもありだろう。

「はい！」

そう思った優蘭は、差し出された自分より一回り以上大きな手に、そっと自分の手を重ねたのだった。

＊

かわいい。

そう思いながら、珀《はく》皓月は自身の愛おしい妻を見つめていた。

ここが異国ということもあるのか、優蘭は皓月の手を握るだけでなく腕を絡めてきている。いつもよりずっと積極的な彼女の様子を見られただけで、皓月の心は満たされていた。

優蘭は皓月の希望を無視してしまったのではないかと気にしていたが、彼としては優蘭と一緒にいられるのであればなんでもいいのだ。

強いて言うのであれば、優蘭と二人きりの時間を楽しみたいので、外出するよりも室内でゆっくりするほうが好み、といったぐらいだろうか。ただそれも、アーヒルが提供してくれた高級宿が解決してくれた。

優蘭も別に観光をしたいわけではないとのことなので、珠麻王国滞在中は世紗を見て回りつつ、宿屋でゆっくりする予定だった。そもそも二人とも仕事人間なので、それだけで十二分に貴重な時間なのだ。

なんせ、片や一国の宰相、片や一後宮の管理人である。職場は同じようでいてすれ違うような環境ではないし、忙しいときは帰っても会えないことなど多々ある。

眠っている優蘭を抱き寄せて眠るのも悪くはないが、それよりもこうして話をする環境のほうがやはり嬉しいのだ。だから優蘭の懸念は、皓月にとってなんら問題にならなかった。

なのに皓月のことを気にかける優蘭に、なんとも言えない幸福感を覚える。

同時に、この手のぬくもりにもう二度と触れられなかったかもしれなかったことに気づき、ぎゅっと手を握り締めた。

皓月は皓月なりに毎日、優蘭と一緒にいられる日々を大切にしているつもりだったし、それを含めて幸せを感じていた。しかしこれから何が起きるか分からないのだ。

改めて、優蘭と過ごす日々を大切にしたいと皓月は心の底から感じた。

すると、そんな様子に疑問を覚えたらしい優蘭が、皓月を見上げつつ首を傾げる。

「皓月？　どうかしましたか？」

「……いえ、この時間がとても、幸せだなと感じまして」

握り締めていた優蘭の手を引き寄せ手の甲に口づけを落とせば、優蘭が目を丸くする。

すると、優蘭が皓月の手を引いて頬擦りをした。

「……それは私もおんなじですよ」

珍しい優蘭の態度と、少し気恥ずかしそうにしながらもやめようとはしない彼女の様子に、皓月の口角が自然と持ち上がる。

本当の意味の夫婦として心を通じ合わせてから、もう一年。当初はものすごく恥ずかしそうにしていた優蘭がここまでしてくれるようになったことに得も言われぬ喜びと嬉しさがこみ上げてくる。

ああ……わたしたちはもうこんなにも、一緒の時間を過ごしてきたのですね。

確かに関係が変わっているということ。お互いの心が通じ合っているということ。それを感じ取れたことが、皓月にこの上ない喜びを与えてくれる。

何より、優蘭も皓月と同じように幸せを噛み締めているのであれば、皓月にとってもこれ以上にない幸福なのだ。

それを知れただけで、この旅行に意味があったと思いながら。

皓月は、この手だけは離すまいと改めて心に誓ったのだった。

＊

珠麻王国には行商の折に何度も来訪していたが、皓月と旅行として一緒に来たからだろうか。まるで初めて来た場所のように新鮮な気持ちで、優蘭は街を歩いていた。

ちょうどこの時季の珠麻王国では、薔薇《ばら》の祭典が開かれる。街のあちこちに薔薇の花を飾り、その年の豊穣《ほうじょう》を願うのだ。それもあり、世紗も建物のあちこちに薔薇の花が飾られている。

黎暉大国の薔薇とは違った、どこか刺激的で酩酊《めいてい》してしまいそうな独特な甘い香り。

その香りに当てられたのか、優蘭の心も浮足立っているような気がする。それは宿に帰って食事を取り、薔薇の花びらが散らされた風呂に入った後も変わらなかった。

数ヶ月前はあんなにも緊迫した気持ちで国境を越えようとしていたのに、まるで遠い過去の出来事のようだわ……。

それを言うのであれば、世紗の街並みも国がごたついているとは思えないほど落ち着いている。そう思ったが、国に問題が起きていたとしても民衆まで同じではないということは、優蘭もすでに知っていた。

それでもそんなことを考えてしまうのはそれだけ、優蘭の身に起きたことが非日常だったからだろうか。

つらつらと物思いにふけりながらも風呂から出れば、皓月が長椅子《ソファ》に座りながら杯《グラス》を傾けていた。

見慣れない蜂蜜色の液体を見て、優蘭は首を傾げる。

「皓月。それはなんのお酒ですか？」

「これは貴腐葡萄酒《ワイン》、というそうです。とても甘いですよ、優蘭も飲みますか？」

こくりと頷《うなず》けば、皓月がぽってりとした杯《グラス》に新しいものを注いでくれる。

となりに座り受け取ったそれの匂いを嗅いでから一口含めば、キンと冷えた中にも花や杏《あんず》のような香りと蜂蜜のような濃厚な甘さを感じ、驚いた。

お酒は飲めるけれどやっぱり高価なものが多いし、どちらかというと男性の嗜好品《しこう》という感じも強いのよね……。

それもあり、貴腐葡萄酒《ワイン》は聞いたことはあっても初めて飲むものだった。まさかこんなにも甘いお酒だとは思わなかったが、まるでお菓子のような雰囲気のお酒はとても美味《おい》しかった。

「初めて飲みましたが、これ美味しいですね」

「お口に合ったようで何よりです。ただ結構度数が高いようなので、少しずつ飲んでくださいね」

「はーい」

くすくす笑いながら返事をすれば、皓月が「もしかしてもう酔っていますか？」と困ったような顔をして言う。

「酔ってはいませんが、街の雰囲気に酔ってはいるかもしれません。……少しだけ、心細いんです」

「……何か不安なことでも？」

「いえ、何もないんです。ただ、今までが非日常だったので……少し、日常を感じたくて」

そう言うと、皓月は杯《グラス》を円卓《テーブル》においてから優蘭の髪に触れる。それがどことなく心地好《ここちよ》くて、優蘭は目をつむり身を任せた。

すると、優蘭の手にあった杯《グラス》がするりと取られる。見れば皓月が優蘭の杯《グラス》を安全な場所に移動させていた。

目を瞬かせていると、皓月が優蘭のことを見下ろす。彼の長い髪が、まるで優蘭を覆い隠すように垂れ下がった。

「優蘭。これだけは忘れないでください。わたしの帰る場所はあなたのそばで、あなたの帰る場所もわたしのそばだということを」

「……はい、忘れません。だから……皓月もちゃんと帰ってきてくださいね……？」

「もちろんです。……今回は本当に心配をかけましたね」

「……本当ですよ。私がどれだけ気を揉《も》んだか……」

普段ならば「仕事だから仕方がない」と思って言わなかったであろう言葉が、ぽろぽろとこぼれる。しかし皓月はそれに対して嫌な顔一つ見せず、むしろどことなく嬉《うれ》しそうな顔すらしていた。

その余裕のある態度が面白くなくて、優蘭は唇を尖《とが》らせる。

「皓月、私は怒っているんですよ……」

「す、すみません……ですがわたしとしては、優蘭がわがままを言ってくれたことが嬉しくて……」

嬉しいと言われてしまい、優蘭は困惑する。

「……いや、これ面倒臭い女ではありませんか？」

優蘭だって、自分がとても面倒臭いことを言っている自覚はあるのだ。だって今回の件は別に、皓月が悪いわけではなかったのだから。

しかし皓月は、何一つとして嫌な顔を見せず、むしろ満面の笑みをたたえて言った。

「陛下であれば面倒臭いとも思いますが、優蘭ですから。妻のわがままは、どんなものでも嬉しいですから」

「……どうしてですか？」

「だってそれだけ、優蘭の中でわたしの存在が大きくなっている、ということでしょう？それを喜ばない男はいませんよ」

それを聞いた優蘭は、心の中で白旗を上げた。

ここまではっきりとべた惚《ぼ》れなことが分かることを言われると、嫉妬はおろか怒ることすら馬鹿馬鹿しい。だって本人が喜んでしまっているのだから、どうしようもないのだ。

同時に、かといって怒らないわけにはいかないから、もう本当にどうしようもないと優蘭はなんとも言えない気持ちにさせられた。

それでも面白くなくて、優蘭はむくれたままぐっと背伸びをする。それがどういう意味で行《おこ》なわれたことなのか察した皓月は、目を細めながら顔を近づけてきた。

頬に手を当てられながら唇を重ねたとき、優蘭はようやく息ができたような気がした。

そうだわ……私は、このぬくもりを感じたかった。

仕事相手でもなく、ただ夫婦として何気ない日々を送る。それを感じていたかったことを、ここにきてようやく実感した。

そう、なんだかんだ杏津帝国から帰ってからも忙しかったせいで、夫婦の時間は取れなかったのだ。それがまさか自分の中でこんなにも大きなずれになっているとは思わなかったが、皓月の言う通り未《いま》だに帰ってきた実感が湧かなかったからこそ、そう感じてしまっていたのかもしれないなとも思った。

ただそれでも物足りなくて、優蘭はねだるようにぐっと皓月に顔を近づける。すると、皓月が笑った。

「小鳥のようですね」

「嫌ですか?」

「まさか。ですが……これ以上していると、歯止めがきかなくなりそうだとは思います」

「……我慢しなくていいですよ?」

目を丸くして驚く皓月に、優蘭は笑った。同時に、やっぱり酔っているのかもしれないなと思う。だって少なくとも今までの優蘭であれば、ここまで大胆なことは言えなかったはずだからだ。

ただ薔薇の香りに当てられていること。またここが珠麻王国だということ。そしてほんの少しお酒の力も借りて、優蘭は普段よりも羞恥心を感じなくなっている。翌日死ぬほど後悔することになるかもしれないが、今はそんなこと関係ないのだ。

だって、帰ってきたのだと。その実感を得ることが、今の優蘭にとって何より大切なことなのだから。

そう思い、皓月を誘惑する意味を込めてもう一度ついばむような口づけをすれば、頭を後ろから押さえられ、舌を割り入れられ、より深い口づけを交わすことになる。

長い長い口づけからようやく解放されたとき、優蘭は息も絶え絶えになりながら言った。

「どうか、これから先……決して、離さないでくださいね」

ぎゅっと手を繋《つな》ぎながら笑みを浮かべれば、皓月は目を細めながら言う。

「もちろん。……これから、何があっても」

——それを最後に、二人は二人だけの甘い夜の時間を過ごすことになる。

そんな息抜きの時間を経て、寵臣《ちょうしん》夫婦は日常へと戻っていくのだ。

だって彼女たちの生活は、これからも続いていくのだから——

あとがき

お久しぶりです、しきみ彰《あき》です。

「後宮妃の管理人」シリーズ、九巻にて本編完結となりました。

最後まで読んでくださった方々、楽しんでいただけたでしょうか？　とりあえず、九巻について語っていこうと思いますので、ぜひとも本編を楽しんでからご覧くださいね。

今作、とても難産でした（いつも言っている気が……）。

というのも、九巻で本編完結ということもあり、できる限り多くのキャラに活躍してもらいたかったからです。

そうして色々と詰め込み、いろんなキャラを再登場させ、今まで名前は出ていたけれど出せていなかったキャラを出し……等していたら、あれよあれよという間に文字数がかさみ、大変なことに。そのため、シリーズ最長作品となりました。今まで五巻が最長だったのですが、記録を更新してしまいましたね……。

ただそういうこともあり、個人的には「大団円」と言っていい仕上がりになったのではないかと思っています。

これは私見ですが、エンタメ作品である以上、ハッピーエンド、大団円が望ましいと思っています（その作品が最初からそれ以外の要素を売りにしていない限り）。

なので今作は主要登場人物たちがハッピーに、かつ各々が自分の気持ちに決着をつけられるようにと思い書き上げました。

八巻から引き続きメインとなっていた邱藍珠《きゅうらんじゅ》は、最後に登場した妃嬪《ひひん》ということもあり大きめの秘密と問題を抱えていたため、それを乗り越えて自分らしく歩むための大きな第一歩、という形に落ち着いたかなと思います。

また今作は、徹頭徹尾寵臣《ちょうしん》夫婦の話でもあります。そのため九巻は、五巻という第一部最後の巻と対になるようにしました。

あのとき動けなかった優蘭《ゆうらん》が皓月《こうげつ》を助けに奔走し、皓月は自分にできる範囲の行動を城の中で起こす。この夫婦らしい形の活躍だったのではないかなと思います。

そして寵臣夫婦の話、ということで、最後に私のわがままで番外編をつけさせていただきました。お話としては終章でおさまりがいいのですが、寵臣夫婦としては番外編での関わりあってのハッピーエンドだと思いますので。読者さんにもその辺り、楽しんでいただけたらなと願うばかりです。

そして、「後宮妃の管理人」シリーズ本編はこれにて完結となります。

このままやろうと思えばできるのですが、タイトルと違ってきてしまうこと。またタイトル通りにやると寵臣夫婦ではなく次代にスポットを当てる形になりますので、それは少し違うなと考えたからです。私が書きたいのは寵臣夫婦のお話なので。

ただ番外編として短編集を出させていただく予定となっております。別作品の執筆もあり少し間が空いてしまうのですが、お待ちいただけたら幸いです。

また表紙ですが、今回は大団円ということもあり寵臣夫婦のバックに四夫人と皇帝という形になっています。本編完結巻に相応《ふさわ》しい、華やかで美しく、幸せに満ち満ちた寵臣夫婦と夫婦がお仕えしている面々が揃《そろ》っていて、私も大変満足しています。

イラストを担当されているIzumi先生に、改めてお礼申し上げます。

コミカライズも現在佳境に入っております。恐らく原作四巻辺りでしょうか。

恐らく、コミカライズから原作に入った方もいらっしゃると思います。そういう意味でも、コミックス版後宮妃は今作に欠かせない大切なものです。

廣本《ひろもと》先生が描かれる美麗な後宮妃の世界を、これからもどうぞお楽しみいただけたらと思います。

担当編集様にも本当にお世話になりました。文字数を気にすることなく最後まで全力を出して書き切れたのは、間違いなく編集様のおかげです。最後の最後までありがとうございました。

そして最後に、読者の皆様。

最後までお読みいただき、本当にありがとうございます。

今作は多くの読者の皆様に愛され、支えられて本編完結という形を迎えられました。

売上が振るわず打ち切りになってしまう作品が多い中、これは本当に本当に素晴らしく光栄なことなのです。何度も言います。本当にありがとうございます。

寵臣夫婦たちの物語は、これで一度幕引きとなります。

ですが、彼女たちの人生はこれからも続いていくことでしょう。それはもう、鮮烈でみずみずしく生きていくことでしょう。私自身がそう思える物語を作り上げることができたこと、それを多くの方に届けることができたこと、大変喜ばしく思います。

それではまた、お会いできる日を願って。

しきみ彰

お便りはこちらまで

〒一〇二―八一七七
富士見L文庫編集部 気付
しきみ彰（様）宛
Izumi（様）宛

富士見Ｌ文庫

後宮妃《こうきゅうきさき》の管理人《かんりにん》 九
～寵臣夫婦《ちょうしんふうふ》が導《みちび》く先《さき》へ～

しきみ彰《あき》

2024年6月15日　初版発行

発行者　山下直久
発　行　株式会社 KADOKAWA
〒102-8177　東京都千代田区富士見2-13-3
電話　0570-002-301（ナビダイヤル）

印刷所　株式会社暁印刷
製本所　本間製本株式会社
装丁者　西村弘美

●お問い合わせ
https://www.kadokawa.co.jp/（「お問い合わせ」へお進みください）
※内容によっては、お答えできない場合があります。
※サポートは日本国内のみとさせていただきます。
※Japanese text only

ISBN 978-4-04-075001-9 C0193